30 倪匡珍藏限量紀念版

衛斯理傳奇之

活俑

（含：活俑・屍變）

倪匡 著

無窮的宇宙，
無盡的時空，
無限的可能，
與無常的人生之間的永恆矛盾，
從倪匡這顆腦袋中編織出來。

——金庸

目錄

活俑

目錄

屍變

活俑

序言

這個故事設想奇特，「靈感」當初是怎麼來的，想不起來了——大抵是偶然想到，有了一個意念，在寫作的過程中，逐步形成。

活的俑——不但當時是活的，過了兩千多年，還是活的，利用了秦始皇一直在尋找的長生不老藥來發展出的故事，相當自然。和另一個以秦皇墓為背景的故事，利用了長城來發展的故事一樣，歷史上一些模模糊糊、語焉不詳、沒有什麼確切記載的事，都是幻想小說的好題材。若是資料太翔實了，反倒沒有了想像的餘地。

想像其實還可以發展下去：秦始皇也忽然在他的地下宮殿之中活了轉來，會怎麼樣？還是他真的又活了過來，所以才會在這代，也有和兩千多年前一樣的暴政出現？

暴政的陰魂不散，暴君的復活與否，倒是小事情。

哀哉！

倪匡

第一部：千里揚名奇女子

先說一件往事。

往事發生在七十五年之前，那年，馬金花十六歲。

（十六加七十五，一點也不錯，她今年九十一歲。）

那年，馬金花雖然只有十六歲，可是方圓千里，提起金花姑娘，無人不知。馬金花最出名的四件事是：騎術、槍法、美麗和潑辣。

要是有誰不知道馬金花這出名的四件事，只要一進入中條山麓，渭水和涇河流域那一大片草原，不消一小時，他就一定會知道，到這個大平原來，有著各種不同目的的各種各樣的人，都很快會知道馬金花這個名字，聽到她的種種故事，包括她十五歲那年，帶著牧場中的十八個好手，勇闖中條山，把盤踞在那裡的一股足有三百人的土匪，全部殲滅的這件事。

馬金花的父親馬醉木，是馬氏牧場的主人，這個大牧場，養著上萬頭牛，上萬匹馬，是陝西全省最大的一個牧場。馬醉木不是當地人，關於他的來歷，也有著種種的傳說，比較可靠的一種說法是：馬醉木不是他的本名，他本名叫什麼，已經沒有人知道，他從山海關外遷移來，帶著一批忠心耿耿的粗豪漢子，據說整伙人，全是關外的馬賊。

那一批人，以馬醉木為首，來到了涇渭平原，先是弄了一個小牧場，後來，漸漸擴充，把本來的幾十個小牧場，全部合併為一個大牧場，那就是今天的馬氏牧場。以馬醉木為首的那批人，還真懂得如何養牛放馬，二十年下來，馬氏牧場養出來的健馬，成了各地馬販子爭相搶購的目標，而馬醉木為人豪爽，講義氣，也自然而然，成了黃河上下，黑白兩道，人人尊敬的人物。

當初那批人，都成了馬氏牧場的骨幹，一次又一次和股匪決戰，這批人都表現了他們的英勇和武功，漸漸地，自民間到官方，都把馬氏牧場當作了當地的支柱——成千上萬的人靠它討生活，本來土匪最多，行旅談虎色變的地方，也因為有了馬氏牧場這股勢力，而變得十分平靜，大家都給馬氏牧場的面子，再凶悍的土匪，也不敢在牧場馬匹出現的地區生事。

所以，馬醉木還領了一個什麼「司令」的正式官銜，不過他卻一點也沒有放在心上。

馬醉木四十歲才娶妻子的，娶的是一個逃荒經過的農村姑娘，結婚之後的第二年，就生下了馬金花。

馬金花雖然是女孩子，可是從小就像她豪邁的父親，一點也不像她那溫柔得一直像是農村姑娘的媽媽。

馬金花先學會騎馬，再學會走路。先學使槍，才學會拿筷子。先學會罵人，才學會講話。她十二歲那年，已經長得高䠷成熟，不知道有多少小伙子，看到她就雙眼發直，成了出名的小美人。

不過，小美人的凶狠，也很快就讓人知道了，有八九個小伙子，仗著人多，在一次市集上，向十二歲的馬金花風言風語地撩撥，馬金花當時只提議賽馬，誰能贏得過她的，她就是賭注，九個小伙子欣然答應。曾經目睹過這場賽事的人說起來，還津津樂道。事情傳開去，自然免不了加油添醋，可是基本上還是可以相信的。

那天早上，十匹駿馬，在萬眾矚目之下，馬蹄聲響得像是暴雷，像是一股旋風，掃出了市集，馬金花一身白衣，白得像雪。她的頭髮又烏又亮，整天在野外，可是她的皮膚，還是那樣細膩潔白，比任何三步不出閨門的大閨女還要細，還要白。

她又在頭上紮了一條長長的白絲巾，策馬飛馳，絲巾飄揚，再配上那匹通體純白，一根雜毛也沒有的白馬，看得上萬人齊聲喝采，驚天動地。

而那九個想把馬金花贏到手的小伙子，自然也是一等一的騎術好手，所挑的馬，萬中選一，當真是人強馬壯，看得人心曠神怡。

當時，馬金花的父親馬醉木也在集上，有人問他：「馬場主，你看誰能成為你的女婿？」

馬醉木只是嘆了一口氣，搖著頭：「但盼這丫頭下手別太狠，年輕小伙子，看到了姑娘家，口上佔點便宜，免不了！」

當時，聽的人還不知道馬醉木這樣說是什麼意思，不過很快就明白了。

中午時分，市集中最熱鬧，馬金花單人匹馬，又像是旋風一樣捲了回來，喧鬧的市集，在剎那之間，靜了下來，靜得連在集上等待出售的牲口，都不敢發出聲響。

馬金花全身上下，都染著血，不但是她身上染著血，那匹白馬，也全身是斑斑的血跡。

可是看馬金花馳騁而來的那種情形，她又不像是受了什麼傷。

馬醉木帶著牧場中的幾條大漢，迎了上去，馬金花一勒韁，白馬一聲長嘶，人立了一下，立時穩穩釘在地上不動。

馬金花翻身下馬，第一句話是：「把小白龍牽去洗刷，不准弄掉它一根毛，也不准在它身上留下一點血。」

牧場上的兩個彪形大漢，立時大聲答應，牽過那匹白馬走開去。

所有人還未曾來得及揣測究竟發生了什麼事，馬金花已向父親道：「爹，公平競馬，我沒要他們的性命，騎術不精，他們自己從馬上摔了下來，斷胳臂折腿，那可不關我事！」

馬醉木只是嘆了一口氣，搖了搖頭，馬金花傲然地站著，當時在場的人，都說才十二歲的馬金花，就憑這一下子，就足以名揚千里！

那九個小伙子，還是馬醉木派了搜索隊出去，才把他們一一找回來，每一個都受了傷，毫無例外的是鞭傷，問起經過來，九個小伙子搖頭咬牙，沒有一個人肯說。最遠的一個，在近兩百里外找回來，就算他們不說，慣在馬背上討生活的人也可以知道，馬金花以一對九，在草原上奔馳追逐的經過是如何激烈！小伙子在開始的時候，可能還不捨得還手，但是到後來，擺明了是生死一線的事，怎還會憐香惜玉？可是馬金花硬是一點損傷也沒有，九個小伙子卻人人重傷，難怪他們沒有臉說出經過！

事後，方圓九百里的小伙子都知道，這個美麗得叫人一看就發怔的美人，是惹不得的。

一年一年過去，馬金花更美麗，也更沒有人敢惹她，十五歲那年平了中條山那股悍匪，只要老遠看到一團雪白的影子閃過，平時喝了點酒，表示不怕馬金花的大漢，都會忍不住打個哆嗦，唯恐自己的醉話，要是傳進了馬金花的耳中，那就有得受！

馬金花最敏感男女之間的情事，她十五歲之後，有不少大財主，派人來說媒，前來說媒的人，一律不見一隻耳朵離開，五次，大約最多六次之後，自然也沒有人再敢上門。

而平時，馬金花看來，卻和和氣氣，不過她身子高䠷，尋常男人站在她身邊，總還比她矮了些，英姿俠氣，洋溢在眉宇之間，怎麼也掩不住，叫人自然而然，對她產生敬畏之心。

馬金花還有天生的管理才能，牧場中的大小事務，一經她處理，立時井井有條。而且，她還有一種異常高強的排難解紛的能力。那些粗豪的江湖漢子，有了爭執，每每演變成為刀光血影，但要是馬金花到場，不必幾句話，就可以令得本來已經反目成仇的人，變成肝膽相照的好朋友。

馬金花是這樣一個萬眾矚目的傳奇性人物，她的一切行動，都成為人們飯後酒餘的談話資料，她的一舉一動，都被編成各種各樣的故事。

像這樣的一個人，忽然失蹤了，而且一失蹤，就是五年之久，這似乎有點不可想像吧？

可是，事實卻是，在馬金花十六歲那年，她突然神秘失蹤了。

那天，天氣極佳，正是暮春，是牧放馬匹最好的季節。由於她的失蹤，形成了極度的轟動，所以在她失蹤之前的一切行蹤，事後都被調查得清清楚楚。

馬金花失蹤的經過是這樣的：

一早，馬金花就吩咐了牧場的總管，她要帶著一隊正當發情的兒馬去放馬——把幾百匹處於春情發動期的雄馬，帶到遼闊的草原上去，讓它們盡情地去馳騁，把它們那種無窮無盡的精力散發出來，然後，在它們盡情撒野的過程中，挑選其中最精壯的，作為配種之用，替牧場增添無數優良的馬匹。

放馬，是牧場中的大事，四年之前，馬金花第一次主持放馬，有幾個老資格的放馬人嘀咕幾句，表示馬金花不能勝任，以後，再也沒有人對馬金花的這項能力，表示過任何懷疑。

那天早上，馬金花騎著她的「小白龍」，高舉著右手，「呼」地一下，揮出了手中的鞭子，鞭梢在半空中劃了一個圓圈，把空氣劃破，發出嘹亮的一下爆音，牧場的木柵打開，三百多匹馬，嘶叫著，揚鬃踢蹄，爭先恐後，奔馳出去，所有的人，沒有一個覺得會有任何意外發生。

馬金花一馬當先，她騎的那匹白馬，是整個牧場中最好的一匹，據說，也是整個華北最好的，至少在黃河以北，長城以南，再也找不出更好的馬匹來，馬是馬金花從小養大的，馬和人之間，兩為一體，小白龍不睡馬廄，而留在馬金花的閨房，馬金花又愛穿白衣服，所以，她策騎小白龍飛馳，看起來就像是一團迅疾無比，在向前滾動著的白色旋風。

未經馴服的兒馬，性子暴烈，奔馳起來，也特別急驟快疾，再有經驗的牧人，也不敢把自己置身於暴烈的兒馬群中，因為那樣極度危險，劇烈奔馳，踫撞顛蹶難免，如果一個不小心，自馬背上跌了下來，那非被上千馬蹄踩踏成為肉醬不可。

所以，牧馬人都是先排成了隊形，在大群兒馬還未衝出來之前，作好準備，馬群一開始急馳，牧馬人就緊貼在馬群的旁邊跟著飛馳，盡力保持馬群的隊形，不使馬匹奔散開去。

同時，在馬群的後面，也要有牧馬人押陣，在放馬的時候，出動的牧人，都是有經驗，騎術一流，一個牧馬人，如果一生之中，未曾參加過一次放馬，那簡直不能算是牧馬人。

那一次放馬，馬氏牧場中出動的牧人，一共有八十餘人，自然多是經驗豐富的好手，也有是今年第一次參加的新手。

馬金花一馬當先飛馳，馬群衝出來，所有的牧馬人，精神都變得極緊張：馬群奔馳得太快了。

幾百匹兒馬，像是狂風，向前捲去，距離馳在前面的馬金花，相去不會超過十丈。

所有的牧馬人也都感到，馳在最前面的馬金花，也感到了馬群奔馳的速度，超越了尋常，所以，大家都看到，她在馬上，連連回頭，看了幾次身後的馬群，就盡力策馳著小白龍，飛快地向前馳出去。

因為若是帶頭放馬的人，被馬群追上，置身於馬群之中，就會引起不可控制的大混亂，那將是一場大悲劇！

「小白龍」果然是萬中選一的好馬，一經催策，四蹄翻飛，去勢快疾之極，這一來，可能更刺激起原來就在奔馳的馬群，馬群向前奔馳的速度也更快。

最狼狽的莫如那八十多個牧人，他們本來在馬群的兩旁列成隊形，一起在向前飛馳，但是漸漸地，他們開始落後了。

落後的形勢越來越不妙，本來牧馬人分成兩列，把馬群夾在中夾，可是轉眼之間，飛馳的馬群衝向前，兩列牧馬人之間，已經沒有馬匹，馬匹全在他們前面，而且和他們之間的距離，也越來越遠。

這是在牧馬的過程之中罕見的異象，那八十多個牧馬人除了拚命策騎，希望趕上去，沒有別的辦法可想。

其中有幾個騎術特別精嫻的，唯恐失去了控制的馬群衝得太急，要是把馬金花圍進了馬群，那極度危險。所以，他們為了察看前面的情形，都紛紛站立了起來。有的，甚至站到了鞍子上，使自己可以看得更遠。

但是他們都無法看到前面的情形，因為雙方的距離，正在迅速地拉遠，奔馳的馬群，捲起了大量塵土，再前面，馬金花的處境如何，完全看不見。

放馬的馬群，本來就最難控制，但是像如今這樣的情形，卻也十分罕見，那些經驗豐富的牧馬人，這時除了拚命策騎，希望可以追上馬群之外，別無他法。可是馬群卻像是瘋了，越奔越快，那八十多個牧馬人也分出了先後，馳在最前面的只有六個人，那六個人是頭挑的好手，他們騎著的馬匹，已經被策馳得渾身是汗漿，他們自己也一樣大汗淋漓。

可是，前面馬群，已經離他們更遠，連一點影子也看不見了。

那六個人又拚命趕了一會，他們的坐騎無法支持，其中有兩匹馬，前腿一屈，跪跌了下來，馬上的人在地上打了一個滾，支撐著站了起來。

兩匹倒了地的馬，望著主人，眼中好像有一種抱歉的、無可奈何的神情。另外四個人也勒住了馬，其中一個經驗豐富的，立時伏身，把耳朵貼在地上。

馬群雖然已經離遠了，但是幾百匹馬在奔馳，馬蹄打在大地上的震動，相當驚人，有經驗的人，可以憑藉地上傳來的輕微震盪，而判斷出馬群的遠近。

那人伏在地上用心聽著，其餘五個人圍在他的身邊，心急的連聲問：「怎麼樣？離我們多遠？」

那伏地在聽蹄聲的人，神情怪異之極，口角牽動著，說不出話。

這種伏地聽蹄聲的本事，牧馬人多少都會一點，得不到回答，另外兩個人也把耳朵貼到了地上，可是，古怪的神情，像是會傳染，那兩個人的神情，也變得怪異之極。

這時，又有十來人個陸續趕到，也紛紛下馬，三個人慢慢站了起來，齊聲道：「馬群不見了！」

所有的人，都發出了七嘴八舌的指責聲：馬群怎麼會不見了？

那三個人指著地上，示意不相信的人，自己把耳朵貼在地上去聽，一時之間，伏向地上的人，超過了二十個。而且，每個人的神情，都在剎那之間，變得同樣的怪異。

他們聽不到任何蹄聲。

幾百匹馬在奔馳，就算已馳出去了五六十里外，一樣可以有感覺，何以竟然一點聲息也聽不到呢？

所有的人互望著，沒有人出得了聲。最先打破沉寂的是一個小伙子，他陡然一揮手：「馬群停下來了。」

其餘人一被提醒，立時都大大鬆了一口氣。對了，馬群一定是停了！馬群停下來，不再奔馳，自然聽不到什麼啼聲。

可是，各人又立即感到，事情還是不對頭：在奔馳中的馬匹，當然會停下來的，可是，那一大群馬，全是性子十分暴烈的兒馬，不奔出超過一百里去，怎會突然停下來？

而根據馬群剛才奔馳的速度來看，至多奔出二十來里，如果不是有什麼特別的原因，不會停下。

幾個為首的牧馬人商議了一下，覺得停在這裡空論，不是辦法，馬群是不是停下，趕上去看看，立刻就可以明白。由於有許多馬匹，已經疲憊不堪，所以並不是每一個人都可以追上去，大約只有二十個人左右，一起上了馬，帶頭的是個青年人，那時候只有十八歲，他的名字是卓長根。

特別強調了一下那位卓長根先生當時的年齡，因為我見到這位卓長根先生時，他已經是一個高齡九十三歲的老人了。

白素的父親白老大介紹給我認識——經過情形是：白老大突然自他隱居的法國南部，打了一封電報，要我和白素立即前去，有「要事商榷」云云。

對於老年人的古怪脾氣，我有相當程度的了解，他可能只是一時寂寞，可能只是一件莫名其妙的小事，「要事」云云，不一定可靠。可是他既然提出了這樣的要求，那就非去不可，甚至不能回一封電報去問一下究竟是什麼事——那樣做，老人家就會不高興。

不在住所中裝設電話，也是白老大的怪脾氣之一，不然，可以在電話中問一問，究竟是什麼事情。白老大雖然極具現代科學知識，可是他卻十分討厭電話，他常說，電話像是一個隨時可以闖進來的人，不論主人是否歡迎，電話要來就來，不必有任何顧忌，所以，「為了保護生活不受侵擾，必須抵制電話」。

我和白素商量，白素只是淡然道：「好久沒有見到他老人家了。」

我十分知情識趣：「對，何況法國南部的風光氣候，我們都喜歡。」

事情就這樣決定，第三天下午，我們已經到了目的地。白老大有一個農莊，這個農莊的規模並不大，他將其中的一半，用來種葡萄，不斷地改良品種，而且還附設了一個小酒坊，用他考據出來的古代方法，釀製白蘭地——這一直是他的興趣，成就如何，不得而知。

農莊的另一半，用來養馬，算是一個小型的牧場，我們下了機，白老大派來接我們的車子，是一輛小貨車，雖然不是很舒服，但是駛在平整的小路上，兩旁夾道的樹木，觸目青翠，清風徐來，也真令人心曠神怡。而且，在一問了那位駕駛貨車的司機，白老大身體健壯，無病無痛，甚至每天可以在木桶踩踏採摘下來的葡萄三小時以上；那更足以證明他的「要事」，實在只是想見見我們。

既然沒有什麼事，心情當然輕鬆，我索性在貨車車卡上，以臂作枕，躺了下來，小貨車可能是用來運酒的，有一股濃洌的酒味，白素靠在我的身邊，風掠起她的秀髮，不時拂在我的臉上，真使人感到這種安詳，才是真正的人生享受，難怪白老大放棄了他多年來驚濤駭浪的生活，在這裡歸隱田園。

大約兩小時，就駛進了白老大的農莊，放眼看去，是已經結了實的葡萄，看來粒粒晶瑩飽滿，駛過了葡萄田，是一片空地，房舍就在空地後。這時，在空地上，有不少女郎，正各自站在一個木盆之上，用力踩踏著木盆中的葡萄，這情景，看來有點像中國江南的水鄉，女郎踩踏水車，充滿了健康和歡樂。

車子停在房舍前面，白老大「呵呵」笑著，張開雙臂，走了出來，他滿面紅光，笑聲洪亮，看起來高興又健康。

白老大用力拍著我的背：「你好，有沒有從什麼外星人那裡，學到什麼特殊的釀酒方法？」

我道：「沒有，除了地球人之外，似乎還沒有什麼別的星球人能知道酒的好處。」

白老大大是高興：「對，可以寫一篇論文：酒是宇宙之間真正的地球文化。」

在笑聲中，我們進了屋子。白老大的隱居生活，極盡舒適之能事——決不是什麼排場、奢華，只是舒服，屋子中的每一件擺設，每一個角落，每一件家具，都只從舒適的角度去安排。當然，包括了視覺上的舒適和實際上享受的舒適。

我還沒有坐下，白老大已鄭而重之，捧著一瓶酒，在我面前晃了一下：「來，試試我古法釀製的好酒。」

他說著，拔開了瓶塞，把金黃色的酒，斟進杯子，遞了過來。

我接杯在手，先聞了一聞——這是品嘗佳釀的例行動作，心中就打了一個突，我聞到的，是一股刺鼻的酒精味。這非但不能算是佳釀，甚至離普通酒吧中可以喝到的劣等酒，也還有一段距離。

我用杯子半遮住臉，向白素使了一個眼色，白素向我作了一個鬼臉。我再向白老大看去，看到他一臉等候著我讚揚的神情。我心中暗嘆了一聲，把杯子舉到唇邊，小小呷了一口。

白老大有點焦切地問：「怎麼樣？」

我好不容易，把那一小口酒，咽了下去，放下杯子：「這是我有生以來所喝過的——」

我講到這裡，頓了一頓，白老大的神情看來更緊張，白素已經轉過頭去，大有不忍聽下去之勢，我接下去大聲道：「最難喝的酒。」

白老大的反應，出乎我的意料之外，他非但沒有生氣，反倒立時哈哈大笑，一面指著一扇門：「老卓，你看，我沒有騙你吧，衛斯理就是有這個好處，一是一，二是二，哼，老丈人給他喝的酒，他也敢說最難喝！」

我在愕然間，已看到自白老大指著的那扇門中，走出了一個老人來。

這個老人的身形極高，腰板挺直，膚色黑裡透紅，下頷是白得發亮的短髯，看上去，一點也未現老態。頭頂上一根頭髮也沒有，亮得幾乎可以當鏡子。

我無法估計到這個老人的正確年齡，只覺得這種造型的老人，不應該在現實生活中出現，只應該在武俠電影中才能看得到。

老人一面笑著一面走出來，笑聲簡直有點震耳欲聾，他逕自來到我的面前，伸出手來。他的手掌又大又厚又有力，掌上滿是堅硬的老繭，和我用力握著手，他道：「好小子，我以為小白只是在吹牛。」

他講的是一口陝甘地區的鄉音，聽來更增加豪邁，而且他稱白老大為「小白」，那很使我感到詫異，白老大立時在一旁解釋：「這老不死，今年九十三歲，看起來，還像是不知可以活多少年。」

老人對於「老不死」的稱呼，一點也不以為忤，顯然他和白老大是十分熟稔的好朋友：「大廟不養，小廟不收，看起來，閻王老子不敢和我見面，白便宜了我在花花世界，多活幾年。」

我立刻就喜歡上了這個老人，在這老人的身上，散發著一種只有在中國北方男兒身上找到的豪氣，而且，那是一種原始的、粗獷的、未曾經過任何琢磨的自然氣概。隨著社會結構的迅速改變，這一種氣概，如今很難在現實社會中看得到了。

我笑著：「老爺子貴姓卓？」

老人搖著我的手：「卓長根，你不必叫我老爺子。」

我一時頑皮，脫口道：「那怎麼辦？難道也叫你老不死？」

卓長根笑得更歡：「隨你喜歡。」

他說了之後，伸手一指白老大：「你老丈人說，我心裡的那個謎團，除了你之外，不會有別人可以解得開，所以叫你來聽聽。」

我聽得他這樣說，心中立時想到，白老大電報中的「要事」，原來就是那老人心中的「謎團」，看起來，我要聽這位老人家講一個故事。

由於卓長根給我的第一印象十分好，所以我也不反對聽聽，雖然我已經預算了「故事」十分乏味。

白老大放下了手中的酒瓶，另外又拿出了好酒來，看起來，卓長根年紀雖然大，可是很性急，也不理會我在長途旅行之後是不是疲倦，用力一拉我，令我坐下來，白老大對白素道：「你也聽聽。」

白素在我身邊坐下，在老人還未開口前，我對他的年紀這樣大，但是健康狀況那麼好，感到驚訝。他甚至不肯坐下來說，而只不斷地在走來走去，一刻也不肯停。他這種行動，也影響了我，以致他開始說了不多久，我也坐不住，跟著站了起來。

卓長根講的，就是一開始記述的，馬金花的故事。

當然，和我的預算不相合，卓長根的故事，相當吸引人。

當他講到，他們重整隊伍，再追上去，想去弄明白馬群究竟是不在前面之際，我和白素已經完全被他的故事吸引住了。

白老大多半是已經聽過，所以卓長根開始敘述，他就自顧自離開了。

卓長根說的，是七十五年之前的往事，可是他的記憶力極好，或者是這件事，給他的印象十分深，所以幾乎每一個細節，他都記得清清楚楚。

二十匹健馬，經過了短暫的休息，由卓長根帶領著，立時又開始向前飛馳，卓長根的年紀輕，可是他騎術精嫻，眾所公認，所以大家推他為首。

卓長根這時，心情的焦急，也在所有人之上，卓長根是萬中選一的壯健小伙子，他九歲那一年，他父親帶著自己培養出來的一百匹好馬，投入馬氏牧場來的。

那一百匹好馬，是卓長根父親畢生的心血結晶。

馬氏牧場，從馬醉木開始，到那時只有六歲大的馬金花，都是眼界極高，對馬的優劣一眼就可以看得清清楚楚的高手，而且牧場中有的是好馬，可是看到了那一百匹馬，也都不禁睜大了眼，馬醉木當時就問：「隨便你要什麼條件，只管開口。」

在這裡，忽然又轉去敘述卓長根的來歷，看起來像是有意在賣關子，但其實不然，卓長根的父親投進馬氏牧場的過程，卓長根這個人，和整件奇怪的事情，有相當密切的關係，既然是在說往事，自然說得詳細一點比較好，請各位略付耐心，必有所獲。

卓長根的父親笑了一下，使馬醉木和馬氏牧場其他人感到奇怪的是，人人都可以感到他的笑容，看來十分淒苦，甚至有一點想哭的味道。

卓長根的父親，那時看起來，大約是四十歲不到，正當壯年，身形高大健壯，有一股剽悍的神情，這一類慣以天地為屋宇的牧馬人，豪情勝概，流血不流淚，再大的痛苦，也不作興在他人面前表露出來，何況他初來乍到，面對的是一群才見面的陌生人。

馬醉木為人豪爽，一看到對方露出了這樣的神情，就知道對方一定有著重大的心事。

他以前未見過卓長根的父親，只是聽說過，有那麼一個姓卓的養馬高手，長年在內蒙狼山一帶放牧養馬，養出來的馬十分有名。可是馬醉木一見到這個人，就喜歡了他，馬醉木判斷一個人的好壞，有兩個十分奇怪的原則。

第一，他認為能養牧出好馬來的人，一定不是壞人。因為好馬不會喜歡壞人，馬和人之間，有一種特殊的互相溝通的本領，一個壞人，就算到手了一匹好馬，也一定養不長，馬會自動離開他。

卓長根的父親養牧出了一百匹這樣叫人一看就喜歡不盡的好馬，怎麼會是壞人？

再加上馬醉木生性豪邁，他當時就不等卓長根的父親再開口，一伸手，重重在他的肩頭上拍了一下，又「砰」地一聲，在自己的胸口拍了一下：「卓老弟，不管你有什麼事，就算你那一百匹好馬不給我，也算是讓我開了眼界。不論你有什麼事，要我幫忙，只要我做得到，決不推托半句。」

卓長根的父親又現出了一下淒然的笑容，可是看得出他大大地鬆了一口氣：「我算是沒有找錯人，馬場主，這一百匹馬，只不過是我的一點心意，不敢說是禮物，而且我也想不出，除了馬氏牧場之外，還有誰有資格養這一百匹好馬。」

這幾句話，又讓在場的人，都震動了一下：這是什麼意思？難道他要放棄牧馬？這對於牧馬人來說，簡直是不可思議！

當時，倚在馬醉木身邊的馬金花，就在大家發怔，一下子靜下來的時候，用她兒童的尖音，講了一句話：「怎麼，馬不是你的嗎？你為什麼好好地，不要那些馬了？」

沒有人覺得馬金花不該說話，也沒有人覺得馬金花說的話不對。

因為馬是牧馬人的生命和榮耀，儘管卓長根的父親如果不要那批馬了，馬氏牧場可以因之增加一大筆財富，但是那種責問，還是必要的，因為一個自己不要生命的人，還可以諒解，一個放棄榮耀的人，不可原諒，沒有人會看得起。

所以，事實上，馬金花叫出來的話，當時每一個人都想提出來，只不過成年人，即使是再粗獷的漢子，都會略為先想一下再說，而馬金花只是小女孩，一下子先叫了出來。

這是卓長根第一次注意馬金花。

雖然，一和馬場主見面，卓長根就看到了馬金花，但是一個九歲的小男孩，不會對一個六歲的小女孩加以什麼注意。何況卓長根自小在廣闊的草原上長大，飽經風霜，而馬金花看起來白白嫩嫩，衣著又漂亮，十足是一個三步不出閨門的有錢人家的千金小姐，卓長根自然更不會加以什麼注意。

可是所有的成年人都還保持沉默，她卻先尖聲提出了責問，這令得年幼的卓長根，立即向她望過去。

卓長根那年雖然只有九歲，可是身量已高得出奇，而且十分壯健，看起來，就像是一個十三四歲的少年人。但是他一開口，卻是童音未滅，聲音聽起來也有點尖，他父親還沒有回答，他已經踏前一步，大聲道：「我爹快死了，要不是他快死了，怎會不要那些馬？」

卓長根的話，令得本來已經錯愕的人，更加錯愕，一時之間，人人更不知說什麼才好，卓長根已轉過身，向他的父親道：「爹，我早說過，我也會牧馬，你死了，我一個人也活得下去，何必來求人？」

卓長根的父親又淒然一笑，還沒有來得及回答，馬醉木已經一揚手，立時有兩個人走向卓長根的父親。那兩個人，是馬醉木的得力助手，精通醫理，尤精傷科，有本事把斷了五六截的臂骨接起來，他們聽卓長根說他的父親快死了，心中驚訝之極，小孩子絕沒有道理咒詛自己父親，講的一定是真話，可是眼前這個人，看起來一點也不像快死的樣子！

所以，他們走向卓長根的父親，一個伸手搭脈，另一個立時把手輕輕放在他的額上。

也就在這時，馬醉木問卓長根：「小兄弟，你今年多大了？」

卓長根昂然回答：「九歲。」

也就是在那一刻，馬金花才注意到卓長根。

當然，卓長根一進來，她已經看到了，可是這樣的少年人，牧場中有的是，馬金花雖然年紀小，但是性高氣傲，與生俱來，除了自己的父親，和那十來個叔叔伯伯，其餘的人，在她眼中看出來，全不值一顧。

不過這時，馬金花至少感到，眼前這個少年，與眾不同。

馬金花望著卓長根，小女孩的神情十分高傲。卓長根也回望著馬金花，小男孩的神情，也十分高傲。

馬醉木豎起了大拇指：「好有志氣的孩子。」

卓長根受了誇獎，也並沒有什麼高興得意的神情，只是得體大方地微微一笑。

馬金花這時，又突然問了一句：「你爹快死了，你怎麼一點不傷心？」

卓長根連想都沒有想就回答：「人到了非死不可的時候，傷心來幹嘛？」

卓長根的話，不像出自一個孩子，他說了那句話，退到了他父親的身邊。

這時，那兩個替卓長根父親把脈的人，現出怪異的神情來，卓長根的父親，也把兩個人輕輕推了開去，那兩個人異口同聲：「卓朋友，你一點病痛也沒有，怎麼會——」

他們把一句話的下半截縮了回去，本來想說「怎麼會快死了」。

卓長根的父親又長嘆了一聲，並不說什麼，馬醉木立時道：「卓老弟，你惹上了什麼厲害的仇家？你放心，既然看得起我，到了馬氏牧場，不管有什麼深仇大恨，也不管對方是多麼厲害的角色，能化解就化解，不能化解，你的事，就是我的事。」

馬醉木那一番話，慷慨豪俠，聽得人熱血沸騰。卓長根當時立時向他父親望去，一臉希望他父親接受馬醉木的好意。

可是他父親的反應，卻十分奇特，側著頭，神情一片惘然。

這種樣子，與其說他是在考慮馬醉木的話，還不如說他根本未曾把馬醉木的話聽進耳去還好。

馬金花在這時，又尖聲道：「我爹向來說一是一，說二是二。」

卓長根立時冷冷地道：「誰曾說馬場主說的話不算數？」

兩個小孩子在鬥嘴，卓長根的父親長嘆一聲，把手放在卓長根的頭上：「馬場主，我只有一件事求你，這孩子叫長根，我把他托給你了。」

馬醉木「呵呵」一笑：「行，那一百匹馬，能帶來多少利益，全歸在這孩子的名下。」

卓長根的父親長長地吁了一口氣，現出十分放心的神情來，聲音有點沙啞：「馬場主，向你討碗酒喝。」

馬醉木立時站了起來，神情十分高興。

因為他認為判別一個人好壞的兩個怪原則的另外一個就是：一個人如果喜歡喝酒，這個人也就不會是壞人。喜歡喝酒的人，總會有喝醉的時候，一到酒醉，沒有什麼不能對人說的，人與人之間的關係，也會拉得更近。

他站了起來之後，大聲叫：「拿酒來，我們大家陪卓老弟喝三碗。」

他一吆喝，立時有人抬了一大缸酒進來，馬醉木走上去，一掌就拍開了封泥，酒香四溢，那是窖藏了多年的上佳白乾，一隻隻大碗排了開來，濃冽的幾乎有點不流暢的酒倒進碗中，馬醉木斜眼睨著卓長根：「小兄弟，你也來一碗？」他看出卓長根這小孩子十分好強，心想難他一難，看他如何應付。卻不料卓長根連想也不想，只答了兩個字：「當然。」

卓長根的回答，倒像是馬醉木的那一問多餘，馬醉木和所有的人都笑了起來。

每一個人都端碗在手，卓長根做了一件令他日後十分後悔的事，他常告訴自己：這件事做錯了！值得後悔一輩子！

第二部：兩個大謎團

卓長根端起碗來，那一大碗白乾，對於成年人來說，自然不算什麼，但對於一個九歲的孩子來說，就可以把他醉得人事不省。

那些人當然不知道，卓長根從小喝酒長大，蒙古草原上的馬乳酒，酒性又烈又難入口，卓長根可以喝一大皮袋，面不改色，那一大碗白乾，對他來說，真不算什麼。而他所做的錯事是，他的眼睛轉了過去，望向馬金花。他完全沒有說什麼，可是他的神情，他想說什麼，被他看著的人，一下子就可以明白。

馬金花立即明白了，她大聲說：「我也要喝一碗。」

一生之中，不知經過多少風浪的馬醉木馬場主，就算天下有兩個人頭掉下來，落在地上，又咬住了他的腳，他也不會更吃驚！他一聽得他寶貝女兒也要喝一碗，雙手一震，竟然連碗中的酒，也震出了少許來，可知他心中的吃驚是如何之甚，他甚至連聲音也有點發顫，不過他只叫了一聲：「金花。」

他沒有再說什麼，因爲他知道，自己的女兒在更小的時候，她要做什麼事，就已經沒有什麼人可以阻止她。

於是，馬金花捧起了一碗酒，看也不看卓長根，就大口大口喝了下去！

各人大口喝著酒，但仍然不免留意馬金花，馬金花喝完了一大碗白乾，看來像是沒有什麼事，走向前去，看她的樣子，像是想把碗放回去，可是她腳才一抬起來，身子便向後仰去，「咚」地一聲響，小腦袋後面，重重撞在大青磚鋪成的地上。

馬金花這一倒下去，直到第四日，方始悠悠醒轉，她後腦上撞起的那個腫塊，八天後才平復，這是後話，表過就算。

馬金花的種種故事，被傳誦的不知多少，但是她喝醉酒的那件事，卻除了在場的各人知道之外，再也沒有別人知道。當時在場的各人，沒有再對任何人講起過。因爲他們都知道馬金花好勝性強，那次逞強喝了一大碗白乾，五臟六腑都要翻轉來，連黃膽水也吐了出來，雖然她硬是忍著，沒有呻吟，但是從此之後，她滴酒不再沾唇。

馬金花不喝酒的原因是什麼，也有很多傳說，當然全不正確，真正的原因還是爲了那一大碗白乾，她六歲那年，一口氣喝下去的那一大碗白酒。

卓長根後悔自己用挑戰的神情，令得馬金花喝下那一大碗白乾，倒也不是當時的事，而是在若干年之後。當時，他只覺得有趣，馬金花倒下去，他忍不住哈哈大笑。

可是到了若干年之後，他才知道，馬金花因爲這件事，心中對他的敵意，是如何之甚。

那真令得他後悔莫及！

當時，馬金花一醉倒，馬醉木苦笑一下，立時把馬金花抱了進去，自有人去照料她。

其餘的人繼續喝著酒，各人都喝了三碗，卓長根的父親放下酒碗，向馬醉木和各人一拱手：「拜托馬場主和各位了，長根這孩子，凡是養牧馬的事，他都會做。」

卓長根的父親講完，轉身向外就走。由於他的言行實在太突兀，以致一時之間，人人怔呆，沒有人出聲。每一個人都以爲他會把他自己遭遇的困難，向馬醉木說出來。他千里迢迢，前來馬氏牧場托孤，身體又健壯無病，那自然是有了什麼致命的仇家，馬醉木已經說了，願意一力擔當，有了那麼好的機會，他自然應該把自己的遭遇，詳細說出來，才是道理。

可是他只是喝了三碗酒，二話不說就走，真是太出人意表了。

更怪的是，卓長根並沒有跟著他走，只是身子筆直地站著。

卓長根心中難過，人人可以看得出來。他雖然站著不動，可是雙手緊緊地捏著拳，連指節都發白，而且，他臉上的肉，在不斷地跳動。他甚至不回頭看著他父親，或許他是怕一回頭，看到自己父親的背影，就會忍不住嚎哭。

卓長根的父親，走出了十來步，已經快走出廳堂去了，馬醉木才陡地震動了一下，叫道：「卓老弟，等一等。」

卓長根的父親站定了身子，並不轉身，聲音聽來也很平靜：「馬場主還有什麼見教？」

馬醉木的聲音有點生氣：「卓老弟，你太不把我們這裡幾個人當朋友了，你能把長根交給我們，足領盛情，可是你自己的事，爲什麼不說？」

卓長根的父親仍不轉過身來：「我的事，已經全告訴長根了。」

卓長根幾乎是叫出來的，充滿著激憤：「不，爹，你什麼也沒有對我說。」

眾人聽著父子倆這種對話，更加摸不著頭腦。

卓長根的父親道：「我能告訴你的，都已經告訴你了，等我走了之後，你轉告馬場主和幾位叔伯。」

卓長根緊抿著嘴，一聲不出，額上的青筋，綻起老高，馬醉木走向前去：「卓老弟，何必要叫孩子轉述？就由你自己對我們說說如何？」

卓長根的父親深深吸了一口氣，仍然不轉過身，可是卻昂起了頭來。

他的語調沉重而緩慢，可是卻十分堅定：「十年前，我做了一件事，十年之後，我必須為我所做的事，付出代價。代價，就是死，我要到一處地方去赴死，非去不可，不去不行。」

馬醉木立時問：「什麼事？」

卓長根的父親「哈哈」一笑：「馬場主，我什麼也不說，不過一死而已，要是說了，那萬死不足贖我不守信用之罪。」本來除了馬醉木之外，還有不少人有話要問，可是他這句話一出口，卻把所有人都堵住了口。

行走江湖，立身處世，最要緊的是守信用，要是他曾答應過什麼人，絕不說出他曾做過什麼事，那就是上刀山，落油鍋，也決計不可以說出來。作爲他的朋友，更不應該逼他說出來。

當下，馬場主和各人互望一眼，使了兩個眼色。在場的幾個都是馬醉木的老兄弟，對於馬醉木的行事作風，當然再清楚也沒有，立時會意，其中有一個，以極輕的步子，向邊門走了出去。馬醉木故意大聲說話，以掩飾那人微不可聞的腳步聲：「卓老弟，既然這樣，人各有志，我也不便相強。」

卓長根的父親忽然嘆了一聲：「馬場主，你不必派人跟我，看看我究竟爲什麼非死不可，你要是這樣做，不是幫我，反倒是害我！」

馬醉木心裡所想的安排，半個字也未曾說出，就被道了個正著，這令得馬醉木多少有點狼狽，他只好乾笑道：「卓老弟，既然你那麼說，只好作罷。」

卓長根的父親略停了一停，又大踏步向外，走了出去，走出了廳堂。所有人的目光立時全集中在卓長根的身上，卓長根憤然道：「就是這些，我爹也只向我說了這些！他說他一定要死，一去之後，再也不會回來，要我在馬氏牧場，好好做人，他就只說了這些。」

馬醉木來回踱了幾步，站定了身子：「小兄弟，是不是要派人去跟一跟，就由你來決定。」

卓長根的回答，來得又快又斬釘截鐵：「當然要，誰也不想自己的爹，死得不明不白。」

馬醉木大聲道：「好。」

派人跟蹤卓長根父親的事，就這樣決定，而且立即付諸實行。

馬氏牧場在方圓千里，有絕大的勢力，眼線密布，離開馬氏牧場，往南往北，向東向西有多少路可以走，哪怕你不走大道，抄的是荒野小徑，信鴿一放出去，前面的人一接到，卓長根的父親一走到哪裡，就都會有「特別照應」，也立時會有報告回來。

開始三天，報告十分正常，卓長根的父親離開之後，向西北方向走去，單人匹馬，一直向同一個方向走著，三天走出了將近五百里。

然後，他就像是在空氣之中消失了，再也沒有他的信息。

這實在是很不可能的事！他的行動，幾乎每一里路都有人盯著，他消失的地方，是陝西省和綏遠省的邊界，一個相當大的鹽水湖，叫作大海子附近的一片荒涼的鹽碱地。

由於卓長根的父親一直沒有改變方向，所以要知道他的行蹤，不是很難，而且馬醉木推測，他可能回到蒙古草原，誰都以爲這樣盯下去，一定可以水落石出。

第三晚的報告，說他在一個灌木叢旁紮了一個小營，燃著了篝火，對著篝火發怔，一直到了午夜才進了那個小營帳，第二天，未見他出來，盯他的人假裝是牧羊人，走近那個小營帳，他人已不在了。

營帳和馬都在，人不見了。就算他發現了有人跟蹤，棄馬離去，連夜趕路，那麼前途一定仍然會發現他的蹤跡，可是他卻一直沒有再出現。

搜索隊由最有經驗的人組成，這些人，就算七天之前有一隻野兔子經過，他們都可以看得出來，可是一連七八天，就是蹤影全無。

在半個月之後，馬醉木帶著卓長根，一起到了卓長根父親最後紮營的地方。

卓長根沒有哭，只是望著那營帳，站著，一動也不動。小營帳他極其熟悉，他父親在草原上放馬，小營帳每天晚上就搭在不同的地方，替他們父子兩人，擋風擋雨，阻雪阻霜。而這時，營帳空了，他父親不知去了何處。照他父親的說法是：他一定要去死！那麼，難道就死在那裡了？如果死了，屍首呢？

他站了很久很久，也沒有人催他，馬醉木陪著他站著。一直到天色全黑了下來，卓長根才道：「馬場主，回牧場去吧！」

馬醉木十分喜歡卓長根這種自小就表現出來的、堅決如岩石一樣的性格，何況他曾答應過，那一百匹上佳良馬帶來的利益，全歸入卓長根的名下，所以，卓長根在馬氏牧場之中的地位十分特殊，絕沒有人敢去欺侮他。而卓長根也很快使所有人都知道，他是一等一的牧馬好手，十三四歲時，他已經高大壯健得看起來像成人。他一點也不利用自己的特殊地位，只是和別的牧馬人一樣，同吃同住，性格豪爽，人人都喜歡他——那是粗豪漢子出自真心的喜歡，年紀比他大很多的人，也不會在他面前擺老資格，不把他當孩子，只把他當朋友。

有一個時期，甚至有大多數人，都認為卓長根可以成為馬醉木的女婿。

可是，卓長根和馬金花的關係，卻糟糕之極。馬金花在酒醒了之後，也不是完全不睬卓長根，兩個人也玩得相當親近。

一直到四年之後，馬金花有一天忽然問卓長根：「你爹究竟到什麼地方去了？他做過些什麼事？爲什麼一定要死，你別裝神弄鬼，老老實實告訴我。」

卓長根只是簡單地回答：「我不知道！」

馬金花道：「你一定知道的，哪有自己要死了，連爲什麼會死都不告訴兒子？」

馬金花說的，是人之常情，可是這兩句話，卻深深刺傷了卓長根。早在四年前，他父親簡單地告訴他要去死，他就追問過，要父親告訴他詳情。

可是父親卻沒有告訴他，使他感到自己和父親之間，有了隔膜和距離，令得他極其傷心，所以當時，他父親說什麼都告訴了他，他立時大聲抗議。

而這件事，在卓長根心中，是極重的創傷，絕不想觸及。

可是馬金花偏偏要在他這個心靈創傷中找秘密。他當時陡然轉過身去，聲音嘶啞：「我不知道，真的不知道。」

馬金花卻也犯了拗勁：「你一定知道，你要是不把這件事告訴我，就再也不要和我說話，我也再不會和你說話。」

卓長根當時一聲也沒有出，就昂著頭，大踏步走開去，馬金花想叫住他，但是一想到剛才的硬話，也就硬生生忍了下來。

從此之後，卓長根和馬金花，真的一句話也沒有再講過。聽起來，這不可能，但是在兩個脾氣都是那麼僵的人的身上，就會有這種事發生。

馬金花人很正直，她只不過不和卓長根講話，決不仗勢欺人，找卓長根麻煩。卓長根也坦然置之，做著自己該做的事。

馬醉木知道了這種情形，又是生氣，又是好笑，把卓長根和馬金花兩人一起叫了來，可是兩人你望著我，我望著你，誰也不肯先開口，馬醉木對著這兩個孩子，也無可奈何。

他們兩人互相望著對方，而誰也不肯先說話的情形，在日後的歲月之中，每一個月，總有那麼幾次——馬氏牧場雖然大，但兩個精嫻的牧馬人，總有機會見面的。

他們漸漸長大，卓長根曾不止一次後悔，考慮自己是不是應該打破不和好說話的僵局，可是，對一個普通人來說，再也容易不過的事，對於卓長根，卻最困難。卓長根感到，再要找一個像馬金花這樣的姑娘，絕無可能，他也知道要打破僵局，十分容易，只要自己先開口叫她一聲就可以了。

可是那一句「金花」卻比什麼都難開口，有好多次，卓長根午夜騎著馬出去，馳到人跡不至的荒野，對著曠野，叫著「金花」，用盡他一切氣力叫著，叫到喉嚨沙啞。

可是，當他看到馬金花的時候，尤其一接觸到馬金花那種高傲的、譏嘲的眼光，他的喉嚨卻像是上了鎖，一點聲音也發不出來。

卓長根也知道，就算他先對馬金花說話，也不再會有用，因爲那會被馬金花這樣性格的姑娘看不起，認爲他向人屈服，不是有出息的好漢。

所以，卓長根只好在暗中嘆息，在他人而前，表現得毫不在乎，若無其事，在馬金花的面前，儘管心絞成一團，可是還得裝出一副倔強的神情來。

九十三歲的卓長根，敘述他少年時的情史，他雙眼炯炯發光，神情又興奮又傷感，聲音充滿了激情。他的這種神態，誰都可以看出他當年心中對馬金花的暗戀，是如何之甚。

白素在聽到這裡時，輕輕嘆了一聲：「卓老爺子，這是你自己不對，你總不能叫她先向你開口。」

卓長根伸出他的大手，在他自己滿是皺紋的臉上，重重抹了一下：「是她不講理在先，她要問的話，我根本不知道，她愛不講話，只好由得她。」

我對著這個耿直的老人，又好氣又好笑，他心中分明對當年的這段暗戀，極之在乎，可是一直到現在，他還是要裝成若無其事。

他本來要向我們講他心中的一個「謎團」，可是一講到馬金花，他卻連說她，帶說自己，扯了開去，說了那麼多。

由於卓長根和馬金花之間的感情糾纏，和以後事情的發展，有相當大的關係，而且過程也十分有趣，所以我不嫌其煩地記述了下來。

白素當時又搖著頭：「對一個自己喜歡的女孩講一句話，根本不是困難的事，就算你講了，她不睬你，反正已講了一句，再講幾句，也就更加不是難事。」

白素看出卓長根十分豪爽，所以她也不轉彎抹角，毫不客氣地責備他。卓長根一聽，先是呆了一呆，接著，就揚起手來，「啪」地一聲，在他自己的光頭之上，重重打了一下。他那下下手還真重，把我和白素嚇了一大跳。

他一面打自己，一面罵：「豬，真是豬，我怎麼沒想到？」

說著，他又再度揚起手來去打自己，我叫：「老爺子。」一面叫著，一面疾伸出手去，抓向他的手腕，不讓他自己打自己。

可是我的手方一伸出去，他手腕陡然一翻，反向我抓了過來，應變之快，出乎我的意料之外。我一縮手，他斜斜一掌，向我砍來，我趁機翻手，和他的手抓在一起，兩個人都不約而同，較了一下勁。

我真的未曾想到，一個九十三歲的老人，還會有那麼強的勁道，我並沒有用全力，看卓長根的神情，他也沒有用全力，可是也已經令我感到他力道的強勁。接著，他突然一縮手，想把我拉向前去，我幾乎站立不穩。

我總算應變得快，連忙沉氣紮馬，總算穩住了身子，沒給他拉了過去。

卓長根哈哈一笑，鬆開了手，我由衷地道：「老爺子好功夫。」

卓長根笑道：「不算什麼，自小就練的，誰都會幾下子，金花姑娘的武功，就比我高。」

他提到武術修爲，仍然不忘記馬金花，令得我和白素互望了一眼，都有點忍俊不禁。卓長根有點忸怩，嘆了一聲：「或許是由於不講話的時間太久了，每多一天不講話，就覺得更不好意思講。當時，如果第二天我就開了口，事情不會那麼僵。」

白素笑了一下：「那畢竟是許多年之前的事了，你一開始就告訴我們，馬金花莫名其妙的失蹤了五年之久，就是在那次放馬時失蹤的？」

卓長根現出了十分惘然的神情來：「是的，這個疙瘩，一直存在我的心裡，我……我……」

他講到這裡，可能是由於太激動了，竟然講不下去，他停了下來，深深地吸了一口氣。

我道：「老爺子，你心中的謎團，應該有兩個，一個是馬金花的神秘失蹤，另一個謎團，應該是令尊的神秘失蹤。」

卓長根怔了一怔，像是他從來也未曾想及過這個問題：「我爹？他可不是神秘失蹤，他要到一個地方去死，從此之後，他再也沒有出現過，那當然是他已到了那個目的地，而且，已經死了。」

我搖了搖頭：「不那麼簡單，其中一定還有許多曲折，當時的搜索，是不是夠徹底？」

卓長根又用他的大手在臉上抹了一下，神情沉重，過了一會，才道：「徹底之至，甚至後來找馬金花的那次搜索，也不過如此。馬場主真是對得住我爹，在找不到他之後，他還派了很多人出去——」

馬醉木在卓長根的父親失蹤之後，憑他的經驗，組織了搜索隊，可是這個人，消失得無影無蹤。於是馬醉木又派了一大批人出去，去調查卓長根父親的過去，一個四十出頭的男人，一生之中，總會和別人有過接觸。他曾對馬醉木講過，十年之前發生過一件事，如今非去就死不可。查明那是一件什麼事，事情多少可以有點眉目。

這項調查工作，做得十分徹底，而且在開始的時候，進行得也算是順利。

卓長根的父親是養馬的好手，長期在蒙古草原上活動，蒙古民族愛馬如命，內蒙草原上各部落的王公和首腦，都對他十分禮遇，他只說自己姓卓，從來也沒有向人提及過自己的名字。

蒙古人上下，都對他十分尊敬，一致稱呼他「卓大叔」。卓大叔曾在好幾個部落中生活，在達里湖邊住的時間最久，長達三年，在那裡娶妻生子，娶的是克什克騰旗中最漂亮能幹的一位蒙古姑娘。蒙古姑娘一般來說，很少嫁給外族人，但是由於他養牧馬匹的才能實在太出色，所以不被當作外人，克什克騰旗的旗主想把他留在旗裡，這才有了這宗婚姻。

結婚第二年，就生下了卓長根，可是三年一過，他卻堅決要離開，因爲那位蒙古姑娘——他的妻子——得病身亡，他感到十分傷心，不想再留在傷心地。

從此，他就帶著小卓長根，一直在草原上，從這裡走到那裡，也帶著他精心培育出來的良種馬，而且毫不吝嗇地把自己的種馬，給各處的蒙古養馬人去配種。

所以，卓大叔的名頭，在內蒙草原上，極之響亮。打聽起來，十分容易，而且只嫌搜集到的資料太多。

可是調查他的過去，卻發現了一樁怪事。

卓大叔那麼出名，一直可以追查他帶了一百匹馬，帶了卓長根到馬氏牧場來。往上推，可以推到他十年之前，在克什克騰旗出現，結婚，生子。但是再向前追查：他在克什克騰旗出現之前，在哪裡？幹什麼的？是什麼出身？卻全然無可追尋，不論如何追查，一點線索也沒有。

十年之前，突然出現，十年之後，突然消失。在他出現之前，沒有人知道他從何而來，在他消失之後，也沒有人知道他去了哪裡。

一個人，有那麼超卓的養馬才能，固然要天生愛馬，有和馬匹之間溝通的天生本領，但是各種各樣的技能，決不是一朝一夕可以培養出來，必須是經年累月嚴格訓練的結果。

那也就是說，卓大叔以前，也必然是一個牧馬人，不可能從事別的行業。而且絕對可以肯定，他早就是一個十分出色的牧馬人！馬醉木認為，一定可以把他的來歷找出來，就算他曾經改名換姓，但是相貌改不了。就算他連相貌也能改變，他那種養馬的手法，也必然傳誦在他工作過的牧場。於是，第二階段的調查工作再度展開，所有的人，以為一定很快就有結果，在時間上，恰好是十年，人人都猜想，卓大叔多半是在十年之前，在他的身上，發生了一件重大的事，所以才到了內蒙草原。

十年的時間並不算太長，以他那種出色的牧馬人，只要曾在牧場生活過，人家一定會記得他。所以，派出去調查的人，先在附近的大小牧場中去問，漸漸地，越問越遠，一直擴展出去，直到南到河南南部，東到山東沿海，北到外蒙古，西到天山腳下，問遍了大大小小的牧場，找遍了所有可能養牧馬匹的大小部落，卻沒有一個人知道卓大叔的。

那真是怪誕之極！這個人是哪裡來的？總不會是從江南水鄉來的吧？雖然江南也有人養馬，但是決不會有這樣一個連蒙古人也奉若神明的養馬好手。

經過了將近兩年的調查，所得的只是卓大叔十年內生活情形，那十年中，他的生活情形，詳細得不能再詳細。但是在十年之前，卻半點也查不出來。

馬醉木無可奈何，把卓長根叫到了面前，先和卓長根對喝了三碗酒，再把這兩年多來，調查他父親來歷的經過告訴他。然後才問：「你爹在克什克騰旗出現之前，究竟是幹什麼的？」

卓長根的回答，令馬醉木啼笑皆非，他楞頭楞腦地道：「那我怎麼知道？那時我還沒有出生。」

馬醉木「哧」地一聲：「他難道從來沒有對你說過他的過去？」

卓長根搖頭：「沒有，爹很少說他自己，總是說媽媽是怎麼漂亮，怎麼能幹……爹根本沒有說過他自己什麼，我也沒有問過他。」

馬醉木嘆了一口氣，真正無法可施。

我聽到這裡，大聲道：「老爺子，這不是很對勁吧，你們父子兩人，相依爲命，他一定對你說他自己的過去的，一定會說的。」

卓長根大有怒容：「我說的是實話，真沒說過。」

白素忙打圓場：「老爺子說沒說過，一定是沒說過。」她說著，又狠狠瞪了我一眼。

我苦笑了一下，但仍然咕噥了一句：「你不問，這也說不過去。」

卓長根嘆了一下：「那時我年紀還小，不懂得那麼多，等到我漸漸長大，想問，也不知道去問什麼人了。」

他的語調之中，充滿了傷感的意味，我搖著頭：「那位馬場主的做法，也不是十分對，應該著力於去調查他到哪裡去了，而不應該去調查他是從哪裡來的。」

卓長根只是簡單地回答：「他盡了力，我們大家都盡了力。」

我還想說什麼，白素向我使了一個眼色，示意我不要亂說話，所以我想了一想才開口：「一個人，可以來自任何地方，中國地方那麼大，他從哪裡來，無從調查。」

卓長根緩緩地道：「他不可能從很遠的地方來，因爲在克什克騰旗，第一個發現他的人和他交談，他說的話，是地道的陝甘土腔。就像我現在說的。小伙子，聽說你對各地方言都很有研究，你學句我聽聽。」

陝甘一帶的語言，基本上是黃河以北的北方語言系統，但是另有一股自己的腔調，我就學了幾句，卓長根呵呵笑了起來：「學是學得很像，可是一聽就聽出，那是學的。」

我有點不服氣：「第一個見到令尊的人，對辨別語言的能力十分高強？」

卓長根點頭：「是，他是一個馬販子，陝西人，經常來往關內外。」

我望著他，白素說道：「老爺子，你後來又到克什克騰旗去調查過？」

卓長根點頭：「是，我是半個蒙古人，我的外婆還健在，舅舅也在，我在十五歲那年，曾離開馬氏牧場，回到克什克騰旗，去看他們，同時，也想進一步知道我爹的來龍去脈。」

我問：「你有什麼發現？」

卓長根皺著眉：「問下來，第一個遇見我爹的，我已經說過了，是一個馬販子，那個馬販子……後來我也找到了他，他詳細說了怎麼遇上我爹的經過。」

我和白素都十分感到興趣，卓長根的父親，真可以說是一個神秘人物，沒有人知道他從何而來，也沒有人知道他的下落，充滿神秘氣氛，第一個見到他的人，自然十分重要。

我來不及地問：「那馬販子說當時的情形怎麼樣？」

蒙古包中的每個人神情焦急，部落的首腦全在，馬販子江忠也在，他更是愁眉苦臉，因爲上個月他挑定了的一群馬，都患了病。

草原上，最怕牲口有病，不怕人有病。人生病一個一個生，而牲口生病，一群一群生，幾千匹馬的馬群，可以在三四天之內，全部因病死亡，使牧馬人多年的心血，一下子就變得什麼也沒有！

江忠來了兩天，一切都準備好，準備把馬群趕到關內去，可是馬群卻生起病來，部落中擅於醫治牲口的人，甚至說不出馬群患的是什麼病，對橫臥在地上，看來奄奄一息的大量馬匹，一籌莫展，束手無策。

大家在商議著如何對付，可是誰也想不出辦法，江忠嘆了一聲：「各位，這是老天爺和我們作對，看來，馬群沒有希望了，我付的訂金也不敢要了，大家都受點損失吧。」蒙古民族做生意，十分誠實，部落的首腦搖頭：「不，沒有馬交給你，怎能收你的錢，我們會把訂金還給你。」

江忠嘆了一聲。本來，這一批好馬，他預算可以給他帶來很大好處，這時自然也泡了湯，他心中在打算著，是不是再到別的部落去看看，可以買些馬進關，總比白跑一趟的好。

而就在這時候，蒙古包外，傳來了一陣吵鬧聲，江忠聽到有蒙古話的罵人聲，也聽到了一個人，在用他的鄉音在大聲叫著：「你們算是什麼養馬人？那麼多馬病了，你們只在病馬旁邊坐著，不想一點辦法？」

被這個人罵的蒙古人，正因爲馬群生病而氣苦，雙方之間的言語也不通，罵聲又響起，而且，很快地就變成了打架。

江忠和幾個部落的首腦，奔出蒙古包去，看到至少有六七個小伙子，正圍住了一個人在動手。

那人的個子十分高大，蒙古人擅長摔跤，可是六七個人對付一個，卻一點也討不了好去，那人腿長手大，身手不是很靈活，可是他高大的身軀，卻壯健無比，兩個蒙古小伙子，一邊一個抱住了他的腿，想把他扳倒，他卻屹立不動，一伸手，抓住了那兩個小伙子的背，反倒把那兩個小伙子硬抓了起來，令得那兩個小伙子，哇哇大叫。

江忠奔了過去，叫：「別動手，別動手。」

部落的首腦也喝退了那些小伙子，那人挺立著，看起來，約莫三十上下年紀，身上的衣服，樣子十分奇特，寬大，質地十分粗糙，他站定了之後，氣呼呼向江忠望來。

江忠看出這個人的神情，有一股相當難以形容的尊嚴，他一生做買馬的生意，見過不少人，江湖手段十分圓滑，連忙向那人一拱手：「朋友你是——」

那人皺著眉：「我是養馬的，剛才我看到馬圈子裡的馬，全都病了——」

他說著，向不遠處的馬圈子指了一指：「你們怎麼還不去醫治？那種病，七天準死！」

江忠喜出望外：「我們不去醫治？我們正爲這些病馬愁得要死了！朋友，你能治，請你大發慈悲！」

那人咧嘴一下：「原來你們不會治！真是，怎麼不早說，快去採石龍芮。」

江忠知道「石龍芮」是一種草藥，在草原上到處可以採到，他忙把那人的話翻譯了一下，從蒙古包中跟出來的人中，有幾個專擅醫治馬匹，一聽了之後，就「啊」地一聲，其中一個道：「石龍芮只能醫馬瘡，這些病馬——」

那人顯然不懂蒙古語，神情焦急地催：「你們還等什麼？」

江忠又把那句話譯了給那人聽，那人揮著手：「石龍芮的葉，大量，熬水，趁溫，灌給馬飲，一日三次，第二天就好，照我的話去做。」

他說話時，有一股自然而然的權威，江忠把他的話轉達了，部落的首腦立時大聲喝著，幾個小伙子飛奔著去傳話。

當天晚上，部落中人人忙著，把熬成了青綠色的藥液，灌進病馬的口中，第二天一早，病馬已經有了起色，可以站起來了。第二天傍晚，病馬已能長嘶踢蹄，可以餵草料了。

江忠對那人佩服感激得五體投地，不住賣交情，可是那人並不很愛說話，只是道：「我姓卓，是一個養馬人。」

江忠立時改口，稱那人爲「卓大叔」，以表示他的尊敬。後來在蒙古草原上，人人都叫那人爲「卓大叔」，就是首先由江忠叫出來的。

卓長根找到江忠的時候，江忠對那一次的印象，十分深刻：「你爹簡直是救了我們，你想想，蒙古人怎麼肯讓那麼好的牧馬人離開？當時就替他專搭了一個蒙古包，要什麼有什麼，你爹就這樣在克什克騰旗住下來，後來，還娶了旗裡頂尖的姑娘，這才有了你，你現在長得那麼高大了，真像你爹當年，什麼？你爹失蹤了？那怎麼會？自從你媽死了，他不是一直在草原上養著馬嗎？」

卓長根並沒有向江忠說他父親如何失蹤的經過，只是問：「你和各地的馬場都有聯絡，難道就沒有去打聽一下，我爹是從哪裡來的？」

江忠道：「怎麼沒有，那次我趕了馬群進關，對很多人說起，有那麼一個養馬的好手，本來不知是在哪一個牧場，怎麼會把他放走？可是怪的是，說起來，竟沒有一個人聽說過有你爹這一號人物。」

卓長根苦笑了一下，他父親的來歷，馬醉木花了那麼多人力物力查不出，江忠當時也留意過，也同樣沒有人知道。

卓長根沒有再問什麼，他在他外婆家裡住下來，他那時雖然只有十五歲，可是在養馬方面的非凡才能，已經令人刮目相看。他對自己的母親，一點印象也沒有，由於他自小在草原上到處流浪，蒙古各族的語言，他都十分精通，所以，當他的外婆，一把眼淚，一把鼻涕，向他敘述他母親是如何美麗能幹，卓長根完全可以聽得懂。

老外婆那年已經快七十了，卓長根陪了她幾天，從她的口中，得知了很多母親和父親的事，短暫的婚姻生活十分甜蜜，老外婆欷歔說著：「可惜時間太短，你娘死了，你爹傷心得什麼似的，親自把她葬了。你爹有一塊白玉，一直不離身佩帶著，他要帶你離開，把那塊白玉解下來給了我，說是他令我失去了一個女兒，他心中也很難過。唉，那是天命啊，還能怪誰？這塊白玉，我倒是一直留著，你來了，就給你吧。」老外婆手發著顫，取出了一塊長方形的白玉來，交給了卓長根。

卓長根當時就感到，這塊父親一直佩戴在身邊的白玉，可能和他的來歷有關，所以當時就收了下來，也一直佩戴在身邊。

那是一塊質地極佳的白玉，純潔通透，一點雜質也沒有，整塊玉溫潤得像是具有生命。玉大約有十二公分長，八公分寬，相當厚，厚度約莫是一公分，上面有著刻工十分古樸的虎紋。

卓長根講到他的外祖母把這塊白玉給他時，就把那塊白玉，取了出來，交給我和白素傳觀，所以我才能把它的形體詳細描述。

那真是一塊上佳的美玉，白素輕輕撫摸著它：「這種形狀的古玉，有一個專門名稱，叫『㻗』，一般來說，形體不會那麼大，我看這是戰國時期的東西，不知道老爺子有沒有拿去給識玉的人看過？」

卓長根笑了起來：「小女娃，你的話，已經證明你是一個識玉的人。」

白素一時之間，可能不能適應「小女娃」就是她，所以呆了一呆：「這種方㻗，古人用來作佩飾，這件玉器的最早的主人，一定地位十位高，不然，怎能佩這樣的美玉？」

卓長根連連點頭：「小女娃說得對，我問過不少人，也曾到著名的古玩店去問過，北京一家大古玩店，一見就問我是不是肯出賣，一開口，就是三千大洋。我說不賣，他們就問我是哪裡來的，我說是父親的遺物，他們不信，說這樣的玉器，是古玉之中最珍貴的，不會落在普通人的手中。」

他說到這裡，頓了一頓：「可是，那又的確是我爹留下來的。雖然他是一個那麼出色的牧馬人，可是這東西和他的身份也不相配，不知道他是怎麼得來的。」

我在白素的手中，將那塊白玉接了過來，真是一塊好玉，上佳的美玉，有一種十分迷人的力量，叫人迷戀於它的質地和顏色。中國人一直相信玉可以辟邪，可以帶來好運，象徵著君子和忠貞，當然大有原因。

我道：「你得到了這塊白玉之後，一定曾花過不少功夫去追索它的來歷。」

卓長根點頭：「是，所有的人都認定這是一塊古玉，是戰國，秦代的古物。」

白素側著頭，想了一想：「奇怪，一般來說，質地越是純潔的白玉，在入土之後，就越容易產生各種顏色的斑跡，這塊白玉，看起來未曾入過土。」

卓長根「嗯」地一聲：「是，也有人對我這樣說。當時我認爲這塊白玉，可以助我查出爹的來歷，但結果還是沒有用。我回到了牧場，和馬場主提起，他見了那塊玉，愛不釋手。當時金花也在旁，她也喜愛不已，唉，當時我若是說：金花，你喜歡，就給了你吧。她一定會要的，那就好了。」

九十三歲的卓長根，又說到了他少年時的情愛糾纏上去了，我笑著：「老爺子，該回頭說說那次放馬出亂子的事了，馬金花就是那次失蹤的？」

卓長根深深地吸了一口氣，手捏著拳，在自己的額角上輕輕地敲著，像是藉助這樣的敲動，就可以把往事一點一滴，全都敲出來。

第三部：馬金花離奇失蹤

經過整頓之後，卓長根一聲呼嘯，帶著其餘的牧馬人，一起疾馳向前。

這時，他們都說不上人強馬壯，事實上，剛才的飛馳，已經使人和馬都精疲力盡，可是他們還是把身體的每一分力量都榨出來，策馬前馳。

卓長根的心中極焦急，他和馬金花雖然一直不講話，可是心中對馬金花的愛戀，卻越來越甚，這種難以宣洩的、埋藏在他心底深處的愛情，使他感到極其痛苦。

當時，二十騎雖然一起出發，但卓長根很快地又把其餘人拋離。

他向前飛馳，心憂如焚，因爲前面，馬群和馬金花究竟發生了什麼事，他全然無法想像，但是，他心中也有一個秘密願望，追上去之後，只要見到了馬金花，他就一定會打破多年來的僵局，不但要對她說話，還要緊緊地擁抱她。

一口氣馳出了將近二十里，未見馬群的蹤跡，卓長根已經全身都被汗濕透，向前看去，前面有一些起伏的小土岡，他挑了一個比較高的土岡，馳了上去，才一到達岡子上，他就大大鬆了一口氣。

那群馬兒，就在前面的一片草地上，看來十分正常，有的在小步追逐，有的在低頭啃草，有的在人立跳躍。馬群原來已經停了下來，難怪伏地聽，也聽不到馬蹄聲。馬群既然已被控制，那麼馬金花自然也沒有事了。

卓長根心跳得十分劇烈，他回頭看，其餘人還沒有追上來，要是人一多，他的秘密心願，就難以實現，趁現在衝下去，他有機會可以和馬金花單獨相處，那才是好時機。

一想到了這一點，卓長根興奮得大叫了一聲，一抖韁繩，就向岡子下直衝了下去，至多兩三里的距離，一下子就衝到了近前。

他在向下衝的時候，已經在大聲叫著：「金花！金花！」他要先叫起來，因爲他實在不能肯定，在見到了馬金花之後，是不是還有勇氣叫得出口。

他策騎衝進了馬群，引起了馬群中一陣小小的騷動，有十來匹馬，被他衝得向外四下奔了開去，但是奔不多遠，就停了下來。

卓長根一眼就看到了馬金花的那匹「小白龍」，雖然馬群之中有著不少白馬，但是再也沒有一匹，像這匹白馬那樣白，在陽光之下，小白龍的一身白，簡直耀眼，小白龍正在低頭啃著草，卓長根直衝到了小白龍的近前，才勒住了韁繩，他仍在叫著：「金花！」

他得不到回答，這令得他在剎那之間，感到了極度的氣餒。

經過了那麼多年，他終於鼓起了勇氣，要打破他和馬金花之間的僵局，可是他得不到回答。馬金花根本不睬他，說不定就在他身後，用她那種高傲的神情，在對他發出冷笑，在譏嘲他男子漢丈夫，說出口的話不算數。

卓長根身上的汗，一下子全變成了冷汗，小白龍在，馬金花一定不會遠，她就躺在草地上？卓長根慢慢轉動著身子，他沒有勇氣見到馬金花，可是他知道，這場羞辱是免不了的。

但是，他沒有看到馬金花。

除非馬金花有意躲起來，不然，卓長根一定可以看到她。草地上的情形，一目了然，但是他沒有看到馬金花。

其餘牧馬人正向這裡馳來，蹄聲已經可以聽到，而且在迅速接近。卓長根硬著頭皮，大聲道：「好，算我輸了，是我向你先說話，你躲在哪裡，出來吧。」

他的話，仍然未曾得到回答。

這時，卓長根半分也沒有想到馬金花會就此失蹤，他還以爲馬金花根本不肯原諒他，存心要他在許多人面前栽一個大筋斗。

他嘆了一聲，心中十分難過，人在馬上，像是僵硬了一樣。他這樣發呆的時間並不長，那十九個被他抛在後面的牧馬人，已經相繼趕到。

一看到馬群在草地上的情形，人人都大大地鬆了一口氣，或許由於剛才的心情實在太緊張了，一見到馬群平靜地在草地上，一時之間，一個最重要的問題，沒有人想起等，到所有的人到齊，才有一個人突然想了起來，大聲問：「咦，金花姑娘呢？」

這一問，令得人人都爲之一怔，一起向卓長根望了過來，因爲他第一個趕到，應該知道馬金花在什麼地方。卓長根避開了各人的眼光，語音生硬：「我不知道她在哪裡。」

衆人又呆了一呆，卓長根和馬金花之間的彆扭，人盡皆知。立時有人想到，馬金花或許是不願意單獨和卓長根相處，所以卓長根一到，她就避了開去，可是這樣想的人，立時又知道自己的想法不對，因爲小白龍在，馬金花不會走遠。

小白龍是馬金花的命，甚至夜間，小白龍不是在馬廄，而是在她閨房的外間。而草地上看過去，看不到有人，幾個人大聲叫著，幾個人策騎向前馳，去看看馬金花是不是到了附近的一條小河邊上。

馬金花卻一直沒出現。

開始，沒有人緊張，但隨著時間慢慢過去，馬金花仍然沒有出現，人人都感到事情有點不對頭了。尤其是卓長根，他甚至抓住了小白龍的馬鬃，大聲問：「金花姑娘到哪裡去了？」

小白龍的嘴移動著——可惜它不會講話，不然它倒一定會說出馬金花到了何處。有幾個比較老成一點的牧馬人圍在卓長根的身邊，卓長根沉聲道：「先把馬群集中起來，這只要四個人就夠，其餘的人，兩個一組，跟我去找金花姑娘。」

十六騎，分由八個不同的方向馳出去，卓長根和一個牧馬人馳得最遠，雖然明知馬金花不會走得太遠，可是他們還是馳出了六十多里才折回來。

他們回到那片草地，又有三二十個牧馬人趕到，太陽快下山，人人面面相覷：馬金花還是蹤影全無！

這簡直是不可能的事，令得人人猶如置身惡夢，馬金花不見了，她的馬在，她人不見了！

卓長根焦急得像是瘋了，在暮色漸濃時，他又下令：「我們再去找，派人到牧場去，報告場主。」

兩個人立時出發，卓長根等幾十個人，又四下散開，天色迅速黑了下來，所有的人，都疲累不堪。可是馬金花蹤影全無，這些人，寧願自己累死，也要找下去，不能讓馬金花就此失蹤。

卓長根又回到那片草地，燃起了好幾堆大篝火，時間早已過了午夜，快天明了。馬醉木和幾個得力助手，也已經趕到，聚集在篝火旁少說也有一二百人，火光閃動，映在他們充滿了焦慮神情的臉上，沒有一個人出聲。

卓長根看到馬醉木站在小白龍的面前，盯著小白龍，如同泥塑木雕。

卓長根下了馬，深深地吸了一口氣，來到了馬醉木的身前，馬醉木的聲音，低沉得駭人，多少年來，卓長根從來沒有聽過他用這樣的聲音講話，他在問：「金花她能到什麼地方去？」

他這樣問著，才緩緩抬起頭來，望向遠方，也不知道他在看什麼，遠方起伏的山影，在黑暗之中看來，十分神秘。

卓長根感到喉間像是有什麼東西塞住了一樣，馬醉木的問題，他要是能回答得出來，那倒好了。

卓長根沒有回答馬醉木的問題，只是把他如何追上來，一上了岡子，就看到了馬群的經過，講了一遍，他的聲音像是被什麼力量撕碎了，聽起來十分怪異。

他道：「我衝下來時，一直在叫她，場主，我決定要叫她，可是她卻不在，我想她聽不見……我在叫她了。」

馬醉木陡然震動了一下，雙眼之中，像是要噴出火來：「小子，你這樣說是什麼意思？」

卓長根給他一喝，只是挺立著，不再出聲，馬醉木出聲叫著：「金花不會死，她一定是跑開了，到什麼地方去，說不定我們回去，她已經在家！」

他講到這裡，陡然停了下來，因爲他發現他講的話，別說人家不會相信，根本連他自己也不相信。

馬金花上哪兒去了呢？搜索再開始，由馬醉木親自率領，馬醉木雖然因爲變故而有點失常，但是處理起事情來也還有條不紊。他要卓長根那一批人，就在草地上休息，他帶著新趕到的人去搜索。

馬醉木的搜索隊，到中午時分才回來，這時，消息已經飛快地傳了開去，附近凡是和馬氏牧場有關的人，都趕到了這片草地來。馬氏牧場的信鴿，全放了出去，通知所有和牧場有關係的地點，留意馬金花的下落。

馬醉木在中午回來時，雙眼之中，布滿了紅絲，看來十分駭人。

他一下馬，就被將近二十來個人圍住，圍上來的人，都是自己知道自己的身份地位，可以和馬醉木議事，其餘的人，都遠遠站著。

馬醉木打開一壺酒，站著，大口大口地喝，酒順著他的口角，直流了下來。等他喝夠了，他才開口：「金花會落在哪一股土匪手裡？」

這個問題，卓長根也想到過了，馬氏牧場和附近一帶的土匪，曾經有過你死我活的劇鬥，一直是馬氏牧場佔著上風，去年中條山的那一幫土匪，被馬金花奇兵突襲，完全消滅，土匪聞風喪膽，哪裡還敢在馬氏牧場的勢力範圍之內生事？所以他一想到，立時就否定了，這時，他沉聲道：「只怕沒有什麼土匪敢。」

馬醉木問：「小股的呢？」

卓長根道：「十個八個小股土匪，金花姑娘一個人足可以應付過去。」

各人都同意卓長根的話，想要馬金花就範被擒，那非得有一番驚天動地的惡鬥，可是小白龍和馬群好好地在，草地上連一點爭鬥的跡象都沒有。

馬醉木苦笑，這一天一夜下來，他好像老了不知道多少，同樣的話，他已經問過了不知多少遍，這時他又問了出來：「那麼，金花到哪裡去了？」

馬金花究竟到什麼地方去了，各種各樣的可能，都被提了出來，但沒有一樣可以成立，到最後，各方面的消息都傳了來：沒有馬金花的蹤跡，那時又是午夜時分，一個大家都想到，但是誰也不敢講出來，最可怕的一個可能，終於有人先說了出來。

一個牧馬人用顫抖的聲音道：「金花姑娘會不會……在馬群……疾奔時……被撞跌了下來？」

在這個牧馬人提出了這一點之後，草地上靜到了極點，只有篝火發出必必剝剝的爆裂聲。馬醉木首先狂叫了起來：「不會！」

卓長根也跟著叫：「不會！」但是他們兩人叫了「不會」之後，卻又是極度的靜寂。

當然，沒有人希望有這樣的事發生，但是除此之外，似乎沒有別的可能。而如果是這樣，那麼，馬金花整個人，在馬群的踐踏之下，可能早已變得不存在了。

卓長根想到這一點，身子不由自主發著抖，但是他還是竭力鎮定：「好，天一亮，我們循回路去找，總有一點什麼剩下的——」

卓長根的意思是，就算馬金花已慘死在馬蹄之下，被幾百匹疾馳中的馬踩踏成爲什麼都不存在了，總還有點東西、跡象可以留下來的。可是他的話還未講完，一個人撲了過來，他臉上已中了重重的一拳，那一拳，令得他跌倒在地，當他一躍而起，看清了打他的是馬醉木時，他一句話也沒有說，只是默默地抹去了口角處湧出來的血。

馬醉木厲聲說：「誰也不准那麼說，金花不會死。」

他叫了那句話，這個鐵打一樣，受盡人尊敬的好漢，身子突然一個搖晃，向下便倒，昏了過去。

那麼一個強壯的人，天神一樣的人，居然也支持不住！這對於在馬醉木周圍的人來說，又是一件不可思議的事，連他幾個得力的老部下，也慌了手腳，還是卓長根比較鎮定，一面扶他起來，一面指揮著，用冷水淋潑。

馬醉木醒過來，卓長根就在他的面前，他的第一句話就是：「拿酒來！」一皮袋烈酒，傳到了他手中，他仰著頸子，咕嘟咕嘟，一口氣把一皮袋酒全都灌了下去，然後，用充血的雙眼，盯定了卓長根：「長根，你一定要把金花找回來。」

卓長根沉著地答應著，雖然這時，他自己也心亂如麻：「馬場主，一定，一定要把金花找回來。」

馬醉木又說了第三句話：「拿酒來。」從那天開始，馬醉木似乎不會再說別的話了，他終日在醉鄉之中，難得有一刻清醒，他總是用充滿了期待的眼光，望著他身邊的人。

不論在他身邊的是什麼人，都知道這個豪爽勇敢、正直俠義的好漢，希望他能聽到有關他女兒的消息。

每一個人，都不知多麼希望能夠把好消息帶給他，可是馬金花卻消失得無影無蹤，用盡了方法，不知許下了多大的賞金，不知聯絡了多少人，一點消息也沒有。

所以，馬醉木難得一刻清醒，望向各人，沒有人敢和他的眼光接觸，人人都避開了他這種目光。於是，馬醉木也知道究竟是怎麼一回事，他就會用被烈酒灼傷了的嗓子，啞著聲音叫：「拿酒來。」

馬醉木的傷痛，竟然可以到這種地步！他疼女兒，那是人人都知道的，但是直到這時，才知道他疼愛女兒的程度，是如此之深，至於馬金花的母親，仍然一言不發，只要她醒著，她就用她那纖弱無力的手，握住了馬醉木的粗糙的厚實的大手，望著她的丈夫，默默垂淚。

只有一次，她對著卓長根講了幾句話：「長根，金花這孩子，知道她爹怎樣疼她的，她決不會無緣無故不回來，她……一定死了。」

卓長根當時，傷痛的程度，不會在馬醉木之下，他情緒激昂地回答：「不，金花不會死。」

金花她媽淚如雨下：「她要是沒有死，又不回來，那一定不知落在什麼人手裡，苦命的金花……她爹一輩子也沒有做什麼壞事……」

女人總是這樣子，尤其是那個時代的農村婦女，遇到了慘痛的變故，除了埋怨命運之外，沒有別的途徑可以發洩她們的悲痛。

那是卓長根連想都不敢想的事：金花落在壞人手裡！一個像馬金花那樣，如花似玉的美麗少女，如果落在壞人手中，而又失去了抵抗能力，會發生一些什麼事，實在是一想起來，就會令人發瘋！卓長根當時就叫了起來：「不會的！不會的！」

馬金花失蹤，馬醉木不敢面對現實，終日沉醉，馬氏牧場中的事，大多落到了卓長根的身上，卓長根從早到晚，幾乎沒有一刻空閒，但是他只要一有空，就會騎著小白龍，馳到那個土岡子下的草地，停下來，對小白龍講上半天話，希望小白龍能指點他，告訴他，馬金花究竟是到什麼地方去了。

當然，他得不到任何回答。

卓長根敘述到了這一段，伸出蒲扇也似大的雙手，掩住了臉。那已是四分之一世紀以前發生的事，他直到現在，講起來　仍然掩不住心中的傷痛，可知他當時所忍受的痛苦與煎熬，是如何之甚！我和白素，在他一開始講述之前，他已經告訴了我們，馬金花神秘失蹤了五年，五年之後，神秘失蹤的馬金花又出現了。

卓長根何以在提往事之際，還那麼傷痛？是不是馬金花回來之後，事情又有曲折？

（如果講一個失蹤故事，一開始就是一個神秘失蹤的人五年後又出現，似乎不是很好的講故事手法，因爲沒有了「懸疑」，結果早知道了。）

（但是，卓長根不是講故事，他講他自己的經歷。）

（而且，即使卓長根是講故事，他也是一個高手中的高手，他不去學那些庸手，故意賣什麼關子，弄什麼懸疑，一早就把結果告訴了人，可是聽的人卻仍要聽下去，五年之後怎樣了？馬金花再出現之後發生了什麼事？這五年之中，她在何處？）

我當時就是這樣，卓長根突然雙手掩面，停了下來，我心中不知道有多少疑問要問他，偏偏白素又在一旁，連連施眼色，作手勢，叫我不要打擾，急得我搔耳撓腮，坐立不安。

就在這時，白老大提著一大串葡萄，走了進來，看到了卓長根的情形，就「哼」地一聲道：「老傢伙又在想初戀情人了？」

卓長根沒有什麼反應，白素卻努力瞪了她父親一眼。白老大指著白素，笑道：「他的故事之中，最動人的部分，就是那個馬場主在女兒失蹤之後的傷痛。小素，要是當年你忽然失蹤了，我也會那樣。」

白素有點啼笑皆非：「你說到哪裡去了？」

我趁機問道：「馬金花失蹤了五年？她後來又回來了？她到底上哪裡去了？」

白老大「哦」地一聲：「他還沒有講到這一點，小衛，你不覺得，他的故事之中，最奇特的一點是——」

我忙說道：「我只想知道馬金花——」

白老大也打斷了我的話頭：「小衛，別聽他把他的小情人形容得天上有、地下無，他的小情人，那個馬金花，今年已經九十一歲了。」

我想分辯幾句，但是一想，辯也辯不清楚，我確然因爲卓長根的敘述，而在關心馬金花的一切。我只好道：「她……當時不是九十一歲。」

白老大向白素作了一個鬼臉：「小素，你說說，最奇特的一點是什麼？」

白素立時道：「是卓老爺子的父親。」

白老大用力一下，拍在桌子上：「照啊！他的父親來無影、去無蹤，又有那麼大的本領，小素，你看他像是什麼人？」

白老大在這樣問白素的時候，卻斜著眼向我望來。白素立時道：「倒有點像某喜歡執筆記述一些怪異事件的人筆下的外星人。」

白老大爆出了一陣大笑聲：「什麼有點像，簡直就是。」

他們父女兩人，一搭一檔，這樣調侃我，我除了跟著他們笑，難道老羞成怒不成？不過我還是道：「也不是沒有可能。」

白老大笑道：「當然有可能，他，這老傢伙是外星人和蒙古人的後代，小衛，我記得你記述過一件外星人和地球人結婚生子的故事？」

我有點無可奈何：「是的，記述在《屍變》這個故事之中。」

白老大故意壓低了聲音：「那故事中的那個外星雜種，結果怎樣了？」

我苦笑，向卓長根看去，卓長根仍然雙手掩面，一動不動地坐著，我倒真是壓低了聲音：「那個人……知道了自己的身份之後……變成了不可救藥的瘋子。」

白老大又指著卓長根：「可是老傢伙卻一點不瘋，你可以好好以他爲研究對象。」

卓長根在這時，陡地放下手，挺直了身子，叱道：「小白，你放完屁沒有？」

白老大瞪著眼：「我對你說，你那個來歷不明的父親，是外太空來的，你當時想不到，後來你又曾好好去念過一點書，現在應該明白了。」

卓長根原來後來曾「好好去念過一點書」，我知道白老大自己本身，有多個博士的頭銜，他肯說一個人曾「好好念過一點書」，那一定是十分艱苦的一個長時期的求知過程。

卓長根搖頭：「從你第一次向我提出這一點起，我就不相信，但是我還是作了最徹底的檢查，結果是：我的生理構造，完全正常。」

白老大眨著眼：「或許，那外星人的生理構造，本來就和地球人一樣？」

卓長根看來很氣憤，在這種情形下，我根本不便表示什麼意見，白素搖著頭：「爸，你胡扯些什麼，聽老爺子講下去。」

白老大擺著手：「我才不要聽，他那個初戀情人，失蹤了五年，一點也不稀奇，沒有什麼神秘，是叫外星人抓去了。」

卓長根發出了一下悶吼聲，對白老大怒目而視。白老大卻毫不在乎地擺著手。我生恐這兩位老人家之間的友情雖篤，但也難免會在這種情形下起衝突，所以忙道：「還是聽老爺子說下去的好。」

白老大笑著：「老不死，我沒說錯吧，這兩個小娃子，會聽你的故事，哦，對了，他那塊白玉，你們見過了沒有？」

我和白素一起點頭，白老大的神情，也不再那麼胡鬧，他側著頭：「這塊白玉，是十分奇怪的另一點。質地那麼純正的白玉，古代極其罕見，一有發現，普通人不敢保留，大都是獻給當時的君王，那是宮廷中的東西。」

我道：「就算是屬於當時君王，流傳至今，也沒有什麼特別。」

白老大道：「這塊白玉，我曾經花過一番工夫研究，雕刻在兩千兩百年前完成，大抵是春秋戰國，秦始皇的時代。而且這塊白玉未曾入過土，一直在活人的手中流傳，這一點也相當罕見，一般來說，這樣的美玉，都會陪葬，因爲古人相信美玉會使死人的靈魂得到好運。還有，上面刻的是虎形紋，若是君主自己佩戴，不會刻虎紋，大都刻龍形紋或夔形紋。」

我攤了攤手：「我看不出致力研究這塊白玉，有什麼大作用。」

白老大用手指著自己的右額：「這是我的判斷，小衛，我年紀雖大，頭腦並沒有退化，我感到，這塊白玉，是一個重要的關鍵。」

我沒有再說什麼，但是心中並不以白老大的話為然。我向白素望了一眼，白素皺著眉在思索。

（後來，事實證明白老大的話，十分有道理，那塊看來和整件事並沒有什麼關係的佩玉，是整件事中的一個重大關鍵。）

白老大伸手，在卓長根的肩頭上拍了一下：「作為外星人和地球人的兒子，也沒有什麼不好。很多說法是，各種天神，就是各類外星人，那麼，你就是天神的兒子。」

卓長根揮著手：「去！去！去！」

白老大舉起雙手，向後退去：「你不覺得自己已經九十三歲了，還那麼壯健，單是這一點，已經和地球人的生理狀況有所不同了麼？」

卓長根「哼」地一聲：「百歲以上的人多的是，有啥稀奇的。」

這時，我的心中，也著實疑惑。

白老大的話，雖然用開玩笑的口吻講出來，但是仔細想想，也未必全無道理。

卓長根的父親，來自外星，在地球生活了十年後又走了，這是一個十分簡單而可以接受的解釋！為什麼他特別擅長養馬？也可以說成是那個星球上的人根本就會養馬。

當我想到這一點時，我不禁苦笑了一下，白素剛才說：「像是某位喜歡執筆……的人筆下的外星人。」這種想法，雖然有可能，但不免太規律化了。

雖然宇宙間的很多事，都脫不了一種或多種規律，但如果可以擺脫，不是更好嗎？白老大指了指桌上的葡萄，作了一個手勢，示意我們嘗一下，他又轉身走了開去。

卓長根望著他的背影，嘆了一聲：「他倒不是開玩笑的，你們看，我爹真會是外星人？」

這個問題，不是難以回答，我脫口道：「有可能。」

白素吸了一口氣：「我想，只能說他十分神秘，來歷不明，去向不明，不能說他來自另一個星球。」

卓長根苦笑了一下：「其實我倒無所謂，反正也過去了大半輩子了。」

白素道：「是啊，馬氏牧場那邊，以後又怎樣了？」

卓長根緩緩搖著頭：「時間一年一年過去，誰有馬金花的消息，就可以得到巨額獎金，依然有效，其間也有不少混淆，來胡亂報消息的，我也一律派人去查，可是卻一直沒有結果。」

他講到這裡，頓了一頓才繼續：「一直到五年之後——」

雖然已過了五年，但是牧場上下，人人都沒忘記馬金花的失蹤，每到那一天，牧場的一切活動全都停頓，人人都在沉默之中懷念馬金花。

每年這個日子，卓長根照例騎著小白龍離開牧場，順著當年放馬的路線向前馳。

事情發生的那一天，一切的經過，對卓長根來說，就像是昨天才發生，那天的一切情景，在他心中閃過，從馬群開始奔跑起，到他看到靜止的馬群爲止。每次，他就在這條路上，都要問上千百遍：「究竟發生了什麼事？究竟發生了什麼事？」

如今，事情雖然過去了五年，小白龍也大了，作爲一匹好馬來說，它已經算是老馬了，可是奔馳起來，還是一樣神駿，不必驅策，就奔馳得極快。

卓長根來到了那片草地上，下了馬，任由小白龍自由自在去啃著青草，他以臂作枕，在柔軟的草地之上，躺了下來，望著藍天白雲。

他的思緒十分紊亂，那時，他已經是青年人了，壯健，能幹，整個馬氏牧場，等於完全由他主持。方圓千里的未嫁姑娘，看到了他，雖然臉紅心跳，但也一定不會逃避他的目光，要讓他好好看清楚，沒有一個姑娘不願意嫁給這個年輕人。生性放蕩風流一點的女孩子，甚至公然勾引他，挑逗他。

可是卓長根對所有的女孩子都無動於衷，他心中只有一個人，一個已經消失了的人，馬金花。

這時，他閉上了眼睛，又想起馬金花來。也就在這時候，他突然聽到了一下口哨聲。

那口哨聲十分悅耳動聽，卓長根一聽了，心頭就怦地一跳，還未曾來得及睜開眼，就又聽得小白龍發出了一下歡嘶聲。

這一下，卓長根再也沒有疑問了，那一下口哨聲，自己會幻想出來，小白龍不會。他陡地跳了起來，先跳起來，再睜開眼，他看到小白龍飛快地奔向前，有一個高䠷的女子，長髮飛揚，一身白衣，正飛快地迎著前，人和馬一下子就結合在一起，人到了馬背上，馬歡嘶得更嘹亮，旋風一樣，向前掠去。

卓長根看得再清楚也沒有，他睜大著眼睛，連眨一下眼都不敢，雖然人和馬早已馳了開去，他還是直勾勾地看著。

馬上那姑娘，不是馬金花是誰？

五年不見，她看來身形更高䠷了些，更成熟了些，雖然人馬掠過之際只是一瞥，但是他絕對可以肯定，那是馬金花，那是馬金花！

他不知道自己發了多久呆，小白龍和馬金花，看來已經只剩下一個小白點了，他才陡然發出了一下呼叫聲，拔腳向前奔。

憑人力奔馳，想追上小白龍，那是不可能的事，卓長根不顧一切，向前奔著，叫著，小白龍早已馳得看不見了，他還在向前奔著。

當他奔得胸口因爲喘氣而幾乎要炸開來之際，他還在向前奔著。

而就在這時，被汗水弄得模糊了的視線之中，那個小白點又出現了。

小白龍馳回來了。

卓長根停了下來，心跳得幾乎離體，他不是因爲剛才的奔跑而心跳，而是害怕，害怕小白龍奔回來時，馬金花不在它的背上。

他不住抹去臉上的汗，好讓視線更明朗。

終於，他看清楚了，人和馬是一起回來的，馬金花還在馬背上。

小白龍去得快，來得也快，一下子就捲到了他身前，馬金花勒住了馬，在馬上斜斜向他看來，那麼明麗，那麼嬌美，卓長根張大了口，合不攏來。兩人互望了一會，卓長根才用盡了全身氣力，叫了出來：「金花！」

馬金花也盯著卓長根，她的鼻尖上，有細小的汗珠滲出來，映著陽光，像是極細極細的小珍珠一樣，在閃閃生光。

她並沒有呆了多久，就叫了起來：「長根，是你！」

卓長根在那一霎間，整個人像是虛脫了一樣，搖晃著，一陣目眩，不能控制地向下倒去，在馬上的馬金花發出了一下低呼聲，又叫道：「長根！」

卓長根已經向下倒去，可是馬金花的一下叫喚，又給了他以支持的力量，他手在地上撐著，額上的汗珠，大滴大滴地落下來，他一咬牙，挺直身，又站起，馬金花也下了馬。

卓長根望著她，千言萬語，實在不知從何說起才好，馬金花的神情也像是不知如何才好，隔了好一會，她才道：「小白龍……這些日子來，倒還硬朗。」

卓長根苦澀地笑了一下：「只是難爲了馬場主，這五年來，幾乎浸在酒裡。」

馬金花略爲偏過了頭去，喃喃地道：「五年了，真的，五年了！」

卓長根踏前一步，又迫切又帶著責備地：「金花，你——」

可是他只講了三個字，馬金花就作了一個手勢，阻止他再叫下去，她抬起頭來，望著遠方。卓長根循她的視線望去，遠處除了連綿的山影之外，並沒有什麼特別值得看的東西。

卓長根耐著性子等著，過了好一會，馬金花才一字一頓，緩緩地道：「別問我，什麼都別問我，問了，我也不會說。」

卓長根陡然道：「你不說怎麼行？這五年來，你究竟去了哪裡？」

卓長根問的第一個問題，是每一個人再見到馬金花之後都想問的。但是馬金花只是淡然一笑：「長根，你是不是又想我們之間不再說話？」

卓長根嚇了一跳，忙道：「不，不，當然不……」

馬金花的聲音變得十分溫柔，在卓長根的記憶中，從來也未曾聽馬金花用這種的語調說過話：「那麼，你就聽我的話，別再問我任何問題。」

卓長根發著怔，望著馬金花，他在馬金花的臉上，找到了一種成熟、更懂事的神情，她已經長大了：二十一歲的大姑娘。雖然她的性子還是那麼執拗，但是她畢竟長大了。

一時之間，卓長根不知說什麼才說，馬金花卻一直用她溫柔成熟的眼神，在等待卓長根的回答。過了好一會，卓長根才道：「好吧，我不問。我不問，一樣會有人要問，馬場主就一定要問。」

馬金花皺了皺眉：「我也會叫他別問，問來有什麼用？我已經回來了，這最重要！你們究竟想要我回來，還是想弄明白這五年來我去了何處？」

卓長根咽了一下口水，心中充滿了疑惑，可是他真的沒有再問下去，馬金花深深地吸了一口氣：「我們回去吧。只有小白龍？沒有別的馬了？」

卓長根搖著頭，馬金花一翻身上了馬，向卓長根伸出手來。

只有小白龍一匹馬，她邀卓長根一起上馬。卓長根心頭怦怦亂跳，他站在那裡，好一會不動，才身子一縱，也上了馬，騎在馬金花的後面。他的身子前面，登時像是靠近了一個火爐，或者是像是他自己的身子要噴出火來。

馬金花卻若無其事，抖轠策馬，向前馳去，馳出了沒有多遠，就遇了一群在放牧中的馬，馬金花回頭向卓長根看了一眼，卓長根立時會意，就在小白龍的背上，換到了另一匹馬的背上。

當他們兩人一直向前，遇到馬群和牧馬人，所有的牧馬人，一看到馬金花回來，立時放下了一切，發出近乎哽咽的歡呼聲，一齊跟在後面。

所以，他們馳進馬氏牧場的大柵門，並不是只有馬金花和卓長根兩人，而是已經匯成了一支上百的馬隊。

一進牧場，馬金花和所有人打著招呼，看到她的人都傻了眼，正在洗馬的，把水潑到了自己的身上，正在鋤草的，幾乎沒把自己的手鋤了下來，人人都放下了手頭的事，圍了上來。

整個馬氏牧場，簡直就像是開了鍋的沸水，呼叫聲此起彼落，所有人都毫無目的地狂叫，叫的是什麼，連發出呼叫聲的人自己都不知道。他們只是要表示心中的歡樂，要把五年來的哀痛、屈辱，在狂呼大叫之中，一起發洩。

馬金花和卓長根來到了房舍之前，驚天動地的呼叫聲，早已把馬醉木和他的老手下驚動，兩人扶著馬醉木走了出來。

馬醉木已有有好久沒有見陽光了，他蒼白的皮膚在陽光下顯得可憐的瑟縮，他的雙眼，眯成了一道縫，躲避著陽光，但是他又竭力想把眼睛睜得大些。他不斷望向左，又望向右，用發顫的聲音問：「金花回來了？金花回來了？」

本來是鐵塔一樣的一條壯漢，這時就像是風中殘燭。

所有人在那一霎間，一起靜了下來，馬金花自馬上躍下，張大了口，可是也發不出聲音，淚水自她眼中，滾滾湧出。

她的腳步有點踉蹌，一下子撲到了她父親的身前，緊緊伏在她父親的身上，叫：「爹，是我，金花！」

馬醉木的身子劇烈發抖，口張老大，可是自他口中噴出來的只是濃冽的酒氣，他一點聲音也發不出，只聽到他由於身子劇烈的顫動，而令得骨節相搓的「格格」聲。

不少人激動地奔向前，大聲叫：「馬場主，是金花姑娘回來了。」

馬醉木直到這時，才像是火山迸發一樣地叫：「金花。」

第四部：五年行蹤成謎

馬金花回來了。

當天晚上，馬醉木已完全恢復了清醒，他雖然看來又瘦又憔悴，但是已經可以身子直挺挺地站著，而且講話的聲音，也仍然洪亮、威嚴。

整個馬氏牧場，以及附近和馬氏牧場有聯絡的人，全都聞訊趕來，馬氏牧場的大曠地上，燃起了上百堆火舌竄得比人還高的篝火，一個下午被宰了的牛羊，超過兩百頭，這些牛羊，都被割成兩半，在篝火上烤著，發出令人口水直流的香味，再加上一罈一罈的酒，封泥被敲開之後散發出來的酒香，把上千個人身上的汗味，全都壓了下去，每一個可以趕來的人都趕來了，消息傳得飛快：馬金花回來了。

在馬氏牧場的房舍建築前，圍聚著的，是自知身份比較高，和馬氏牧場，或是馬醉木比較接近的人，站得離大門口最近的是卓長根。

馬醉木叫出了馬金花的名字，馬金花扶住了他向內走去，當她跨門檻之時，她轉過身來，向聚集在門口，想跟進去的人說：「各位，我和爹有點話要說，爹的身體看來很弱，各位別來打擾我們。」

馬金花這樣一說，所有想跟進去的人，自然都只有在門外等著，包括卓長根在內。

馬金花和馬醉木進去了，就一直沒有再出來，盛大的慶祝是卓長根和幾個老資格的人商量之後決定的。聚集在曠地上的人越來越多，每一個人的心中，都充滿了疑問：這五年來，馬金花到什麼地方去了？

一直到天黑，上弦月升起，馬金花和馬醉木，才又一起走了出來，馬醉木一出現，精神奕奕，所有人全都打心底歡喜。馬醉木一直向前走著，馬金花跟在他的後面，一直來到了人群中心，馬醉木手高舉起來，用他不知多久未曾發出過的宏亮的聲音宣布：「金花回來了，可是她立刻就要走。」

他講到這裡，頓了一頓，上千人靜得鴉雀無聲，想知道馬金花立刻要走，是到什麼地方去。

這時，十個人之中，有九個人，都認爲馬金花又要去的地方，一定就是她在這五年來所在的地方。可是馬醉木接下來所說的話，卻出乎人人的意料之外。

在頓了一頓之後，馬醉木的聲音更宏亮：「金花要去上學堂，到北京城去上學堂。」

一時之間，所有人全呆住。這些在草原上長大的粗人，和「上學堂」這件事之間的距離，實在太遠，甚至根本在意念上無法聯結起來。

卓長根，一時之間，也弄不清「到北京去上學堂」是什麼意思，眾人錯愕，未會過意來，馬醉木又大聲道：「今天是我們父女重逢的日子，人人都該替我們高興，誰吃少了、喝少了的，誰是狗熊！」

馬醉木這兩句話一說，立時起了一陣呼聲。儘管人人心中都有著疑問，但是粗漢子性格爽直，都覺得馬醉木對女兒回來，如此高興如此滿意，別的事，再問也是多餘的了。

於是，人人抽出小刀，割著燒熟了的肉，酒從罈子中一大碗一大碗地斟出來，所有的人，都陷進了狂熱的歡欣。

馬醉木來到了躲在陰暗角落，並沒有參與狂歡的卓長根身邊。兩個人都好一會不說話，才由馬醉木先開口：「長根，這幾年，難為你了。」

卓長根的心情一陣激動，可是他儘量使自己的語調聽來平淡：「場主怎麼對我說這種見外的話？」

馬醉木嘆了一聲：「長根，你一定以爲我和金花講了很久，金花過去五年來發生的事，全都告訴我了？」

卓長根沒有回答，只是轉過了頭去，不望馬醉木。馬醉木又嘆了一聲：「長根，沒有，她什麼都沒有對我說，只是叫我不要問，只是說她要上學堂去。」

卓長根轉回頭來，聲音再也掩飾不了他心中的激動：「場主，你……肯不問？」

馬醉木苦笑了一下：「當然不肯，這謎團要是不解開，我死也不甘心，可是她既然這樣說了，你說我是問還是不問？」

卓長根苦笑了一下：「當然……不能再問了。」

馬醉木吁了一口氣，把手按在卓長根的肩上：「這就是了。而且，她回來了，也長大了，看起來很好，這是我五年來的夢想，我還求什麼？唉，真的……沒有什麼再可求的了。她不肯說，一定有她的原因。」

卓長根喃喃地道：「就是想知道什麼原因。」

馬醉木攤了攤手：「去，高高興興地去喝酒，別讓金花以為我們不開心。」

卓長根緩緩點了點頭，向外走去。

當天晚上，他醉得不省人事，第二天，他醒過來，頭痛欲裂，有人告訴他，馬金花已經走了，臨走之前來看過他，要他好好照料小白龍。

馬醉木和幾個老兄弟，親自送馬金花上京，兩個月之後才回來，馬醉木顯得高興，逢人就說北京大地方的繁華。

馬金花在這次離開了馬氏牧場之後，好像就沒有再回來過。

我忍不住大聲問：「什麼叫好像沒有再回來過？」

卓長根滿是皺紋的臉上，現出了迷惘的神情：「我在幾年之後，也離開了牧場，我不知道在我離開後，她是不是回去過。」

我再問：「你也離開了馬氏牧場？去幹什麼？」

卓長根神氣地一挺腰：「去上學堂。」

我不自覺地眨著眼，卓長根作了一個手勢：「金花說要去上學堂，我根本不知道那是怎麼一回事，可是——可是——」

馬醉木回來之後，才使卓長根知道除了他長大的草原之外，外面還有另外一個截然不同的世界。在那不同的世界裡的人，可能根本不懂怎樣養馬，但是懂得其它很多很多事，馬金花現在就在那另一種世界生活，學她以前不懂的事。

卓長根開始，疑惑著，猶豫著，但每當馬金花有信捎回來，馬醉木得意地告訴他有關馬金花的情形時，卓長根就開始有了打算。

卓長根決定，他也要上學堂，去學一些除了養馬之外的東西。他一下了決心，行動簡直瘋狂，有識字的馬販子一到，就被他纏住了不放，一個字一個字地學著，很快把他帶入了另一個新天地。

而在四年之後，他終於也離開了馬氏牧場。

我知道卓長根後來曾「好好地念了一點書」，但是我卻不知道他學的是什麼，我想了一想，把這個問題提了出來。卓長根的神情，有點忸怩：「開始上學堂，我再也想不到自己可以活得那麼長命，所以急得不得了，見到了什麼都想學，結果是貪多嚼不爛，到現在，一點專長也沒有。」

白素微笑了一下：「老爺子太客氣了，我記得我小時候，爹對我說過，他在念大學的時候，學校裡有一個怪人，年紀比所有的學生都大，念起書來，比所有的學生都拚命，不到兩年，就弄到了一個博士銜頭，這位怪人，多半就是你？」

卓長根咧著嘴，爽朗地笑了起來：「博士不算什麼，我活得比人長命，博士銜頭，也就容易多些。」

我心中實在是驚訝不已，但繼而一想，我的驚訝，真沒有道理，算他二十五歲那年開始識字，他今年九十三歲，有將近七十年的時間，只要肯發奮向上，拿多幾個博士銜頭，當然有可能。

令我覺得驚訝的主要原因，可以是由於他粗豪的外型，爽直的談吐，看起來絕不像是一般通常見到的博士！

他又有點不好意思地笑了起來：「金花比我好，也不知道她是怎麼打的主意，只攻一門，很有成績。她學的是歷史，對先秦諸子的學術，以及春秋戰國的歷史，乃至秦史，都有十分深刻的研究，她——」

卓長根才講到這裡，我已經不由自主，站了起來：「等一等，你說的是誰？」

卓長根道：「金花。」

我咽下了一口口水：「金花……馬金花？」

卓長根有點不明白地望著我，我苦笑了一下：「她……你剛才提到的那個先秦文化的權威，世所公認的學者，我知道她姓馬，曾在歐洲各個著名的大學中教漢學，現在世上著名的漢學權威，幾乎全是她的學生，或者是她學生的學生，她……這位馬教授的名字，好像是叫馬源，一個很男性化的名字。」

卓長根嫌我太大驚小怪：「那就是金花，後來她嫌自己的名字太俗，改了一個單名，叫馬源。名字有什麼俗不俗的，像我，叫長根，就叫長根，不能因爲做了博士，就看不起自己原來的名字。」

卓長根在大發議論，我卻早已傻掉，和白素互望著，白素的神情，也和我一樣，感到那幾乎是不能理解的一件事。

卓長根一直在敘述的馬金花，就是國際知名的大學者馬源教授。

各位也看過前面，卓長根對馬金花的敘述，怎麼能把這樣一個牧場主的女兒，和先秦諸子，和中國古代史，和歐洲的大學，和那麼負盛名的一位大學者聯繫起來呢？

可是，馬金花就是馬源教授，這位學者中的學者，學問淵博得連她的學生要形容她時，都不知選擇什麼字眼才好，再著名的高等學府，能請她去講一次話，都會當作是校史上的無上殊榮！

過了好半晌，白素才緩緩搖著頭：「當然，幾十年，在一個人的身上，是可以發生很大的變化。」我陡然想起，我在來的時候，在航機上看到的報紙上，有一段消息，這段消息，我在看到的時候，並沒有加以多大注意，但現在卻非要提出來不可。

那消息說，國際漢學家大會，就快在法國里昂舉行，屆時，公認的漢學權威馬源教授，會以九十高齡，應邀在會上講話。

而現在，我們正在法國南部，離里昂並不太遠，卓長根到這裡來，是不是為她？

我越是想，臉上的神情就越古怪，白老大在這時又走了進來。

白素道：「爹，原來老爺子講的馬金花，就是馬源教授。」

白老大「呵呵」笑著：「還會是誰？愛情真是偉大，不是馬教授要到法國南部來，你以為憑我釀的酒，會把卓老頭子從他的南美洲王國中拉過來？」

白老大這樣一說，我又再度傻住，指著卓長根——這是一種相當不禮貌的行動，但由於驚訝太甚，所以我也顧不得了：「你……就是那個住在南美洲……充滿了傳奇，建立了聯合企業大王國的那位中國人？」

卓長根攤開了大手：「做點小買賣。」

我「嗯」地吸了一口氣，好一個小買賣。這個「小買賣」，至少包括了數以萬計的牧場、農場，數以百計的各型工廠，兩家大銀行的一半股份，和不知多少其它行業，牽涉到的資產，至少以千億美元爲單位。

我絕不是沒有見過大富翁的人，富翁的財產再多，也很難引起我的驚訝，可是眼前的卓長根，雖然年紀大了，神態外型，看來仍然是一個十分典型的粗獷豪邁的北方牧馬人，誰會想得到，他就是那個連南美洲好幾個國家元首都要看他臉色的大人物。

白老大注意到了我臉上神情的古怪，他用力推了我一下：「小衛，總算不虛此行，見了世面，是不是？嗯？」

我由衷地說道：「真是長了學問。不是到這裡來，怎想得到南美洲的中國皇帝，和漢學上的巨人，都從中國涇渭平原上牧馬出身！」

白素也感嘆地道：「真是再也想不到。卓老爺子，你離開了馬氏牧場之後，難道就未曾見過馬教授？」

卓長根喝了一口酒：「再見到的時候，大家已經是中年人，那時，我也念了點書，金花已經在學問上有了很大的成就，見面時，大家都很歡喜，可是一提到當年的那件事——」

他講到這裡，略停了一停，長嘆了一聲：「一提起那件事，她說的還是那句話：『別問我任何問題。』」

兩人分別那麼多年，再次重逢，身份都不同了。馬金花已經是學術上極有成就的教授，誰也無法把她和在原野上策騎飛馳，一身白衣，帶著剽悍的牧馬人，和股匪血鬥的女豪俠連在一起。

卓長根還在做他的超齡學生，他那時在學農牧經濟，他對畜牧學的見地，和發表的幾篇論文，尤其是關於馬匹的配種，培養方面的專論，舉世矚目，世界各地的牛場，軍方的養馬機構，都以能請到他去指點爲榮。

卓長根和馬金花在這樣的情形之下重逢，應該有說不完的話了？但是卻並不是如此，兩人只交換了一下馬氏牧場的情形。

由於時局的變換動盪，馬氏牧場早已不再存在，馬醉木逝世，馬氏牧場的那一干老人，也個個凋零，餘下的牧馬人，可能仍然在遼闊的草原上放牧，但馬氏牧場，已經成了一個歷史名詞。

幸而當馬氏牧場全盛時期，販馬的利潤極高，馬金花上北京念書，馬醉木已陸續接受了現代知識，賺來的錢，從地窖之中，轉到了銀行。

後來馬金花放洋留學，資金也轉到了海外，所以生活上一點也不成問題。

那次，在交談之中，卓長根忽然問：「金花，你年紀不小，該嫁人了吧？」

馬金花一聽，先是怔了一怔，接著，便哈哈大笑了起來：「長根，你連我們究竟多大都不記得？我已經快五十歲了，嫁人？」

卓長根十分認真：「我看起來，你總像是在小白龍背上的那個小女娃。」

馬金花用力揮了一下手：「過去的，幾十年之前的事了，還提來作甚？」

卓長根鼓起了勇氣：「我倒不覺得我們都老了，你要是肯嫁給我，我高興得做夢也會笑。」

馬金花低下了頭，約莫半分鐘：「不，我不能嫁給你，長根，我已經嫁過一次，不想再嫁了。」

卓長根在幾十年之後，才鼓足了勇氣，向馬金花求婚，他再也想不到馬金花會有這樣的回答。

馬金花拒絕，他不會感到意外，可是馬金花卻說她已經嫁過一次，這真是不可相信的事。卓長根身在馬氏牧場也好，離開了馬氏牧場也好，他無時無刻，不在留意、打聽馬金花的一切。

他知道，馬金花初到北京，後來轉到上海去上學時，不知顛倒了多少人，可是她卻從來沒有對什麼人好過。後來她出了國，放了洋，卓長根得到的消息是，洋人看到了馬金花，更是神魂顛倒，有好幾個貴族，甚至王子，都曾追求過她，但是也沒有結果。

卓長根每當聽到馬金花這類消息，心中都會有一種自我安慰式的想法：金花一定還惦記著他，所以才不去理睬任何的追求者。

也正是因爲這種想法，他才有膽量要馬金花嫁給他。

可是，馬金花卻說：嫁過一次人了。

那是什麼時候的事情？卓長根立刻想到，唯一的可能是她那五年神秘失蹤之間的事。

她在那神秘失蹤的五年之中嫁過人？嫁的是什麼人？她的丈夫在哪裡？爲什麼自此之後，再也沒有出現過？種種疑問，霎時之間，一起湧上了他的心頭。

卓長根衝動地問道：「你嫁過人？什麼時候，是在那五年之中嫁的人？」

馬金花沉著臉：「長根，不必再問了，不管你怎麼問，我決不回答！」

卓長根想起那次，馬金花在她失蹤的地方，突然又出現的情形，那時，她看來如此容光煥發，那種美麗，不是少女的美麗，只有少婦才會有那樣艷麗的光輝。

他的心情更激動：「一定是。一定是那五年之間的事，你說，是不是？」

馬金花冷笑一聲，沒有回答，卓長根衝動得想抓住馬金花的手臂，把她拉近身來，才一伸手出去，卻反被馬金花一伸手，就扣住了他的脈門，冷冷地道：「長根，我們現在，和以前不同，你想動粗，門都沒有，要是你這樣，我再也不要見你。」

卓長根怒意未消：「不見就不見，我才不要見你。」

馬金花一鬆手，兩人一起轉過身去。

他們不歡而散。自那次分手之後，世界上又發生了許多巨大的變化，近七十年來，世界上的大變化之多，真是不可勝數。卓長根在第一次世界大戰時，替協約國方面負責培養軍馬，取得了極輝煌的成績。

在第一次世界大戰結束，和第二次世界大戰爆發之前，他去了南美洲，從發展畜牧開始，逐步建立了他的經濟王國。第二次世界大戰未爆發時，日本軍方，千方百計，想請他去替關東軍養馬，都被他拒絕，他一直以南美爲基地，在發展他的事業。

卓長根攤大了手掌：「從那次起，到現在，又過了四十多年，我一直沒有再見馬金花。」

我和白素互望了一眼，覺得世界上傳奇性的人再多，真的沒有比卓長根和馬金花兩個人更富傳奇性的了。

這兩個人最傳奇之處，是他們都那麼長命，九十歲以上的老人，世上不是沒有，但是到超過了九十歲，講起來，情感還是那麼濃烈，那真是罕見之至。

白素側著頭，望著卓長根，打趣道：「老爺子，你年紀也不小了，該成家了吧。」

卓長根一點也不覺得這句話是在打趣他，神情十分嚴肅，認真在思索白素的這個提議。在一旁的白老大，卻笑得打跌：「他才想呢，可是卻說什麼也老不起這張臉來，再去踫一次釘子。」

我聽得白老大這樣說，真是又是駭然，又是好笑：「大家全是九十歲以上的老人，如果真能結合，那是古今美談，馬教授怎會拒絕？」

卓長根一聽得我這樣說，雙眼立時閃閃生光：「小子，你是說我，還可以再去試一次？要是她又不答應，那怎麼辦？」

我忍不住哈哈大笑了起來：「要是又失敗了，可以再等四十年，第三次——」

我話才講到這裡，白老大已經急叫了起來：「小衛！」

卓長根發出了一下宏亮之極的怒吼聲，一拳向我當胸打來。

我嚇了一大跳，那一拳要是在全無防備的情形之下叫他打中了，肋骨非斷三根不可，我也大叫一聲，身子向後一縮一側，可是卓長根拳出如風，我避得雖然快，

「砰」地一聲，還是被他一拳打在我的左肩上。

雖然我在一縮一側之間，已經把他那一拳的力道，卸去了十之七八，可是中拳之後，我左臂還是抬不起來。

我駭然之極，又連退了幾下，白老大已經攔在我和卓長根之間，轉過身來，對我道：「這個玩笑他開不起，他認真得很。」

我真是啼笑皆非，這一拳算是白捱了，別說我不能還手，就算可以，我估計以自己的武術造詣而論，雖然罕遇敵手，但也未必打得過這個九十三歲，壯健得還像天神一樣的老人。

我緩了一口氣，一面揮動著左臂，一面連聲道：「對不起，我只是喜歡開玩笑，不是故意的。」

卓長根還是氣呼呼望著我，白老大做了一個手勢：「老卓，你幾次求我替你去做媒，老實說，要是踫了釘子，我老臉也不見光采，這兩個小娃子，腦筋靈活，要是讓他們去試試，只怕大有希望。」白老大說得十分認真，我要不是剛才捱了一拳，這時不笑得滿地亂滾才怪！可是叫我忍住笑，還真是辛苦，幾乎連雙眼都鼓了出來。

白素狠狠瞪了我一眼：「老爺子，如果馬教授肯見我們，我們一定盡力。」

卓長根本來一臉怒意，在白老大說了之後，他已經心平氣和，這時，再一聽得白素這樣說，簡直眉開眼笑，不斷搓著手：「那太謝謝了，要是成功，你們要什麼謝媒，統統沒問題。」

白素吐了吐舌頭——我和白素甚至都不能說是年輕了，在很多場合之下，我們都是權威人物，可是在卓長根面前，心理上都變成覺得自己是小孩子：「可不敢擔保一定成。」

卓長根居然很明理：「哪有逼媒人說媒一定成的道理，你們只管去試試。」

我真是又好氣又好笑：「要是馬教授也和老爺子一樣，脾氣還是那麼火爆，只怕我去一說媒，就叫她照老規矩，割一隻耳朵趕出來。」

卓長根望著我：「怎麼，捱了一拳，生氣了？」

他說著，疾伸手，在自己胸口，「砰砰砰」連打了三拳，連眉都不皺一下：「算是你打還我了。」

我給他的舉動，弄得不知所措，但是我總算明白了一點：這個人，決不能把他當作一個九十三歲的老人來看待，連六十三歲也不能，就把他當作同年齡的人好了，年齡在他的身上，除了外形上的改變，起不到任何別的作用。

我笑著，看他還想再打自己，連忙作出十分滿意的神情來：「好，我們之間，再也沒有什麼了。」

他十分高興，咧著嘴笑。給「說媒」的事一鬧，我心中很多疑問，都沒提出來，這時，大家又重新坐了下來，我道：「要我們來，當然不是爲了要我們做媒，老爺子，你說你心中有謎團——」

卓長根點頭：「是的。」

我道：「兩個謎團，一個是令尊自何而來，又到何處去了？」

卓長根道：「是啊，第二個謎團是，金花在那五年之中，究竟在什麼地方，是不是嫁過人，小白說，你神通廣大，再怪的怪事都見過，所以要叫你來琢磨琢磨，看看能不能解得開。」

我心中不禁有點埋怨白老大。卓長根十分有趣，可是這兩個謎團，我怎麼有能力解得開？把這種事放在我身上，我神通再廣大，也無法應付。

我心中在想，如何可以把這件事推掉，白素已開了口：「老爺子，令尊的事，比較難弄清楚，馬教授還健在，只要她肯說，謎就解開了。」

卓長根悶哼一聲：「只要她肯說？叫一匹馬開口說人話，只怕更容易。」

白素側著頭，想了一會：「我盡量去試試。馬教授在里昂，我先去見她。」

我忙道：「是啊，如何應付一個老太太，不是我的專長。」

白素笑道：「你在這裡，和老爺子琢磨一下他父親的事情。」

我苦笑了一下，但隨即想到，這很容易，隨便作出幾個設想就可以了。雖然我也很想去見一見那位傳奇人物馬金花，可是一想到做媒，又要去問及她極不願提起的事，踫釘子的可能多於一切，還是先讓白素去試試的好。

所以，我一面伸了一個懶腰，一面道：「好的，你準備什麼時候走？」

白素道：「事不宜遲，明天一早我就出發。」

白素說「事不宜遲」，當然無心，看卓長根的神情，也全然未曾在意。可是我聽了之後，卻忍不住想：真的事不宜遲。

兩個人都超過九十歲，生命可能隨時結束。要是馬金花突然去世，那麼，當年她失蹤的那段秘密，就成爲永遠的秘密了。

我再伸了一個懶腰：「祝你成功。」

白老大看我連伸了兩個懶腰：「你們是不是先休息一下？」

卓長根卻道：「年輕小伙子，哪有那麼容易累的，趁小女娃也在，看她的主意挺多，先來琢磨我爹的事。」

我搖頭：「這件事，真是無可追究，當時當地，都一點線索也找不出來，何況如今，事過境遷。」

我這樣說，再實在也沒有。試想，當年馬氏牧場的人，花了多少時間，派了多少人去查，尚且沒有下文，我們如今，在近八十年之後，和中國的涇渭平原相隔十萬八千里的法國南部，怎會「琢磨」得出什麼名堂來？

白素卻道：「就當是閒談好了。」

我把身子盡量靠向椅背：「外星人的說法，卓老爺子又不肯接受。」

卓長根搖頭：「不是我不肯接受，而是太虛無，我好好的一個人，怎麼會是太空雜種？」

我攤了攤手：「那就只好說，令尊是一個十分神秘的人物。」

白素皺著眉，她倒真是在認真考慮，過了一會，她才道：「我在想，在中國，青海、西康那一帶，有一些行蹤十分詭秘的游牧民族——」

她才說到這裡，我已經知道她要說些什麼，我精神爲之一振，立時坐直了身子。白素向白老大望去，白老大點點頭：「是，有幾個部落，我年輕時，曾冒著極大的危險，去和他們打過交道，這些部落，大都在十分隱秘的山區居住，把他們居住的地方，當作世外桃源。我到過一個這樣部落的住所，藏在天山中，不知要經過多少曲折的山路，才能到達那一個小山谷。」

我插了一句口：「不過這種部落，大多數是人數很少的藏人、彝人，或者是維吾爾人，很少有漢人。」

白老大向卓長根一指：「你怎麼能肯定他的血統中的另一半是漢人？」

那倒真是不能，卓長根的血統，一半來自他的母親，是蒙古人，另一半，是漢人，是藏人，真的很難斷定。

而白素提及過的那種神秘的小部落，通常都有著極其嚴格的部落規矩，比起一些秘密會社來，有過之而無不及。例如絕對不能私自離開部落，不能和外人交往，不能洩露部落的秘密等等。要是觸犯了部落的規條，必然會受到極其嚴厲的懲罰。

卓長根的父親，有沒有可能是從這樣的一種神秘部落中逃出來的呢？

我和白老大在聽了白素的話之後，思路一樣，所以我們幾乎同時道：「不對——」

白老大說了兩個字，示意我先說，我道：「不對，卓大叔被人發現時，講的是陝甘方言，沒有理由從老遠的秘密部落來。」

白老大道：「是，而且他在出現之前，沒到過任何地方！」

卓長根嘆了一聲：「當時，追究他自何而來，只追查到他那次出現為止，在那以前，好像誰也沒有見過他。當然，也可能，他自遠處來，誰又會記得一個過路的人客，他又不是有三顆腦袋，他身量雖然高一點，但是在北方，高個子也有的是。」

我揮了一下手：「還是別研究他從哪裡來，看看他到哪裡去了，才是辦法。」

我說著，望向卓長根：「他帶著你，和那一百匹好馬，到馬氏牧場去之前，難道沒有說過什麼，你好好想一想，或許有些不注意的話，你當時年紀小，聽過就忘了，卻是有暗示作用的？」

這時，叫一個九十三歲的老人，去回想他九歲時候的事，實在太遲了。可是卓長根卻立時道：「你以為我沒有想過？自從爹不見了，我把他對我講過的每一句話，都在心裡翻來覆去，想了不知多少遍，他真的什麼也沒對我說，只對我說，他非死不可，叫我千萬別去找他。」

我苦笑了一下，卓長根又道：「後來我還回想他當時的神情，一個人要是非死不可，當然會十分哀痛，可是他，只是為我擔心，因為那時我還小，反倒不為他自己生死擔心。有時，提起已死的母親，反倒傷心得多。」

白老大大聲道：「算了，這個謎團解不開了，誰叫你當時不問清楚。」

卓長根黯然：「我問有什麼用，他要肯說才好，算了，不提這個了。」

卓長根性格極爽氣，他說不提，果然絕口不提。由於他年紀大，生活又如此多姿多彩，幾乎什麼事情都經歷過，所以和他閒談，絕不會覺得悶。

一直到天黑，吃了一餐豐富的晚餐，又談了好一會，才各自休息。

我躺下來，問白素：「你有什麼錦囊妙計？」

白素笑道：「沒有，不過是見機行事而已。」

她現出一副悠然神往的神情：「一宗持續了將近一世紀的愛情，真是動人得很。」

我打了一個呵欠：「那是他們一直沒有在一起，若是早早成了夫妻，只怕架也不知打了幾千百回了。」

白素笑了一下：「那位馬教授的照片，我倒見過幾次，看起來，絕不像是卓老爺子口中那樣。」

我又打了一個呵欠：「情人眼裡出西施，是他初戀情人，形容起來，略帶誇張，在所難免。」

白素也沒有再說什麼。

第二天一早，我還在睡，朦朧之中，白素推醒了我，我一看她已衣著整齊，連忙坐了起來。她道：「你管你睡，我出發了。」

我點了點頭，她轉身走了出去，我剛準備倒下去再睡，門已被大力推開，卓長根走了進來，扯著大嗓門：「還睡？咱們騎馬去。」

看他站在我床前，那種精神奕奕的樣子，我再想睡，也不好意思再睡下去。我一挺身，從床上跳了起來。卓長根一副躍躍欲試的樣子，忽然又改了主意：「別去騎馬了，好久沒遇到對手了，我們來玩幾路拳腳。」

我只好望著他笑，點頭答應，誰知道這老傢伙，說來就來，我才一點頭，他已經一拳照臉打了過來。

我連忙身子向後一翻，翻過了床，避開了他的那一拳，他一躍而起，人在半空，腳已踢出。

他一上來就佔了上風，我只好連連退避，三招一過，我已被他逼得從窗中逃了出去。

他呵呵大笑，立時也從窗中竄了出來。

我逃出窗，身子側了一側，把他緊逼的勢子找了回來，他才一出來，我大聲呼喝，向他展開一輪急攻。卓長根興致大發，也大聲酣呼，跳躍如飛。

我們兩人，自屋中一直打出去，打到外面的空地上，把所有的人看得目定口呆，有兩個身形高大的法國人，不知道我們是在「過招」，還以爲我們真在打架，上來想把我們兩人分開。

我和卓長根同聲呼喝，要他們走開，可是已經來不及了，這兩個人一片好心，可是不自量力，我和卓長根在傾全力過招，他們怎麼插得進手來？兩個人才一接近，就大聲驚叫著，向外直跌了出去，趴在地上，半晌都起不了身。

白老大已被驚動，他奔了出來，一面叫道：「沒事，沒事，他們是在鬧著玩。」他扶起了那兩個人，在他們身上拍打推拿著，那兩個人直到這時，才哇呀叫起痛來。

白老大在一旁看了一會，興致勃發，舉手一拍，也加入了戰團。

這一下，真是熱鬧非凡，三個人毫無目的地打，有時各自爲政，有時兩個合起來對付一個，圍觀的人越來越多，也越來越遠，誰也不敢接近。足足練了將近一小時，三個人才不約而同，各自大喝一聲，一齊躍退開去。

白老大大聲道：「好傢伙，老不死，你身體好硬朗。」

卓長根咯咯笑著：「老骨頭還結實，嗯？」

白老大後參加，停手之後，也不由自主在喘氣，我也在喘氣，可是看卓長根時，他卻全然若無其事，當真是臉不紅，氣不喘，除了光禿的頭頂，看來發亮之外，根本看不出他剛才曾經過這樣激烈的運動。

像他這樣的年齡，身體狀況還如此之好，這簡直違反生理自然！

我忽然想起賈玉珍，這個已成了「神仙」的人，由於服食了一些「仙丹」，返老還童，越來越年輕。卓長根是不是也曾服食過什麼對健康特別的東西呢？

一想到這裡，我脫口道：「卓老爺子，你是不是吃野山人參長大的？」

卓長根怔了一怔：「小娃子胡說什麼，我天生就那麼壯健。」

白老大調勻了氣息，才道：「你和他說什麼，他是外星人的種，自然比正常人健康。」

卓長根的神情有點惱怒。我知道他們兩個人是開慣了玩笑的，可是在那一霎間，我心中一動。我想到的是，卓長根的健康狀況和他的年齡如此不相稱，其中一定有特別原因。

原因是什麼，不知道，但一定有原因！

奸。」

第五部：嚴守秘密一言不發

我這樣想，不由自主，盯著卓長根看，卓長根罵了一句：「翁婿兩人，狼狽為奸。」

我叫起來：「我又沒說什麼。」

卓長根一擺手，大踏步向外走了開去：「你看人的眼光，不懷好意。」

我笑著，在他身後大聲叫：「這真是欲加之罪了。」

卓長根不再理我，逕自向外走了出去，走向一個馬廄。他還未曾走近，馬廄中的馬，已經匹匹歡嘶起來。白老大來到了我的身邊：「平時，你對外星人十分容易接受，為什麼這次，我一再說他的父親是外星人，你一再拒絕接受？」

白老大這幾句話，說得十分認真，一點也不像在開玩笑。

我想了一想：「不是完全不接受，但是我總覺得，他父親如果是外星人，應該還有別的能力，不會只是識得牧養馬匹。」

白老大指著我，笑著：「是你自己說的，外星人各種各樣，無奇不有，又焉知沒有一種專會養馬的外星人?」

白老大有點強詞奪理,我道:「那麼,他用什麼交通工具來的?在他出現前後,好像從沒有看見有什麼異樣物體,自天而降。」

白老大一本正經地眨著眼:「一艘隱形的太空船?」

我被他的話逗得笑了起來,白老大攤開手:「好了,你有什麼別的解釋?」

我道:「一點頭緒也沒有,總有古怪。他父親不知從何而來,不知往何而去,我看,和馬金花的神秘失蹤,有某種程度的聯繫。」

白老大陡然一揮手:「進入了另一個空間!他父親是從另一空間來的,回去了,馬金花進去過,又出來了!」

我微笑著,白老大和我雖然不常見面,但是他對我的記述的一切,倒是滾瓜爛熟,我記述過的一些事,他都可以順口引用出來。

我道:「他父親若是來自另一空間,那另一空間中生活難道用同一語言,也養馬?喜愛白玉的佩飾?」

白老大笑了起來:「由得你去解這個謎團吧,他父親不來自別的星球,不來自另一個空間，難道從地底下冒出來的？」

這時，我自然未曾將白老大的玩笑話放在心上，一直到日後，再談起來，白老大自己拍著胸口：「我說如何？山人掐指一算，早就算到了。」

我當時道：「我看馬金花如果能說出她的經歷，對我們的解謎就很有幫助。」

白老大有點感慨：「是啊，年紀大了，有什麼話要說，就得趕快說，不然，人一死，什麼話也不能說了，我近來，也很有寫回憶錄的意思。」

此時不投外父之所好，更待何時？我忙道：「真是，你的一生，寫起回憶錄來，太多姿多彩了。」

千穿萬穿，馬屁不穿，白老大一副自得的樣子：「可以計畫一下。」

他一面說，一面向我望來，我忙道：「我可以替你找一個人，你講，他寫。」

我唯恐他把寫自傳的責任，放在我的身上，所以才這樣說。平心而論，白老大的一生，的確多姿多彩，他壯年時，身爲七幫十八會的大龍頭，可以說是中國自有秘密幫會以來，地位最高的一個，當然有許多精采的事跡可供記述，但是我生性好動，若是留在他身邊一年半載，那就苦不堪言了。

白老大笑了一下：「不急，不急。」

我想起了一個需要立時解決的問題：「你這裡沒有電話，白素要和我們聯絡的話——」

白老大打斷了我的話頭：「放心，里昂離這裡又不是太遠，照我看，小素如果有辦法，她就能把馬金花請到這裡來。」

白老大對白素的能力很有信心，我想了一想，也覺得如果能把馬金花請來，那真是再好也沒有了。可是，到了傍晚時分，白素人沒有回來，卻來了一封十萬火急的電報：「衛，速與卓老爺子齊來里昂，遲恐不及，馬教授中風，現在里昂第一療養院。素」

電報送到我手中時，天色已漸漸黑了下來，又花了二十分鐘，把卓長根從溜馬的地方找了回來，卓長根一看就發了急。他真的急了，竟然對白老大道：「小白，那怎麼辦，你這裡又沒有什麼快馬。」

我自然笑不出來，白老大一時之間，還不明白是什麼意思，我已經道：「卓老爺子，你放心，我駕車，保證最快到。」

卓長根用力拍著他的光腦袋：「是。是。我真是糊塗了，再快的馬，哪有車快！」

講了這兩句話之後，半分鐘也沒有耽擱，我們就奔向車子。車子小，卓長根的身形高大，司機旁的座位已儘量推向後，可是看起來，卓長根高大的身軀，仍然不像是坐，而是堆在座位上。

卓長根也不理會舒不舒服，一疊聲催著：「快！快！」

我也想快一點到里昂，所以一路上，將車子駛得飛快。在可以看到里昂市的指標之際，還未到午夜時分。

卓長根也不禁喟嘆：「時代真是不同了，再快的馬，也得天亮才能到。」

我倒不擔心馬快還是車快，只是擔心馬金花，她的病況，一定十分嚴重，一個九十一歲的老人，本來就是風燭殘年，像卓長根那樣，是極其罕見的例外。中風之後，言語機能有沒有障礙？是不是還能把當年的那一段秘密說出來？

如果她不能說話，那麼，是不是能用其它方式來表達？

我想的全是這些問題，卓長根不住不安地轉動著身子，變換坐的姿勢，只要他一動，車子就會震動一下。

等到車子進了里昂市區，我對街道不是很熟，問了警察，開始問到的幾個，根本不知道「里昂第一療養院」在什麼地方，後來問到了一個年紀較大的警官，才道：「哦，里昂第一療養院，那是有錢人休養的地方，在西區，向西駛，再去問別人。」

法國警察那種對外地人的愛理不理作風，真叫人生氣，如果換了問路的是白素，那只怕得到的待遇，就大不相同，可能有警車開路都說不定。

駕著車向西駛，又駛出了市區，才算是問明白了，那是一家小規模的私人療養院，車子停在門口，向內看去，是一個樹木十分茂盛的大花園，黑暗之中，也看不到療養院的建築物。

我和卓長根下了車，奔向大鐵門，我已經準備好了，如果沒有人來開門，我就和卓長根一起攀門進去。我們才一奔到門前，一陣犬吠聲傳來，兩個壯漢，每人拖著兩條大狼狗，向大鐵門直奔了過來。

狼狗的來勢極勁，一來到大鐵門前，人立了起來，狺狺而吠，樣子十分凶惡。

那兩個大漢跟到了門口，事情倒比我想像中順利得多，其中一個立時道：「衛先生？衛太太正在等你。」

我吁了一口氣：「請你開門。」

那兩個大漢一面喝叱著狼狗，一面打開了鐵門，我和卓長根又進了車子，從打開的大門之中，直駛了進去。

這個療養院，以前一定不知是什麼王公貴族的巨宅，花園相當大，林木蒼翠欲滴，還有幾個極大的花圃，和石雕像、噴泉。

等到可以看到那幢巨大的舊式洋房之際，一個穿著制服的人奔了過來，阻住了車子：「請儘量別發出聲響，病人都睡了。」

我和卓長根下了車，在那個人的帶引之下，進了建築物，上了樓梯，經過了走廊，一轉身，我就看到白素，站在一間房間的門口。

她招手令我們過去，卓長根一路上心急如焚，可是到了這時候，他卻躊躇起來。我在他耳邊低聲道：「快去，遲了，可能再也見不著了。」

卓長根深深吸了一口氣，才把腳步放大了些。白素輕輕推開房門。

那是一間十分大的房間，佈置也全是舊式的，燈光柔和，我一步跨了進去，就看到了傳奇人物馬金花。

在一張大床上，半躺著一個老婦人，她即使是半躺著，也給人以身形十分高大之感。可是，若是把她和卓長根形容中的馬金花比較，那一定大失所望。歲月不饒人，七十多年過去了，每一年，每一月，每一天，時間都在人的身上，留下痕跡。

這時的馬金花，只是一個一動不動半躺在床上的老婦人。

在屋子的一個角落，有兩個護士。半躺在床上的馬金花，看來像是睡著了，雙手安詳地放在胸口。

卓長根來到了床前，望著床上的馬金花，雙眼之中，淚光閃動。口角抽搐著，喉際發出一陣激動的「咯咯」聲。

看卓長根的情形，彷彿他仍然是二十歲，而床上的馬金花，仍然是十八歲！他心中的激情，顯然未曾因爲歲月的飛逝而稍褪。

我要開口，白素在我身邊，捏了一下我的手，示意我別出聲。卓長根掙扎了好一會，才掙扎出了兩個字來：「金花。」

床上的老婦人震動了一下，睜開眼來。

她看來雖然老邁之極，但是雙眼卻還相當有神。我悄聲問白素：「中風？」

白素也悄聲道：「不算太嚴重，下半身癱瘓了，頭腦還極清醒。」

我吁了一口氣，向白素作了一個詢問的手勢，問她馬金花是不是講了什麼，白素搖了搖頭。

馬金花盯著卓長根看了一會，開始時，神情十分疑惑，但隨即，變成了一副忍不住好笑的神情，卓長根在那一霎間，神情也變得忸怩，有點不好意思地伸手按住了自己的禿頂。

馬金花並沒有笑出來，她嘆了一聲：「長根，我們都老了。」

卓長根忙道：「老什麼，老也不要緊。」

他一開口，嗓門極大，別說那兩個護士，連我和白素，都嚇了一大跳，兩個護士一起向卓長根打手勢，要他別那麼大聲。

馬金花在這時，忽然講了一句我和白素都不是很明白的話：「長根，你自然不要緊，我……是不行了，油盡燈枯，人總有這一天的。你想想，要是我知道你會來，我才不讓你來看我。」

卓長根有點惶恐：「爲什麼，你還是不想見我？」

馬金花道：「是我不想讓你見，你瞧瞧，我現在這樣，算什麼？」

卓長根道：「還是你。」

我插了一句：「兩位別只管說閒話了，我看——」

卓長根瞪了我一眼，馬金花也向我望來：「你就是衛斯理？」

我點了點頭，馬金花忽然笑了起來，當她笑的時候，她滿是皺紋的臉上，現出一種十分頑皮的神情。這種神情，使我自然而然想起，她六歲那年，一口氣喝了一大碗白乾而醉倒的情形，我也不由自主，笑了起來。

馬金花一瞪眼：「笑什麼，你們小倆口倒是一對，你們來幹什麼？」

我向白素望了一眼，白素攤了攤手，表示她什麼都來不及說，我單刀直入：「兩件事，一件事，是替你說媒來了，你和卓老爺子，才是一對。」

馬金花一聽，先是一怔，但接著，卻「哈哈」大笑了起來。

她的笑聲十分響亮，剎那之間，那兩個護士，簡直手足無措，卓長根有點惱，責怪似地望著馬金花。

馬金花搖著頭：「遲了兩天。我要是還沒有癱，就和和稀泥吧，現在，我可不能拖累他。」

卓長根急得連連頓腳，看了他們這種情形，我只覺得好笑。

馬金花揚起手來，卓長根一下子握住了她的手，馬金花嘆了一聲，又問我道：「小伙子，我聽說過你，你第二件事別提了，提了也是白提。」

白素在一旁幫腔：「教授，你怎麼知道我們第二件事是什麼？」

馬金花自負地笑了一下：「當然知道，你們和他在一起，當然聽他講了我不少閒話，你們想問什麼，我還有不知道的麼？」

她說到這裡，頓了一頓，眼望向天花板，像是陷入了沉思之中。

過了好一會，她才道：「長根，你留在這裡陪陪我，小倆口子自己找地方親熱去吧。」

這位國學大師，滿腹經綸，學問之好，絕不會有人加以任何懷疑，可是這時，她出言豪爽，一口陝甘口音，也未見有多大的改變，很有點當年的風範。

我一聽她要趕我們走，不禁有點發急：「這可不行，過了橋，就不理我們了？」

馬金花「啐」地一聲：「少油嘴滑舌，說到什麼地方去了，快走，我有話對長根說。」

她這句話，比什麼都有用，卓長根這老頭子立時衝我和白素一瞪眼：「怎麼，想我把你們摔出去？」

我和白素，相視駭然，事情忽然會演變到這一地步，真是做夢也想不到。我們只好點頭，退出了那間房間，到了走廊一端的一間休息室中。

坐下之後，我嘆了一聲：「真倒霉，不知道她要對他說什麼？」

白素倒心平氣和：「他們幾十年不見，總有點話要說。」

我瞪了白素一下：「不是我們替他壯膽，這老頭子膽子再大，也不敢去見他的初戀情人。」

白素一點也不理會我的埋怨，自顧自十分嚮往地道：「卓老爺子的這份情意，倒真有點迴腸蕩氣，那麼多年了，一點沒變。」

我悶哼一聲：「世界上男人，要是全像他，那才夠瞧了，我喜歡相愛的人在一起，打破頭也好。」

白素似笑非笑，望了我一眼，不再說什麼。我打了一個呵欠，不耐煩地說道：

「我們要等到什麼時候？」

白素嘆氣：「早知道你這樣不耐煩，我只叫卓老爺子一個人來好了。」

我不想和她爭論，在休息室中走來走去，又走出休息室去，張望了幾次。

整座建築物靜到了極點，走廊之中，不時有一些護士在走來走去，但由於鋪著極厚的地毯，她們的腳步又輕，來來去去，一點聲音也沒有。

我等了足有半小時，心想卓長根該出來了，可是還是一點聲息也沒有，我只好再回到休息室，在一張長沙發上躺下來。

正當我閉目養神，快朦朧睡去時，一陣驚人的喧嘩聲，突然爆發。

由於本來是如此之靜，所以那種驚人的吵鬧聲傳來，十分駭人，我立時驚起，一躍而出，白素已先我奔出了休息室。

我們才一出休息室，就看到幾個護士，慌慌張張奔了過來，另外有幾個工作人員，則慌張地奔向前去，我只聽得所有的喧鬧聲，原來全是一個人發出來的，那個人正在扯著嗓子直叫：「醫生！醫生！醫生快來，他奶奶的，醫生怎麼還不來？」

這時，所有有人住的房間，門都打開，病人都探出頭來，神情有的驚訝，有的厭惡。

在高聲大叫的，自然是卓長根，一個人大聲叫喊，竟可以把那麼大的一幢房子，弄得如此天下大亂，真有點匪夷所思。

我和白素一出了休息室，一停也沒有停過，就向前疾奔，一下子就看到了卓長根。

卓長根整個人像是瘋了，不但在叫著，而且，還在拳打腳踢，有時打在門上，有時踢在牆上，發出乒乒轟隆的聲響，那兩個護士縮在一角，動都不敢動。我加緊趕過去，也叫著：「老爺子，你幹什麼？」

卓長根一伸手，就抓住了我的手臂，他用的力道是如此之重，我立時運氣相抗，手臂還痛得可以，若是普通人，只怕一下就被他拗斷了臂骨。

他抓住了我之後，叫：「醫生！醫生！金花她……她……醫生……」

這間療養院的服務十分好，我已經看到兩個醫生奔了過來，但由於卓長根凶神惡煞一樣堵在門口，兩個醫生都不敢過來。

我忍住了手臂上的疼痛，用力一拉卓長根，向那兩個醫生道：「病人可能有變化，請快去檢查。」

卓長根被我扯到了一邊，那兩個醫生側著身子，急急走進了房間。白素一面在走過來時，一面對打開房門在探頭的人柔聲道：「請別驚慌，對不起，吵了各位休息。」

她的法文發音標準，聲音又動聽，本來臉帶厭惡神色的一些人，也都向她微笑點頭。

兩個醫生進了病房，替馬金花在進行急救，馬金花看來昏了過去。工作人員又推著許多醫療儀器進來，忙碌著。

一個醫生轉過頭來，神情非常惱怒，指著卓長根：「你，你明知病人的情況不是很好，怎麼還不住和她說話？你令她受了什麼刺激？」

卓長根的神情，全然像是一個受了冤屈的小孩子，一咧嘴，哭了起來：「我沒說什麼，我只是說……她說的話，我一句也不相信。」

我和白素不由自主，互望了一眼。馬金花對卓長根，說了些什麼呢？

那醫生「哼」地一聲，卓長根又帶著哭音道：「她說……我不相信，可以自己去看……我說我還是不相信，她就生了氣，突然之間，話講不出來，人昏了過去，我……」

他講到這裡，索性放聲大哭起來，一面哭，一面叫著：「金花，你可得醒來，你可得醒來。」

白素和我在他的身邊，一時之間，真不知道如何勸他才好。

他事業成功，一生之中，經歷之豐富，只怕世界上罕人能及，卻哭得像一個小孩子，我只好不住地拍著他抽搐的背部。

突然之間，他哭聲停止，雙眼瞪著，淚水自他睜大的眼睛中，直湧出來，情景看來十分奇特。

我也陡地吸了一口氣，身子震動了一下，因爲在這時，我們都看到，一個醫生把白床單拉起，拉過了馬金花的頭部，然後，輕輕蓋了下來。

任何人都可以知道這個動作是什麼意思：馬金花死了。

卓長根陡然叫：「你在幹什麼？」

那醫生的聲調，帶著職業性的平靜：「她的心臟停止了跳動。」

卓長根雙臂一撐，撐開了我和白素，一步跨到了床前，我怕他胡來，連忙跟了上去，他一伸手，就把馬金花的手抓了過來，用自己的兩隻大手，緊緊地握著。

他雖然僵立著，可是身子在劇烈發著抖。我一直守在他的身邊。過了好一會，他才用十分嘶啞的聲音道：「金花，你別怪我——」

他講到這裡，頓了一頓，又道：「你對我講的話，我還是不相信，不過我一定會自己去看。」

我實在忍不住，想要問，可是知夫莫若妻，我才一開口，還沒出聲，白素已重重踫了我一下，暗示現在這種情形之下，不是追問問題的好時刻。所以，我沒有問出聲來。本來，我想問的問題是：「她究竟對你說了一些什麼？」

如果卓長根肯回答的話，我想三兩句話，也可以摘要地告訴我了。

我沒有出聲，卓長根仍然劇烈地發著抖，好一會，他才轉過頭來，望著我，滿是皺紋的臉上，淚水縱橫：「她的手……越來越冷了！」

子上。

我只好嘆了一聲：「人總是要去的，老爺子。」

他沒有再說什麼，緩緩揚起頭來，望著天花板。淚水一直流到他滿是皺紋的脖子上。

卓長根一直握著馬金花的手，誰勸他都不肯放，一直到天亮，他才發出了傷心欲絕的一下悲嘆聲，鬆開了手。

他鬆開了手，醫院中人人都鬆了一口氣。

在移動馬金花的屍體時，卓長根一直跟在旁邊。我抽空問一個醫生：「死因是——」

醫生道：「死者已經超過九十歲，而且又在中風之後，就算是極其安善的休養，也不知道可以拖多少日子，何況是劇烈的爭吵。」

我怔了一怔：「爭吵？誰和死者爭吵？」

醫生悶哼了一聲：「就是那個東方科學怪人。」

我又呆了一下，才知道卓長根在他們的眼中，是「東方科學怪人」。我苦笑了一下：「他們爭吵？吵些什麼？」

醫生招手，令兩個護士走過來：「我也不知道，當時只有她們兩人在場，她們曾多次警告，請兩人不要吵下去，可是兩個人一個也不肯聽。」

我忙問護士：「他們吵什麼？」

一個護士道：「你和你太太走了，他們就開始講話，開始的時候，聲音都很低，講話的聲調也很溫柔，像是一對情侶在喁喁細語。」

我道：「他們本來就是一對情侶。」

兩個護士都現出十分古怪的神情，那自然是卓長根和馬金花的年齡，離一般人所了解的「情侶」，距離太遠了。

其實，情侶沒有年齡限制，只要有情意，一百歲的男女可以是情侶，沒有情意，十八廿二又怎樣？

這時，我當然懶得和那兩個護士提及這些，我只是問：「後來呢？」

護士道：「他們好好地說著話，不知怎麼，忽然吵了起來，越吵越凶，阻也阻不住，病人一下可能受不了刺激，就……再度中風了。」

我沉聲問：「他們爲什麼吵？」

兩個護士一起向我翻白眼：「我們怎麼聽得懂，你該去問那個東方科學怪人。」

我苦笑了一下，是的，卓長根和馬金花，用中國陝甘地區的方言交談，法國女護士，當然聽不懂，我真是笨，應該去問卓長根才是。

馬金花的喪禮，十分風光，她的幾代學生，從世界各地趕來參加喪禮，參加漢學會議的學者，人人都默立致哀。她的律師也老遠趕了來，在喪禮上宣布：「馬女士的遺囑，早就在我這裡，她吩咐過，她行蹤不定，不論在何處，我都要趕來宣讀她的遺囑。不過，她又吩咐過，她遺囑宣讀時，一定要有一位先生在場，這位先生叫卓長根，在巴西定居，我啓程的時候，已經通知這位先生，他只怕也快到了。」

當律師講到這裡的時候，卓長根站了起來：「我就是卓長根，早就在了。」

卓長根神情激動，馬金花預立的遺囑，對他十分重視，心中又感激又難過。

從那天晚上，馬金花過世到這時，已過了三天，我和白素一直在卓長根身邊，白老大也來了里昂。卓長根在那三天之中，一句話也不曾說過，只是一個人，不是雙手抱住了頭沉思，就是抬頭望著天，呆若木雞，一動不動，不論白老大如何勸他，和他打趣，他都一概不理。

雖然我們都急於想知道，他和馬金花為什麼爭吵，馬金花跟他說了一些什麼，何以他一直到馬金花死了，還對著她的遺體說「不相信」，可是又要自己去「看一看」？

許多疑問在我心中打轉，可是看他的情形，明知問了也是白問。我曾經向白素咕嚕道：「老爺子別爲了傷心過度，以後再也不會開口說話了吧。」

所以，這時，聽到他回答了律師的話，大家都很高興，希望他心中的哀傷，快點過去。

律師望向卓長根：「那太好了。馬女士的遺囑，十分簡單，分兩部分，第一部分，她的全部財產，由卓長根掌握運用，成立獎學金，世界上任何角落的大學生，都有權申請。」

律師的宣布，傳來了一陣熱烈的掌聲。大家都等著聽律師宣布遺囑中第二部分。律師看了看手中的文件，神情有點古怪：「對不起，第二部分，馬女士的遺囑中寫得很明白，不能當眾宣讀，只有卓長根先生一個能聽，卓先生，我們——」

卓長根不等律師說下去，就一揮手：「我已經知道內容，不必再聽了。」律師有點感到意外，卓長根又大聲道：「請你立即把馬女士的遺囑毀去，並且遵守你的職業道德，絕對把遺囑的內容，保持秘密。」卓長根的話，說得不是很客氣，律師的神情有點惱怒，但是他還是取出打火機來，當眾把手中的文件，點著了燒了個乾淨。

白老大低聲道：「卓老頭子在搞什麼鬼？」

我也覺得事情十分蹊蹺，一時之間也想不透，只好道：「馬金花死前，已告訴了他遺囑的內容。」

白老大點頭：「當然是，可是他為什麼要律師守秘密呢？」

白素道：「可能在遺囑中有私人感情方面的事，他不想別人知道。」

我和白老大仍然心生疑惑，但暫時，除了白素的解釋之外，似乎又沒有別的解釋。

白老大哼地一聲：「等他情緒定下來一點問他，不怕他不說。」

我忍住了在這三天之中，不向卓長根發出問題，想法和白老大一樣：等他情緒穩定了一點之後再來問他。

喪禮舉行完畢，馬金花的靈柩，卻仍然停在殯儀館，卓長根在各人都離去，只有他、白老大、我和白素四個人在靈柩旁邊的時候，他才一面用手搓揉著靈柩上的鮮花，一面道：「金花遺囑的第二部分，就是要我把她的遺體運回家鄉去安葬。」

我們三人呆了一呆，還未曾來得及作出任何反應，卓長根又道：「那天晚上在醫院中，她已經預感到自己不久人世，所以把她的遺囑，告訴了我。」

我們三人互望著，卓長根又道：「我已經叫我機構中的人在聯絡，大概很快就可以啓程。」

我皺著眉，沒有作聲。馬金花的家鄉，在中國的涇渭平原。本來，一個人死後要葬在自己的家鄉，十分正常，但是由於種種的政治原因，所以聽來有點突兀。

白老大對政治十分敏感，不像我，只是消極地不去觸及它。白老大的愛憎也極其分明，他「哼」了一聲：「老卓，你現在是大資本家，又是拉丁美洲的大人物，你這一去，只怕會受到盛大的歡迎，說不定，還會擺國宴來歡迎你。」

卓長根一翻眼：「你知道我不願意去，可是金花吩咐了，我能不去嗎？」

白老大道：「派幾個得力的人進去辦一辦！你弄個一億美金進去，替馬金花弄個馬氏墳場，都沒有問題。」

卓長根緩緩搖著頭：「不，我要親自送葬。」

白老大仍大不以爲然，可是又沒有什麼法子說服卓長根，所以乾脆生氣，不再出聲。

我看問問題的時機已到了，就道：「卓老爺子，馬教授在臨去世之前——」我的話還沒有說完，卓長根已陡然伸出他的大手來，直伸到了我的面前。一時之間，我以爲他又要動手，連忙向後一仰，他卻只是作了一個阻止我再說下去的手勢。

他道：「小衛、小白、小女娃，你們不必問我任何話，問，我也不會說。」

我和白素一怔，想不到他會這樣說，白老大已經叫了起來：「老卓，這像話嗎？」

卓長根悶哼一了聲：「你們想問我，金花對我說了一些什麼？我們爲什麼會爭吵起來？金花的話，爲什麼我不相信？」

白老大悶哼一聲：「知道就好，快從實招來。」

卓長根深深吸了一口氣，又緩緩把氣吁出來，然後，才一字一頓：「小白，咱倆的交情，是沒得說的了，可是比起父子來，又怎麼樣？」

白老大聽得他忽然這樣說，不禁駭然，又好氣又好笑：「他媽的，老卓，你在放什麼屁？」

卓長根的聲音緩慢而傷感：「小白，當年我和我爹，父子二人相依爲命，我爹明知自己要死，也沒有對我說，現在，怎麼會對你說？」

卓長根伸手阻止我說話，我心中已然疑惑之極，知道那一定是一個驚人的大秘密，所以，一直在用心聽他說什麼，希望可以聽出一點弦外之音。這時，我一聽得他這樣講，立時道：「事情和令尊有關？」

卓長根卻一點反應也沒有，自顧自道：「當年，金花失蹤五年之後回來，她沒告訴我，連馬場主那裡，也半句沒透露過。」

白老大大聲道：「那——」

可是他只講了一個字，卓長根又一伸手，白老大憤然把他的手，重重地拍了開去，卓長根也沒有什麼別的表示，我趁這個機會，飛快地問道：「那樣說來，馬金花的失蹤，和令尊的神秘身份有關連？」

卓長根仍然對我的話，理都不理，自顧自道：「金花在臨死之前，把事情告訴了我，你們想想，我能告訴你們嗎？會告訴你們嗎？當然不會。」

白老大霍地站起來：「好，老卓，咱倆的交情，到此爲止。」

卓長根嘆了一聲，兩眼望天：「你要這樣，我也沒有法子想。」

白老大的脾氣，自然烈得可以，一聽得卓長根那樣說，一聲不出，立時向外走去。卓長根只是低低地嘆了一聲，絕沒有挽留的意思。

我和白素互望著，手足無措。

第六部：重演當年失蹤事件

本來我們都以為，一等卓長根的情緒平靜，他就會什麼都告訴我們，誰知道他一句話也不肯說。靈柩邊的沉默，十分難堪，白老大的聲音，從外面傳了進來：「你們也跟我走吧，這老頭子鐵起心來，誰也扭不轉。」

卓長根對白老大的這兩句話，倒表示同意，向外揮著手，示意我和白素離去。我心中也忍不住生氣，白素卻涵養好，若無其事地道：「恭喜卓老爺子，心中幾十年的兩個謎團，都解開了。」

卓長根悶哼了一聲，欲言又止，但終於未曾出聲。我一看他這種樣子，靈機一動，冷然道：「才沒有解開，他根本不相信。」

卓長根立時向我望來，我故意不去看他，望向白素：「藏在心裡，一輩子也解不開。」

卓長根居然沒有被我激怒，他只是苦笑了一下：「小娃子，你不必使計激我，我不會說的。餘下來的事，我自己會解決。」

我心中苦笑，硬激不成，我還是不死心，放軟了口氣：「卓老爺子，你處事好像不怎麼公平吧。老遠把我們叫了來，要我們解你心中的疙瘩，現在你自己心中有數了，那兩個疙瘩，卻留在我們心裡。」

卓長根道：「事情與你們全然無關，你們可以再也別去想它。」

我悶哼一聲：「這像話嗎?那不是無賴麼?」

我知道卓長根一生為人，豪邁爽直，俠義乾脆，這種人，最惱人說他無賴，也最怕擔個無賴的名聲，所以，我才故意用這樣的重話去擠他。

果然，我的話才一出口，他就大有怒意，一伸手，就待向靈柩上拍下去，待到手掌快拍到靈柩時，才陡地想起，如果一掌拍在靈柩上，那是對死者的大不敬，所以立時縮回手來。

他縮回手，怒意也消失了：「是，算是我對不起你們，不論你們要我做什麼，我都沒有第二句話，唯獨別再提那件事。」

他話說到了這一地步，那真是沒有再說下去的餘地了。

我苦笑了一下，向他伸出手去：「很高興認識你，和聽你講了那麼有趣的經歷，暫時，我們還沒有什麼事要求你，再見了。」

卓長根自然看出了我的不高興，他一面伸手出來，和我握著，一面伸手，在我的背上，輕輕拍了兩下：「小娃子，別學你老丈人，動不動就生氣。」

我真有點啼笑皆非：「那要怪叫人生氣的人。」

卓長根一副無可奈何的神情，叫人看得十分不忍心，我只好長嘆一聲，攤了攤手，表示算了。

我和白素一起離開，在殯儀館的門口，白老大等著我們，氣仍未消：「老混蛋說了些什麼？」

我道：「啥也沒說。」

白老大也犯了拗勁：「他不說也不要緊，我就不相信查不出來。」

我用力一頓腳：「那兩個護士當時倒在場，可惜她們一句也聽不懂馬金花和卓長根在說什麼。」

白素嘆了一聲：「愛因斯坦臨死時，說了三分鐘話，在一旁的護士不懂德語，對人類文化可能有重大影響的話，就此無人能知，比起來，我們的事，不算什麼。」

白老大不理會白素，只是望著我道：「小衛，我們兩個人合作，若是有再查不出來的事，你相信不相信？」

我笑了起來：「當然不相信。」

白老大一揮手：「照啊，那我們就去把它查出來，倒講給老渾蛋聽聽，看他的老臉往哪兒擱，我們先從——」

我立時接口：「先從查馬金花遺囑的第二部分開始。」

白老大拍手道：「對。」

白素搖頭：「看你們，興奮成這樣，沒有結果時，不要垂頭喪氣才好。」

接下來三天，我們都留在里昂，卓長根一直在殯儀館沒有出來。

我們知道卓長根機構的負責人，正在進行運靈柩回去的商榷，報紙上，已在大肆宣揚，表示「熱烈歡迎馬源教授遺體葬在家鄉」。馬金花在學術上的成就，加上她的影響，自然可以供利用。

在這三天之中，也十分容易就得到馬金花遺囑的內容（那律師的職業道德並不太好）。

第二部分，確如卓長根所說的那樣。

可是，略有不同。

整個第二部分，是一封信，馬金花不以爲她在臨死之前，還會和卓長根有面對面講話的機會。

那封信的內容是：

「長根，到現在，如果我在世上還有親人，就是你，所以我要你做一件事。我知道你不願意回家鄉去，可是我要你把我運回去，在家鄉下葬。葬在多年之前那次放馬失蹤的那片草地。如果你留心一點，可以發現那片草地上某一處，有九塊石板鋪在一起，撬開那些石板，把我葬下去，你一定會答應的，我知道，雖然我們曾賭氣不再理會對方。金花。」

我們三人看了這封信，都皺著眉不出聲，心中的疑問更多了。

從這封信看起來，馬金花要回葬家鄉，好像另有目的！

白素首先道：「看起來，馬金花像是要卓長根回家鄉走一遭。」

我應聲道：「不是家鄉，是要卓長根再到她曾失蹤的那地方去，那地方有一個秘密：有一處是九塊石板鋪起來的。」

白老大手托著額：「九塊石板鋪起來，這是什麼意思，很費解。」

我道：「不算費解，那是一片草地，面積可能相當大，馬金花也說了，只要留意，可以在那一大片草地上，發現一處地方，鋪著九塊石板——可惜她沒有說明那九塊石板的大小。」

白老大瞪了我一眼：「你說了等於沒說，這九塊石板，有什麼大不了？」

我道：「那誰知道，反正馬金花要葬在那個地方，這是她的遺囑。」

白素遲疑了片刻：「會不會撬起了那九塊石板，會發現什麼秘密？」

白老大吸了一口氣：「極可能，而馬金花的目的，是要卓長根去發現這個秘密，運遺體回去安葬，還在其次。」

三個人一起參詳分析，果然比一個人動腦筋的好，我已經隱約感到，事情已有點眉目了。

這很令人興奮，我大踏步來回走著，踰跌了一張椅子，然後，我大聲道：「請注意一點：馬金花在那片草地上突然失蹤，過了五年，才又在原來的地方，突然出現。」

白老大笑了起來：「我知道你想說什麼了。」

本來，我確然有了一個大膽的設想，但一看白老大這種不以為然的神態，不免氣餒，聲音也沒有那麼大了：「我設想，那九塊石板，如果被撬起來之後，是通向一個地下室的通道入口。」

白老大道：「是啊，馬金花就在那個地下室中，藏了五年。」

他說到這裡，揮著手，「呵呵」笑了起來。

我想了一想，自己也覺得沒有這個道理，只好苦笑了一下：「或許，石板下面，蘊藏著不為人所知的馬氏牧場的財富。」

白老大同意：「這個可能性更大。」

白素在這時，忽然道：「馬金花曾說她嫁過人，卓長根推測，那是她失蹤五年間的事，由此可知，馬金花在那五年之中，過的是另一種生活。」

我嘆了一聲：「又回到老路上來了，她是進入了另一個空間？」

白素緩緩地搖著頭，神情一片迷惘，顯然她的心中，也沒有定論。

三天之後，我們在報紙上看到了「馬源教授遺體，由其生前好友，南美華裔實業家卓長根負責，運回家鄉安葬」的消息。

卓長根此行，陣仗還真不簡單，不但包了一架飛機，帶了幾個得力的助手，而且，還有一個外交官員隨行，表示對馬教授的敬意。同時還有消息說，目的地的當地政府，已經準備盛大歡迎儀式云云。白老大看了報紙，用力把報紙摔開去：「這老小子，把他在南美洲所有的一切，拿去填這個深淵，也不過如九牛一毛，一個國家窮得連自尊也沒有。」

我和白素都沒有說什麼，知道一搭腔，白老大的牢騷發起來，更沒有完。

在卓長根出發之前，我們也不是沒有活動，我們知道卓長根從南美召來了兩個得力助手，和他一起，去辦運靈柩的事。

白老大曾企圖去收買這兩個親信中的一個，要他不斷報告卓長根的行蹤，他堅持要「親自出馬」，說一定可以不費吹灰之力。

所以，他到里昂去了一趟。

他在回來後，絕口不提收買是否成功，只是叫著那兩個人的名字，把他們痛罵了一頓。我和白素都心裡明白，那兩個人一定對卓長根十分忠心，白老大的收買失敗了。

這個計畫失敗了，卓長根回家鄉去，做了一些什麼事，法國報紙自然不會刊登，只是通過一些途徑，才約略知道一些，無非是卓長根受到了盛大歡迎，卓長根答應投資和提供畜牧的最新科技，幫助當地發展畜牧業等等的老調。

白老大每次得到這樣的消息，總要把卓長根痛罵一頓。

又過了五六天，我實在想走，白老大也知道留不住我，只好由得我和白素兩個離去。

在歸途的飛機上，我向白素道：「我們所遇到的事情之中，這件事最無趣，我們被出賣，卓長根根本來找我們幫忙，可是他自己一有線索，就完全不理會我們！」

白素看得開：「當聽了一個故事，那麼多年前的事，全憑卓長根一個人說，真實必如何，也值得懷疑。」

我苦笑了一下，對卓長根所敘述的一切，我從來也沒有懷疑過，至多認爲他在馬金花部分，略有感情上的誇張。我也知道白素這樣說，是想我不再追究這件事，只當聽過就算。

事實上，我就算追究，也無從追究起，不算也只好算了。心中自然不高興，因爲卓長根給我的印象極好，但結果卻那麼不漂亮。

回到家中，另外有一件事，令我忙碌了幾天。白素忙於搜集卓長根在他家鄉活動的資料。看來他到家鄉，很受重視，消息還不少，但無非是各種應酬，和整件神秘事件，沒有什麼大聯繫。

那天晚上，我在看書，白素走了過來：「奇怪，已經有好幾天沒有卓長根的消息了。」

我放下書：「或許他的活動已結束，當然不會有什麼新消息。」

正當我們這樣說著的時候，門鈴響了起來。老蔡年紀大，動作遲緩，門鈴響到他去開門，至少要超過一分鐘，我們早已習慣。

而且，遇到我和白素都在的時候，我們一定會互相猜來的是什麼人。

我在聽了門鈴聲之後先開口：「卓長根。」

白素搖頭：「他包了專機，不會經過這裡，看來你真想見他？如果是，你可以到南美洲去找他。」

我道：「那你猜是誰？」

白素側著頭，還沒有說出來，老蔡已經在樓梯口叫起來：「有一位鮑先生硬要進來。」

我怔了一怔，一時之間，想不起有什麼熟朋友是姓鮑的，就在這時，另外一個聲音也傳了過來：「衛先生，我叫鮑士方。」

我一聽得「鮑士方」這個名字，就「哈哈」大笑起來，同時，伸手向白素指了一指，作出一副勝利的姿態來。

鮑士方這個名字，並沒有什麼惹人發笑之處，而我忍不住發笑，是這個人我雖然未曾見過，可是名字卻聽過許多次。

那是在白老大的口中聽到的。白老大在親自出馬，企圖收買卓長根的兩個得力助手而失敗之後，曾破口大罵那兩個人，其中一個的名字，就是鮑士方。

我剛才猜上門來的是卓長根，如今雖然不是卓長根，是他的助手，雖不中亦不遠矣，所以我才向白素作出勝利的姿態來。

白素向我笑了一下，不否定我猜中了一半，可是她立時說道：「真沒有道理，一定有什麼意外發生了。」

我笑：「卓老頭子自己不好意思來見我們，所以先叫他手下來探探路，哪有什麼意外。」

白素道：「快請客人進來吧。」

我來到書房門口，向著樓下：「鮑先生，久仰大名，請上來。」

接著，我就看到一個中年人，急急走了進來。

這個人的身量不是很高，可是極結實，年齡大約四十歲，有一頭又濃密又硬的黑髮，來到樓梯口，抬頭向上望了一眼，一臉的精明能幹，可是卻又十分惘然惶急。這並不矛盾：精明能幹是他的本性，惘然惶急，一定是他有了什麼急事。

我說道：「請上來，我是衛斯理。」

這個鮑士方，簡直是跳上來的，他上了樓，就和我握手，我又介紹了白素，白素道：「有什麼事，慢慢說，別急。」

白素也向我望了一眼，表示她也猜中了：鮑士方真有急事。

看到了鮑士方這樣的神情，我也可以知道他一定大有急事。所以我向白素點了點頭：「好，一比一。」

鮑士方卻不知道我們在說什麼，愕然怔了一怔，才道：「兩位，我先介紹一下我自己——」

我打斷了他的話頭：「不必了，我們知道，閣下是卓氏機構的四個副總裁之一，是卓長根先生的得力助手。」

鮑士方點了一下頭，他這個人，做事十分爽脆，立時開門見山地道：「卓長根先生失蹤了。」

我和白素都陡然震動了一下，失聲道：「失蹤，什麼意思？」

由於鮑士方所說的實在太突然，所以才有此一問。鮑士方也怔了一怔，像是不知道失蹤除了失蹤之外，還會有什麼別的意思。

我又急著想問，白素已然道：「鮑先生，慢慢說，卓先生怎麼會失蹤。」

鮑士方六神無主：「不知道，真的不知道，他……失蹤了，我們沒有辦法可想，所以來找你們。」

我嘆了一聲，這個人，性子比我還急，我再做了一個手勢，又把一瓶酒塞在他的手裡。他居然道：「對不起，我不喝酒。」

他說著，坐了下來，可是才一坐下，又彈了起來：「卓先生失蹤了。」

白素柔聲道：「什麼時候的事？」

鮑士方喘了幾口氣：「三天之前。」

白素道：「請告訴我們經過的情形。」

鮑士方直到這時，才算是說話有了點條理，他重又坐了下來：「卓先生一直在應付各種各樣的酬酢，這令他很不耐煩，幾次提出，把馬女士的靈柩葬了就算了，可是當地的政府卻一直不替他安排。兩位當然知道，在那地方，政府不替你作安排，一點別的辦法也沒有。後來，卓先生發脾氣了，把負責招待他的一個副省長，和幾個高級官員，痛罵了一頓，表示再不讓他自由行動，他就要撤回一切承諾。」

我聽到這裡，不禁「啊」地一聲：「是不是他罵得太厲害了，所以惹禍了？」

鮑士方搖頭：「不會，以卓先生在國際上的聲望地位，他們再野蠻，也不敢。」

我咕噥了一句：「難說，在這種地方，神秘失蹤的事，每天都有。」

白老大如果在一旁，一定會對我這句話拍手表示同意。白素道：「我想鮑先生的推測對，不會有拘捕的可能存在。」

鮑士方續道：「當地政府同意了第二天一早就進行葬禮，可是又起了爭執，政府官員要隆重其事，請各界代表參加，致祭，弄一大套紀念儀式，還要由報紙詳細報導經過。」

我「嗯」地一聲：「有利用價值的時候，一定要利用到極點，這是他們的信條。」

鮑士方嘆了一聲：「本來，這樣做也沒有什麼不好，馬教授這樣的成功人物，也應該有一個隆重的葬禮，可是卓先生反對。」我和白素互望了一眼，我們明白卓長根爲什麼要反對，因爲馬金花指定了她落葬的地點：那片草地上，有九塊石板鋪著之處。

那九塊石板，可能蘊藏著什麼重大的秘密，卓長根自然不能在萬眾矚目下，去發掘秘密。

我問：「卓先生怎麼說呢？」

鮑士方苦笑了一下：「卓先生提出他的辦法，我知道事情有點不尋常，可是也沒想到會發展成那樣的地步。」

鮑士方向我望來，我示意他說下去，他又道：「卓先生堅持，他要一個人，帶著靈柩，去選擇一處他認爲合適的地方落葬。當地官員倒也同意，反正是一望無際的平原，隨便在哪裡落葬，都沒有問題，可是卓先生堅持要他一個人進行，真是古怪之極。」

我吸了一口氣：「結果他還是如願了？」

鮑士方道：「當然是，卓先生要是執拗起來，誰也拗不過他，他連我和孟法都不要陪——孟法是另一個副總裁，我們兩人和卓先生一起去的。」

我和白素點著頭，表示明白孟法是什麼人。

鮑士方搖著頭：「第二天一早，他一個人，駕著一輛馬車，靈柩就放在馬車上，他曾說過，要是有人跟蹤他，他就翻臉，要是順了他的意，他可以在一年之內，幫當地政府建立設備最完善的畜牧學院，作爲報答。」

我道：「他真是一個人出發的？等一等，出發，從什麼地方出發？」

鮑士方道：「我們一直住在以前的馬氏牧場中。」

我「哦」了一聲，鮑士方有點埋怨：「城市的酒店，設備不算太差，馬氏牧場的屋子，破舊得難以想像。」

白素說道：「卓老爺子隔了那麼多年，舊地重遊，一定感慨萬千了。」

鮑士方苦笑道：「連當地官員也怨聲不絕，那天一早他自己趕了馬車出發，倒真的沒有人跟去，也不知道他會到什麼地方去——」

我和白素又互望了一眼，心中都道：「那片草地。」

我一面想，一面道：「好像不是很對吧，卓先生那麼重要，怎麼當地官員可以讓他一個人隨便亂走？」

鮑士方苦笑了一下：「事前，別說當地官員不肯，我們也不肯答應，因爲那地方這樣荒涼，又是一個陌生的地方，卓先生——」

白素微笑了一下，打斷了他的話頭：「那地方，對卓先生來說，絕不陌生，他是在那裡長大的。」

鮑士方呆了一呆：「可是……可是事情已經隔了那麼多年，而且，老實說，我一點也不喜歡那地方……和那些人，一點也不喜歡。」

我看著鮑士方，他多半接受西方教育長大，自然不會適應那種環境，他不喜歡「那些人」，當然也有道理，「那些人」對卓長根自然會十分客氣，可是「那些人」的嘴臉和心態，也不是一個來自正常社會的人所能適應的。

我揮了揮手：「別談你個人的觀感了，卓先生獨自駕著馬車離去，後來又怎樣？」

鮑士方苦笑了一下：「他一早出發，等到中午，還沒有回來，我就覺得不對，雖然卓先生臨走的時候，曾一再囑咐我們不要多事，可是他畢竟是一個超過九十歲的老人！」

他的聲音充滿了焦慮，可見當時，卓長根離開，逾時不回，他們一定著急得不得了。

他略停了一下，續道：「我就駕著一輛吉普車……這輛吉普車，至少有四十年車齡，開起來，不會比馬匹更快，可是我騎術又不好，我們一共有三十多人，沿著他去的方向追上去，不多久，就遇上了幾個牧馬人，說他們在早上見過卓先生的馬車經過，既然方向沒錯，總可以遇上他的。」

鮑士方講到這裡，不由自主喘息，我吸了一口氣：「沒有找到他？」

鮑士方的面肉抽搐了幾下：「到了黃昏時分，到了一片草地上，看到了那輛馬車，馬車在，我們都放了心，可是，卓先生卻不在。」

我和白素，聽到這裡，又互望了一眼。馬車在，人不在了。

這情形，和當年卓長根去追馬金花，追到了那片草地上，馬金花的坐騎小白龍在，馬金花卻不在了，情形完全一樣。

鮑士方自然不知道我們心中在想什麼，他繼續道：「我們分頭去找，一直到天黑，還是不見卓先生的蹤影……」他講到這裡，現出了十分憤慨的神情：「這時候，那些混蛋官員，不是想怎樣進一步去尋找卓先生，而是開始互相推諉，逃避責任，我發急了，叫他們派直升機去搜索，可是在那種落後地區，打一個電話，都要走出去幾十里路，好不容易，有一架直升機來到，已經是第二天的下午了。直升機來了，可是燃料卻又不足，駕駛員又不肯在晚上作業，真他媽的。」

鮑士方本來十分斯文，可是講到這裡，忽然來了一句粗言，可以想見他真的是發了急。我道：「細節經過不必說了，卓先生從此沒有再出現？」

鮑士方忽然之間，顯得十分疲倦，點了點頭，雙手托著頭，靜了下來。

我和白素也靜了半晌，我才道：「鮑先生，這件事在以前——」

我才講到這裡，白素突然伸手，輕輕推了我一下，示意我不要再講下去。我向白素望去時，白素已然道：「鮑先生，卓先生在幾千里之外失蹤，這件事，你來找我們，有什麼用處？」

鮑士方多半心情焦急，精神恍惚，所以對我講了一半就被打斷的話，並未留意，他聽得白素這樣講，現出十分失望的神情。

他先是張大了口，接著，一面喘息著，一面道：「那我怎麼辦？那我怎麼辦？」

白素作了一個無可奈何的手勢：「我看你也不用太著急，吉人自有天相，卓先生一生無驚無險，不會有什麼事。」

這時，我對白素的這種異常態度，也感到奇怪莫名。白素一直不是這樣子的，可以幫助人的話，就算是全然不相干的人，她也會盡力幫助。何況我們對卓長根都十分敬愛，可是這時，她卻擺出一副漠不關心的神情。

鮑士方呆了一呆，霍然站了起來，大聲道：「我來找兩位，是因爲實在無法可想，才來求助的，並不是想來聽一點不著邊際的廢話。」

他講話很不客氣，我雖然知道，白素這種反常的態度，一定有她的道理，她不可能不關心卓長根的失蹤。但是鮑士方的態度，還是令我不高興。我冷冷地道：「鮑先生，或許在你的機構中，你慣於這樣呼喝，可是在這裡，請你檢點一些。」

給我這樣一說，鮑士方有點手足無措，不知如何才好，只是用力搓著手。白素盈盈站了起來，擺了擺手：「對不起，鮑先生，我們不能給你什麼幫助，我看你還是回到那地方去，再展開搜索的好。」

鮑士方的口唇顫動著，神情十分激動，看來他有很多話要說，但又不知說什麼才好，過了好一會，他才憤然道：「我對兩位太失望了。」

我一揚眉：「總不能使世界上每一個人，都對我們滿意的。」

鮑士方還想說什麼，但終於沒有說出口來，他重重摔了一下手，大踏步走向門口，在門口，他又停了一停，回過頭向我們望來。

白素像是早已料到他會回頭一樣，早已向我使了一個眼色，示意不要去理睬他，所以，當他轉過頭來時，我們連看也不去看他。接著，我們就聽到了關門聲，他已經離開了。

幾乎是門才一關上，我已經問了出來：「爲什麼？」

白素坐了下來，緊蹙著雙眉，隔了一會，她才道：「剛才，你想說出多年之前馬金花在那片草地上失蹤的事？」

我用力點著頭：「兩樁失蹤的事，一模一樣？」

白素也點頭：「當然一樣，真奇怪，那地方，難道真是另一度空間的交界？人可以在那裡，跨越空間的限制？」

我怔了一怔，然後大聲道：「你想到什麼地方去了。五度空間，外星人，這一切可能，在法國南部，我們都曾討論過，而且都否定了。」

白素嘆了一聲：「現在我們所知道的是：幾十年之前，馬金花曾在那裡失蹤，怎麼找也找不到，而在五年之後，她又在那地方，突然出現。」

我「嗯」了 一聲：「這是已知的事實。」

白素道：「一再重複已知的事實，有時會有新的發現，你同意不同意？」

雖然，我們已經把已知的事實，反複研究過許多次，要再來重複一次，沒有害處。可是我性急，我想先知道白素的反常冷淡態度，是爲了什麼。

所以我先道：「先說你有什麼打算，你不打算去找卓老爺子？」

白素瞪了我一眼：「找？找沒有用！當年，馬金花消失，馬氏牧場何嘗沒有找過，可是一點結果也沒有。」

我大搖其頭：「那不同，那時只是單憑人力的搜尋，現在，不知有多少科學工具可供使用，要找起來，容易得多。」

白素嘆了一聲：「那也得看人在什麼地方失蹤，你剛才沒聽鮑士方說麼？人一失蹤，當地的官員，一見出了事，不是如何設法積極尋找，而是開始互相推卸責任，恐怕在外面組織了大規模的搜索隊進去搜索，還不被歡迎。而且，鮑士方一定會去做這個工作，就讓他先去做，何必要我們參加？」

我吁了一口氣，白素的分析，有理之至。鮑士方十分能幹，就算當地的官員想把大事化小，小事化無，不了了之，鮑士方也一定不肯答應，他一定會盡一切力量，組織搜索隊去找卓長根，在這樣大規模的搜索行動中，我們起不了什麼大作用，沒有必要去湊這個熱鬧。

白素又道：「我有一種強烈的預感，就算鮑士方組織一個有一千人參加的搜索隊，也不會找到卓長根。」

我也有這樣的預感。

這種預感，自然是由於當年馬金花失蹤，怎樣找也找不到她而來。我也知道白素和我，都還有一個感覺，那就是卓長根雖然失蹤，可是他的安全，不成問題。

當年，馬金花失蹤了五年之久，仍然安全出現，卓長根的失蹤情形，既然和馬金花一樣，當然也不應該會有什麼悲劇發生。

問題是在於：卓長根究竟到什麼地方去了？

我把這兩個問題，提了出來，白素長長吸了一口氣：「馬金花一直不肯說，這五年之中，她在哪裡，連她的父親，她都未曾透露一言半語。」

我道：「可是我相信，最後，她和卓長根相遇，她說了出來。」

白素表示同意：「是，她說了，卓長根卻不相信，所以他們劇烈地爭吵。馬金花究竟說了些什麼，卓長根也不肯說。」

我悻然道：「這老頭子，真是渾得可以。」

白素苦笑一下：「他不肯說的原因，我相信和當年馬金花不肯說的原因一樣。」

我睜大了眼：「什麼原因？」

這個問題，我也曾自己問過自己不少次，可是沒有一個答案令我自己滿意。

白素看著我瞪視她的情形，很明白我的心意，她道：「我的答案，也不一定令你滿意，可是這實在是唯一的答案！」

我作了一個手勢，請她把答案說出來，她道：「他們兩人都不肯說的原因，是因爲馬金花的遭遇，實在太奇特，太不可能，太離奇，太難以令人相信。」

我不禁笑了起來：「這不是說了等於沒說嗎？」

白素正色道：「絕不，你想想，卓長根對馬金花數十年不變的感情，馬金花不論講什麼，他都會毫無保留地接受。可是，他竟然和馬金花吵了起來，馬金花說了一句十分重要的話——」

我道：「是，馬金花說他如果不信，自己可以去看看。卓長根多半就是爲了那句話，所以才到那裡去的。」

白素閉上眼睛一會：「所以，我們可以從最荒誕、最不可思議的方面去想馬金花的遭遇，我們想通了馬金花的遺囑，也就可以明白卓長根如今的遭遇。」

我苦笑：「那可能性太多了，包括馬金花忽然變成了一隻螞蟻，過了五年螞蟻的生活，然後又回復了人形，可能有超過一千三百種的不同設想。」

白素又瞪了我一眼：「設想也不是完全沒有根據，多少有一點線索可以跟循。」

我攤開手：「例如——」

白素有點埋怨：「你越來越不肯動腦筋了。例如，馬金花在失蹤的那五年中，不是單獨一個人生活，她甚至曾透露過，她結過婚。」我一聽白素這樣講，不禁「啊」地一聲，是的，馬金花雖然未曾正面這樣說，但是她曾說過她結過婚，自然那是這五年中的事。

白素又道：「還有，她又出現之後，心急地要去上學堂，這說明了什麼？」

我略想了一想，就有了答案。

我道：「這五年之中，和她相處的人，一定都有著相當高的知識程度，使她感到自己知道太少，所以她要充實自己。」

白素沉吟一下：「她後來一直在研究漢學……」

她講了半句，就停了下來，我知道她在想什麼，接上去道：「馬金花在未曾到北京上學堂之前，她的程度怎麼樣？」

白素這一次，並沒有瞪我，只是仍然在沉思之中：「我也想到了這一點，以牧場這樣的環境，她不可能有什麼國學根底，可是她好像就能跟上當時的高等程度，真不可思議。」

我提醒她：「別忘了她有那五年的經歷，那五年中，她可能已經學會了不少。」

白素靜了片刻，才又道：「馬金花在漢學上最大的成就，是對先秦諸子學說的研究，發前人所未發，見解精闢，眾所嘆服，這……這……」

她在遲疑著，我舉起手來：「我不以爲她在那五年之中，進入了桃花源，和避開秦朝暴政的那些人在一起。」

白素嘆了一聲：「可是，那一段時期中，她一定曾和一些人在一起，那些人，也一定極有學識，她可能就和那些人之中的一個成了婚。」

第七部：洞穴中隱藏的秘密

白素的設想雖然不是平空而來，可是她所根據的線索，未免太少。

可是，這件奇詭莫測的事，除了不斷的假設，實在沒有任何具體的事實，可供追尋。我想了一想：「你設想馬金花和一些人在一起生活了五年，這些人的人數是多少？」

白素喃喃地道：「誰知道，或許十個八個，或許一兩百個。」

我又道：「我曾經提出過，在那一帶，有一些神秘的小部落，隱居在偏僻的地方，幾乎與世隔絕，可能有一個文化程度十分高的小部落，在那一帶的山區之中？」

白素緩緩搖了搖頭：「有可能，但總是不實在，一定有一個關鍵性的問題，我們未曾想到——」

她講到這裡，突然停了下來，但在極短的時間中，她又現出了興奮的神情來：「有一個人，其實是十分重要的關鍵性人物，我們都忽略了。」

我道：「我可沒有忘記他：卓長根的父親，一切神秘的事，都由他開始。這個人，不知從何而來，也不知由何而去。在他之後很多年，才有馬金花的失蹤，然後才是如今的卓長根。」

白素低嘆了一聲：「兜來兜去，又兜到老地方來，卓長根的父親……卓長根的父親……」

我在一旁插言：「一個養馬的好手，有一塊毫無瑕疵的玉佩，托孤之後，去赴死，不錯，他就是一切神秘事件的關鍵。」

我的這個結論，自然十分合理，可是我講了之後，發現就算有了這樣的結論，一點用處也沒有，除非可以找到這個人。

而這個人，早在七八十年之前，已經無法找得到，別說是現在了。

我只好自我解嘲地笑了一下：「看來，要了解真相，還是非到那地方去一次不可。」

我這樣說，本來只是隨便說說而已的，白素聽了，竟然十分認真：「看來，真的只有此一途了。」

我直跳了起來：「你說什麼？剛才你拒絕了鮑士方的要求，現在又——」

白素揮了一下手，打斷了我的話頭：「我可以肯定，像鮑士方這樣的搜索，不會有結果。我要等到事情漸漸冷下來，再去，或許可以有所發現。」

我盯著她，她笑了一下：「你不想去的話，我可以一個人去。」

我忙道：「不，不，要去自然一起去。」接著我又咕噥道：「我可不想你一失蹤就是五年，而且在那五年之中，還可能……可能……」

白素不等我說完，就給了我老大一個白眼，我作了一個鬼臉，沒有再說下去。

那一天，我們討論到這裡爲止，沉默了一會，白素才道：「我估計我們要去的話，至少在半年之後，在這段時間中，我們要儘量先熟悉那一帶的自然和人文環境。」

我道：「那簡單，多弄點參考書來看好了。」

白素笑了一下：「好，簡單的事讓你去做，複雜的事交給我。」

我問：「還有什麼複雜的事？」

白素很認真：「我要仔細閱讀馬金花的一切著作。」

我不禁伸了伸舌頭，馬金花的著作相當深奧，雖然我不至於讀不懂，但是要我去做這方面的功夫，自然太悶了。所以我立時說道：「好，一言爲定，不過不見得在她的著作中可以找到什麼。」

白素的回答很妙：「就算什麼也找不到，學問方面，總也會有點長進。」

第二天，出乎意料之外，接到了白老大自法國打來的長途電話，他的語音十分焦切：「怎麼一回事，卓老頭在他家鄉失蹤了？」

電話是白素聽的，她道：「是，情形和當年馬金花的失蹤極其相似。」

白老大的聲音有點惱怒：「那你們還耽擱在家裡幹什麼？快去找他啊！」

白素把我們的想法，告訴她的父親，白老大聽了之後，倒也表示同意，只是道：「怕只怕過得一年半載，他給外星人折磨死了。」

白素笑了起來：「馬金花當年失蹤了五年，也沒有什麼損傷。」

白老大道：「卓老頭不同，他是個大火爆脾氣，說不定會給外星人剖成碎片。」

我插了一句口：「我不認爲他是給外星人擄去。」

白老大咄咄逼人：「那麼，他到哪裡去了？你說。」

我當然說不上來，只好乾笑。

白老大道：「我要發動一個運動，指責當地政府，對外來的貴賓保護不周，要他們盡一切力量，把卓老頭找出來。」

白老大倒真的說幹就幹，在接下來的一個月中，甚至連國際紅十字會都驚動了，南美洲好幾個國家的政府，都正式提出了外交照會，表示極其關切卓長根的下落。

鮑士方更沒有閒著，他組織了一個龐大的搜索隊，包括了五十名搜索專家、十架性能極佳的直升機，和各種配備。

當地官員也知道事情鬧大了，不能遮瞞，所以呈報了上去，上面也慌了手腳，派出了一個騎兵團，協助搜索。

卓長根是國際商場上一個十分重要的人物，所以有一個時期，那個地區，各國記者雲集，爭相報導搜索行動的經過。

我和白素雖然還在萬里之外，但是搜索行動進行如何，可以了如指掌。這樣大規模的搜索行動，幾乎可以列入人類歷史之最。

可是，卓長根就像是在空氣之中融化了一樣，全然不見蹤跡。於是，記者沒有什麼可以報導，就作出了各種各樣的揣測。所有的揣測，也離不開我們早已設想過的，例如外星人啦、五度空間啦，等等。有一個記者，說是當地政府基於不可測的原因，把卓長根殺害了，毀屍滅跡，這個記者，當天就被驅逐出境，沒有把他抓起來，算是他運氣好。

也有一個記者，有相當豐富的中國歷史、地理知識，寫了一篇有關那地區的報導，十分中肯，他的文章提及，那個地區，是中國歷史上著名的神秘地區之一，當年叱吒風雲，統一中國的秦始皇的墓，近年被發現，也就在那地區附近。

秦始皇墓已經發掘出了一小部分，在已發掘出來的一小部分中，墓室無數，是人類建築文明中罕見的地下建築，究竟整個陵墓有多大，誰也說不上來，估計已探測到的，不過是整個陵墓的十分之一，而已經開掘的，又只是已探測到的十分之一。這個記者的文章，最後感嘆，這樣龐大的地下建築工程，在當時，真不知是如何建立起來的，比較起來，埃及的那些金字塔，簡直不算是什麼。

（一九八七年按：秦始皇墓的面積，是五十六點二平方公里。）

整個陵墓的建造工程，不可能超過四十年，因爲秦始皇在位，也不過三十七年。那是公元前二四六年到公元前二一零年，兩千多年前的事了。

秦始皇接位時才十三歲，就算他一做了皇帝，立時就想到了他的身後事，就開始爲他自己建造陵墓，那也不過三十多年的時間，一個少年皇帝，爲自己身後事一早就進行了那麼龐大的計畫！

秦始皇後來十分熱衷祈求長生不老的「仙藥」，十分相信各種方士術士，派徐福到東方仙山去尋長生不老靈藥，等等，這都是稍知中國歷史的人，早就熟悉的事情。

這個皇帝在位時期，對於各種各樣的建築工程，有罕見的狂熱，他把長城連結起來，成爲人類建築史上的奇跡，他又廣建道路，甚至遠在如今雲南、貴州地區，都築了著名的「五尺道」，來貫串陸上的交通。可是比較起來，他自己的地下陵墓，工程更大，而且，有一種極詭異的氣氛。這個連想像起來也十分困難，如此龐大的地下建築工程，在當時的物力之下，不知要動員多少人，才能竟功。

可是這個陵墓的建造過程，歷史上的記載，卻少之又少，少到了幾乎等於沒有。

這自然有兩個可能，一是根本沒有人敢去記載，始皇帝怕有人破壞他的陵墓，所以嚴格保守秘密。另一可能更可怕了，就是所有參與造墓工程的人，都被殺害滅口，估計建造這樣龐大的地下工程，參加的工役，至少以十萬計，有可能殺害那麼多人嗎？觀乎中國歷史上，有坑殺四十萬降卒的記錄，似乎也大有可能。

那個把四十多萬俘虜活埋的人叫白起，在秦始皇之前，是秦朝的大將。那時候，觀念上人命一文不值。造墓的工役全遭殺害，也不是不可能，至少，參與陵墓工程的高級人員，如設計師、工程師之類，一定全被殺了滅口。

所以，這個全世界最大的地下建築工程，一直是秘密，到現在還是秘密。

我當時看著這篇文章，看得津津有味，由於這個記者的文章相當生動，而我又在搜集那一帶的地理資料。

這位記者自然也是因搜索過程中，沒有什麼好報導，所以才扯了開去，寫了一篇這樣的報導。

那一段時間，我有很多別的事，在東奔西走，其間很有點可以說是驚天動地的大事，有的已經記述了出來，有的還未曾記述，或是根本還未有結果。

白素真是坐言起行，一直在閱讀馬金花的著作。

三個月之後，事情漸漸冷下來，搜索卓長根的報導也看不到了，那天下午我和白素都在家，鮑士方又找上門來。

我一看鮑士方，就嚇了一大跳。

要不是他一進來就自報姓名，真難認出他來。相隔不到三個月，他變成了另一個人，膚色又黑又粗，滿面風霜，神態疲倦，連眼中也沒有了神采。

他一進來，就重重坐在沙發之中，眼望著天花板：「我不相信一個人會失蹤得如此徹底！」

要在這裡說明一點的是，連鮑士方在內，所有參加搜索的人，沒有一個知道在卓長根之前幾十年，另外有馬金花的失蹤事件。也沒有人知道馬金花遺囑的內容。

鮑士方的聲音，似乎也帶著大西北山區的風沙，聽來有一股異樣的滄桑，我和白素互望了一眼。他上次來的時候，我還在生卓長根的氣，所以並沒有把馬金花遺囑中，要卓長根如何把她葬下去的細節說出來。這時看到鮑士方這種情形，我倒十分同情他的處境，所以提醒了他一下：「那片草地，有一處地方，鋪著九塊石板，你們可曾發現？」

鮑士方一聽，現出十分驚訝的神色：「咦，你怎麼知道的？」

他這樣問，那等於說早已發現了那九塊石板。對於那九塊石板，我也不知其詳，我只是望著他，等他說下去。

他停了片刻，又用疑惑的眼光望了我一會：「這件事情，相當奇怪。當天我們去找他，到了那片草地，看到他駕出去的那輛馬車在，本來，馬教授的靈柩在車上，可是當時，靈柩也不在了，所以沒有人認為卓先生會走遠——他不可能負著沉重的靈柩離開。」

他講到這裡，停了一停，又向我望來：「你早知道卓先生要把靈柩葬在什麼地方？」

我「嗯」了一聲，算是回答。

鮑士方轉變了一下坐的姿勢：「後來他一直沒有出現，那等於他和靈柩一起失蹤，事情更有點不可思議，由於太怪異了，所以……故意避而不提。」

我淡然一笑：「不要緊。」

鮑士方苦笑了一下：「一直到幾天後，大規模的搜索開始，才在那片草地上，發現了有九塊石板鋪著——」

白素插言道：「請你詳細形容一下那九塊石板。」

鮑士方想也不想，就道：「我有照片，請看。」

他一面說，一面伸手從上衣袋中，取出了一疊照片，放在几上，一張一張攤開。

直到這時候，我才算看到了「那片草地」。雖然只是在照片上，但是總比聽口頭敘述好得多了。

野草十分茂密，照片上，有不少人站著，都只能看到人的頭部，野草又密又高，幾乎普遍超過一公尺。

在這樣的一片草地上，要發現鋪著的石板，自然不容易。

照片之中，有幾張顯示了那些石板的情形，一大片草被割去，九塊石板鋪著，是一個大正方形，鮑士方在一旁解釋著：「每一塊石板，大約半公尺見方，十公尺厚，十分平整，是精工鑿出來的。而且請注意，石板還有許多圓孔，這些圓孔的作用是——」

他講到這裡，停了下來，望向我。

我自然早已注意到了，石板上有許多圓孔，有杯口大小，鮑士方的神情，一副想考考我這些石板上的圓孔有什麼用的樣子，這倒真有點不好回答，我想了一想：「石板下面是什麼？」

鮑士方還沒有回答，白素已經道：「我想，石板上的圓孔，用來掩飾石板的存在，不被人發現。這是相當聰明的設計，野草可以穿過圓孔生長，在茂密的草地上，野草的生長既然沒有異樣，誰會想到有石板鋪著？要是石板上再有一層薄薄的泥土，那就更加不容易發現了。」

鮑士方大點其頭：「是的，事實上，石板之上，的確有一層泥土，泥土不厚，但要不是曾被翻動過，誰也不會發現那兒有石板鋪著。」

我吸了一口氣，在這樣的草地上，鋪著九塊石板，一定有作用，問題是：既然這九塊石板如此隱蔽，馬金花怎麼會知道它們的存在。

當年馬金花失蹤，搜索工作一樣極龐大，卓長根他們，就沒有發現那些石板。

鮑士方嘆了一聲：「發現了那九塊石板，就把附近的草割去，把石板撬起來，兩位請看——」

他指著幾張相片：「下面是一個很方整的地下室……或者只能說是一個洞穴

——」

照片上顯示的是，石板被揭起之後的那個洞穴，我自然也看到了洞穴中的那副靈柩。洞穴正方形，幾面都鑲著石板，放了靈柩，還有一點空間，其中有一張照片上，鮑士方就站在靈柩之旁，洞穴的深度，到他的肩頭，看來一公尺左右。

鮑士方又道：「發現了洞穴和靈柩，至少我個人感到怪異莫名，卓先生放置好了靈柩才失蹤，他一個人，可以到任何地方去，搜索的範圍便必須擴大。而最怪的是，這樣的一個洞穴，不論什麼時候建造，一定應該有積水、草根，甚至會被地鼠盤踞，可是那洞穴卻十分乾淨，而且也不見得會是卓先生放下靈柩之前打掃過……」

鮑士方一面說著，我和白素一直在看著那些照片，從照片上顯示，不但靈柩被抬出來，連洞穴的底部，四面的石板，也都被拆了下來。

石板的後面是泥土，盤虯的草根，由於生長到了石板前就無法穿透石板的緣故，形成了一種看來圖案十分怪異的平整排列。

我道：「看來你對這個洞穴下了不少研究功夫，我不明白你希望發現什麼。」

鮑士方神情迷惑：「我當時這樣做，也沒有目的，但總要徹底研究一下，結果……什麼也沒有發現，那看來……像是早已準備好的一個墓穴。」

我搖頭：「我只知道馬教授要卓先生把她葬在那片草地的九塊石板之下。」

鮑士方喃喃地道：「除了是預先準備好的墓穴之外——我學過建築的，那九塊石板銜接的結構十分佳妙，石板拼成之後，雖然下面沒有什麼支持，可是上面還是可以承載相當的重量，在中國的建築中，很少見這種結構。」

我忽然想起：「這片草地……很有古怪，你有沒有再徹底研究一下？」

鮑士方點頭：「草地的面積雖然不小，但是我還是要人把所有的草全部割去，然後，用探測儀器檢查——」

我做了一個手勢：「泥土下面如果有石板，探測儀器不會測得出來。」

鮑士方道：「是，所以我又用土辦法，打了三百支鐵枝，一端十分尖銳，叫三百個人密集地不斷把鐵枝插進土中去。」

我沒有問結果怎樣，只要看他的神情，就知道土辦法也好，洋辦法也好，他不曾再發現什麼。

鮑士方攤了攤手：「那片草地上，除了那個洞穴之外……就是一片草地，唉。」

他長嘆了一聲，我看著他，感到他爲了找尋卓長根，什麼辦法都用盡了，他做事鍥而不捨，這樣的人，遭到了失敗，會異常沮喪。

白素向我望來，我知道她的意思，是在徵詢我的同意，要不要把當年發生的事告訴他。我向她作了一個手勢，問鮑士方：「現在你準備放棄？」

鮑士方陡然現出了十分倔強的神情來：「放棄？就算再花上十年八年時間，花上一輩子，我都要把卓先生找出來。」當他這樣講的時候，任何人都可以看得出，他極認真。

我也有點激動，因爲對幾十年之前發生的奇事，可以不去追究，但現在，這種不可解釋的事在持續著，就不能不追究。我想了一想：「有一些事，你可能不知道，我可以詳細講給你聽。」

鮑士方用十分訝異的神情望著我，顯然是他一點也不知道以前發生過什麼事。

於是，我和白素就輪流把我們所知的一切，詳細說給他聽。那一段故事十分長，一開始就把他聽得目定口呆。

等到他聽到一半時，他已經不住喃喃地叫著：「天！天！」

他聽完之後，呆了好一會：「馬教授在那五年之中去的地方，就是卓先生現在在的地方。」

我道：「當然是，問題就在於，那是什麼地方？怎樣才能到達？」

他眉心打著結：「五度空間，走進了時光隧道，被外星人帶走了……等等設想，雖然可以成立，但不切實際——」

我立時打斷了話頭：「不切實際？你以為那些事全沒有發生過？」

鮑士方苦笑了一下：「那麼，失蹤真是由這些原因造成的？」

我搖頭：「有可能，每一假設，都有可能。」

鮑士方忽然直視著我：「真令我難以相信，衛先生，照說，你好奇心十分強烈，對一切不可解釋的事全有追根究底的毅力，可是你明知道有那樣的怪事發生了，你竟然不去實地追究一下？」

我「呵呵」笑了起來：「小子，你想要我去，不必用這種激將法。」

鮑士方仍然直盯著我，一副不懷好意的樣子，我道：「一則，我有別的事要處理，二則，我想你主持尋找的工作，等你先有了結果再說。」

鮑士方站了起來，攤開手，大叫著：「我全試過了，一點結果也沒有，一定有一條路，我還沒有試過，可是又不知道是哪一條！」

白素緩緩地道：「他們去的地方，情形一定特別之極，不然，不會在醫院中，馬金花對卓長根說了，他也不相信。」

我苦笑了一下：「我設想過上千種可能，甚至設想過他們是下了地獄，到了陰世，到了鬼魂存在的地方，還有什麼未曾設想過的？」

鮑士方在這時候，給我戴了一頂高帽子：「衛先生，你未曾去到當地，不然以你的想像力，一定可以探出究竟來。」

我瞪了他一眼，他忙道：「馬氏牧場的居住環境，已經改善，而且當地的官員，也給我們以最大的便利，衛先生和衛夫人如果不想驚動記者，隨便找一個普通的身份，跟我進去就行了，衛先生，你是卓先生的好朋友——」

我忙搖手：「算了，我可以去，可是卓長根過橋抽板，他媽的不是什麼好朋友，要是真能找到他，我才不會理他。」

鮑士方一聽我肯去，大喜過望，也不理會我如何對卓長根不敬。我又道：「怕只怕卓老頭年紀已經那麼大，經不起生活上突然的變化，就算我們找到了他——」

鮑士方十分肯定地道：「不會，卓先生的體質，和普通人大不相同，他每年兩次的身體檢查，負責檢查的醫生，都不相信他已超過了九十歲，他身體狀況，幾乎全部合乎健康標準。」

（世界上有一些事情，真很玄妙，看來是毫不相干的談話，會在突然之間，給人帶來一種靈感，那種感覺，有時清晰，有時模糊，但對於苦苦思索沒有結果的事，都會有一定的幫助。）

（這時，我們順口提及了卓長根的健康狀況，看起來和整件事一點關係也沒有，但在接下去的談話中，卻使我有了一種模糊的靈感。）

鮑士方為了強調卓長根的健康，又道：「今年，由瑞士來的專家，替卓先生檢查身體，甚至開玩笑似地說：『聽說中國歷史上，有一個皇帝，曾經不惜一切代價，要去尋找長生不老靈藥，這個皇帝後來是不是找到，我不知道，可是卓先生看你的情形，真像是服了長生不老藥，那真是人類生命史上的奇跡。』」

我悶哼了一聲，卓長根這老頭子的身體好，那是絕無疑問的事，那專家自然是在開玩笑，什麼長生不老藥！

鮑士方繼續道：「卓先生當時就笑，告訴那專家，那個皇帝，是秦始皇，後來死了，不到五十歲，秦始皇的墓，就在他少年時生活過的牧場附近。」

當他講到這裡的時候，我先想起的，是那個記者所作的報導，前面曾提到過。

然後，我心中陡然一動，不由自主，挺直了一下身子。突然有了靈感，捕捉到了一些什麼。每當我突然之間想到什麼時，我都會有同樣的神情，白素自然知道，她同時也知道我想了什麼，她緩緩地說道：「這個設想，你以前未曾想到過吧！」

我還在作進一步的思索，隨口應道：「真的沒有，他們……去的地方……是……進入了……」

鮑士方極機靈，在那一霎間，他也震動了一下，脫口道：「衛先生，你想到了什麼？他……他們是進了……」

或許是由於這個設想太匪夷所思了，所以他雖然想到了，卻也難以講出口來。

我用力搖著頭：「不，不怎麼可能……我是想說，想說……」

由於我想到的念頭，實在太古怪，所以不禁口吃，那種情形，令白素笑了起來

：「其實也沒有什麼，再怪誕的事，我們也經歷過，很有可能，在那片草地上的失蹤者，是進入了秦始皇的陵墓。」

她講了出來，我們都保持了一會沉默。白素轉向我問：「爲什麼你又想否定？」

我吸了一口氣：「已經被發現的秦始皇陵墓，和馬氏牧場雖然相當近，但……是如果說能由那片草地進入，也太不可思議。」

白素想了片刻：「據最近的資料，秦始皇陵墓，在地下建築的面積，達到五十六平方公里，是地球上最大的地下皇城，實際上，可能還要大，而如今已被發掘出來的，只是這巨大的地下皇城的極小部分。其餘部分未曾開掘的原因是由於地下建築工程的結構，實在太複雜了，複雜到了不知有多少不可測的因素，所以不敢輕舉妄動。可能地下建築的面積，遠不止五十六平方公里，而是好幾百平方公里。」

我苦笑了一下：「你強調這組地下宮殿的巨大和複雜，我明白你的意思，你是想說明，人若是誤闖了進去，可能會有相當長的一段時間出不來。」

白素靜了一會：「是，我的確是想說明這一點，不過再想一想，可能性實在不大，馬金花失蹤了五年之久，她如何生活呢？這其中，一定還有我們想不通的主要關鍵在。」

鮑士方顯得十分激動，來回走著：「真的，我從來也沒想到……秦始皇的陵墓，真該死，我這就去向有關方面提議，大規模開掘秦始皇陵墓，我們可以提供一切技術和費用，這是人類考古史上最大規模的行動，我們不要任何好處，只求能將卓先生找出來。」

我指著他：「你必須先肯定他是在地下皇城之中。」

鮑士方道：「我不能肯定，可是這是我唯一未曾找過的地方，只要我們肯定人不會在空氣中消失，他就一定有地方去……那是唯一沒有找過的地方。」

白素倒同意他的見解：「就算要去找他，也不必進行大規模挖掘，那工程太浩大了，沒有十年八載，不能竟工，我想，一定有一條不爲人知的通道，可以通到他們想去的地方。」

我不禁笑了起來：「如果卓長根真是到了地下皇城，這種討論才有意義，只是假設——」

白素道：「正如鮑先生所說，那是唯一沒有找過的地方。幾十年之前，卓長根他們找不到馬金花，卓長根父親突然消失，都可以說明，有一條通道，可以通往他們要去的地方。」

我道：「好，這條通道，如果是屬於秦始皇地下陵墓的一部分，那一定隱蔽之極，那一帶方圓千里，怎麼把它找出來？」

白素手指在几上輕輕地敲著：「我想範圍可以縮小，就在那片草地上找。」

鮑士方十分肯定地道：「我找過了，不可能有人找得比我更徹底。」我和白素沒有立時表示意見，那片草地……當年，馬金花突然又出現的情形，十分有力地說明：她在那片草地，突然冒出來的。

可是，鮑士方卻用了那麼徹底的方法，研究過那片草地而沒有發現。

我和白素，翻來覆去地看著那些照片，陡然之間，我思緒一亮，抬起頭來：「我們要找一樣東西，譬如說，要在這茶几的範圍內找一樣東西——」

我說著，打開了一隻煙盒，繼續道：「首先，在這個煙盒中找，把盒中的煙全取出來之後，盒子空了，沒有要找的東西，再把煙放回去，繼續在別的地方找，絕不會再在那盒子中去找了，是不是？」

鮑士方張大口看著我，白素已然道：「對了，還是在那個洞穴之中。」

鮑士方搖頭：「洞穴中所有石板都移開來看過，沒有什麼通道。」

我道：「有沒有向下掘過？」

鮑士方又張大了口，一看到他那種發呆的樣子，就知道他未曾向下挖掘過。我用力揮了揮手：「鮑先生，設計這個通道的人，是一個偉大的心理學家，他故意在出入口處建造一個洞穴，洞穴被人發現了，人人都會把洞穴中的石板撬起來，可是沒有發現之後，就不會再對之加以任何注意——人都有這種自信，相信自己看到的事實，卻不知道，有更多的事實真相，是隱藏在看得見的事實背面的。」

鮑士方大聲叫起來：「我這就叫他們去掘。」

我阻止了他：「我看，這件事，還有進一步的詭秘之處，不太適宜大規模行動，而且，那只不過是我們的假設——你剛才說，你在那地區，有充分的活動自由？」

鮑士方立時點頭：「是，我們三個人如果要在那個洞穴中掘下去，掘上一年半載，也不會有人來干涉。卓先生答應的各項捐助已經開始實行，所有的人都在忙著看自己能得到什麼好處。唉，人要是窮得久了，有時會連自尊心都窮掉。」

我和白素互望了一眼之後才道：「那好，我想這件事，就是我們三個人之間的秘密。我們立即啓程。」

鮑士方接上去道：「我吩咐直升機在最近的機場接，就可以最快到達。」

整個旅程，大約十二小時，我們登上直升機，鮑士方向我介紹那駕駛員，看起來，駕駛員是一位級別不低的空軍人員。這位仁兄的駕駛技術不是十分高明，他駕機經過幾個山峰之間，甚至不懂得如何利用上升氣流。

直升機在馬氏牧場降落，馬氏牧場的情形，倒真令得我大吃了一驚，到處都堆著各種各樣的建築器材，正在大興土木，鮑士方的解釋是：「未來的畜牧學校，就選中了這裡，建築工程十分龐大，費用也驚人，會有一個專門的車隊來運輸。不要以爲這一百多天中，我們只是找卓先生，沒有做別的事。」

我由衷佩服：「進行得如此之快，你們大企業的組織和工作能力，一定叫有些人大開眼界了？」

鮑士方呵呵笑了起來：「可不是？要是照他們的辦法，三個月，還不夠開會和睡午覺。」

我也不禁被他的話逗得笑了起來，鮑士方又指著在工作的很多人：「凡是當地雇請的所有人員，一律照比標準多三倍的工資雇請，條件是可以因爲偷懶而開除，這辦法十分有效。」

我嘆了一聲：「這本來是全世界一直在奉行的辦法，在這裡卻變成了新鮮事。」說著，我們進了一幢建築物，鮑士方問我要不要看一下我的房間，我道：「我想，弄一個帳幕到那片草地上去比較好，而且立刻就去。」

他答應了，吩咐人去準備車子和一切。這時，正是黃昏時分，我和白素並肩站著，風吹上來，有刺骨的寒冷和蕭瑟。在晚霞之中，望著遠處起伏的山影，遼闊的平原，氣勢十分雄壯蒼茫，看到了這樣的景色，才知道歷來文人，爲什麼喜歡在「大地」之上，加上「蒼茫」兩個字。

由於外來的人相當多，所以也沒有什麼人注意我和白素，我想像著七十多年前，馬金花策著她那匹名叫小白龍的白馬，疾如旋風般馳騁，想到她帶著人，和股匪拚命，怎麼也無法把一個世界著名的漢學家，與之聯繫在一起。

我輕輕蹴了一下白素：「馬教授在未曾失蹤之前，若是叫她想像日後會在世界各地著名的大學中教學，只怕怎麼也無法想像，一個人一生中變化之大，只怕很少人比得上她。」

白素頷首表示同意：「她……選擇了漢學，會不會那五年之中，她在秦始皇的陵墓之中，接觸到了許多古籍？所以才有那麼多獨特的見解，和指出因爲年代久遠，對古史古文學由於手抄得太多而來的謬誤。」

我「呵」地一聲：「那可不得了，這些古籍，全是刻在竹子上的？那是第一手的資料，近代怕只有她一人看到過，如果真是如此，她爲什麼不帶一點出來？爲什麼不設法將之全取出來？」

白素搖了搖頭，一陣寒風吹來，她向我靠了靠：「畢竟她是不是真的到過秦始皇陵墓，也還只是猜測。」

我緩緩地道：「這個猜測，很快就可以證實。」

這時候，鮑士方過來低聲問：「要帶多少人？」

我道：「通道固然隱蔽，但是也不會出入太難，我想最好不要帶人，就我們三個人去。」

鮑士方的神情，顯得相當緊張，他走了開去，沒有多久駕車過來：「一切全準備好了！」

他駕的是一輛中型吉普車，我們上了車，他一開始就把車子開得十分快，又因根本沒有路，有時高低不平的地面，可以令得車子彈起一公尺以上。

這時，天色已迅速黑了，鮑士方對這一帶的地形，已十分熟悉，照他自己的說法是：方圓一百公里，幾乎快把每一寸土地都翻起來看！

超過一百公里時速的行車，也要將近兩小時，才能到達那片草地，當車子停下時，「草地」和想像中全然不同，因爲所有的草全被割去，新的還沒有長出來，在車頭燈照耀下，看到的是一片比其它地方略爲高出一點的一片光禿禿的土地，面積相當大。

車子停下來的地方，不到十公尺處，就是那九塊石板，我性急，一躍下車，一面叫道：「鮑士方，你把應用工具弄下來，先亮起了射燈。」

鮑士方大聲答應，我奔到石板之前，由於石板上有著許多圓孔，所以我輕而易舉，就可以用手指勾住圓孔，提起其中的一塊。

支好了射燈，大放光明，我和白素已經把九塊石板，一起弄開，那洞穴就在眼前了。

馬教授的靈柩在洞穴中，我跳下去，利用繩索，繞住了靈柩，鮑士方在上面用一架小型起重機，把靈柩吊起來，放在洞穴的旁邊，然後，他也跳了下來。

這時候，在射燈的照耀之下，洞穴又不是很大，洞穴中的情形，看得再清楚也沒有，就算有一隻螞蟻經過，都逃不脫我們的視線，如果有通道的話，一定可以發現。我和鮑士方吸了一口氣，神情都不免有點緊張。白素站在洞穴邊上，將兩柄尖嘴鏟子遞給了我們。

我接鏟在手：「秦始皇陵墓，是如何建成的，歷史上資料不多，只知道是驅使了數十萬囚犯，日以繼夜開工而建，墓內的情形如何，也全然沒有記載，得知陵墓情形的人，全叫驅進墓中去殉葬了。」

鮑士方吸了一口氣：「倒也不是全無記載——」

我搖著頭：「我不認為那些記載可靠。如果那些記載是真的話，那麼從現在開始，我們的行動，每一秒鐘都會充滿不可測的危險。」

鮑士方的臉色變了變：「那……你不是要臨……陣退縮吧。」

我哈哈笑了起來，自覺意氣甚豪：「當然不是，不過，當年窮百萬人之力建成的陵墓，憑我們三個人的力量，要是可以找到通道進去，那實在十分偉大。」

在這時候，我不由自主，想起了世界上三個最偉大的盜墓人來，這三個人之中，只有齊白還在，本來應該把他一起找來的，可是這個人行蹤飄忽，根本不知他在何處，又如何去找他？

而這時，我並不想掩飾，我心中大有快意。因爲根據歷史上的記載，秦始皇爲了怕在他死後，有人進入他的陵墓，所以整個陵墓設計的重點，就放在防人侵入這一方面，陵墓內究竟有多少殺人的陷阱和機關，自然沒有人知道，但步步驚魂，那是一定的事。

少量的歷史資料說，秦始皇在下葬時，熔化了大量的銅，把熔了的銅汁灌進墓穴去，一則可以防止有人進入，也可以使熔化了的銅汁，滲進地下的隙縫，以防地下水的滲進。

又說在龐大的陵墓之中，各處都有自動可以發射的強弓，一有人接近，就會發射，而且箭鏃上都染有劇毒。這種機械裝置的詳情如何，也不得而知。

而最驚人的記載是，在整個地下皇陵之中，有模仿大地的江河，在江河中流的不是水，而是水銀，據說，水銀的流動性強，就不斷在那些地下「江河」中流動。又據說，在陵墓的頂上，有著日月星辰的排列。

我剛才說這些記載的資料，大都不可靠，自然不是說陵墓在地下的規模不會有那麼大，而是說一定有很多地方是被誇大了的。例如，挖掘建造河流，用水銀來當水，當時何來那麼多水銀？

雖然水銀是早已被提煉出來的元素之一。在秦代，已經相當普遍，作方士、術士煉丹之用。

以當時的化工技術而論，怎麼煉，也不可能煉出那麼多的水銀來。或許那只是陵墓之中，利用了水銀的某些特性，作爲某些機械動力裝置，數量自然相當多，這才造成了這樣的誤傳。

在秦始皇陵墓已被發掘出來的極少部分來看，其中陪葬的俑極多，有大量的兵馬俑，甚至和真人一樣大小，石或陶製，這一批已被發掘出來，作爲陪葬之用的俑，堪稱是歷史之最。

而活著的人，被驅進陵墓中，作爲陪葬的俑，更不知有多少，包括了嬪妃、侍從，建造陵墓的工匠等等各種不同的人。

一個有地位的人死了之後，要用若干活人來陪葬，這是一種極其野蠻的制度。孔子一向少罵人，也曾說過「始作俑者，其無後乎」這樣激動的話，來譴責俑這種制度。

俑，在最初全是活人，後來漸漸進步，才用陶製的人來殉葬，在秦始皇時代，是俑由活人變成假人的轉變，秦始皇殘忍，他的陵墓中有大量活俑殉葬，也不是什麼奇事。

我忽然想到了許多和秦始皇陵墓有關的事，實在是因爲我們將要做的事，既然有可能與之有關，在行事之前，當然要詳細考慮。

如今，我們都假定，在這個洞穴之下，有一條秘道可以通向巨大的地下陵墓，這條通道如果存在，當然不是正式的通道，而是許多秘密通道之一，防範有人侵入的程度，也一定更嚴密。

當時鮑士方一定也和我有同樣的想法，所以我們都在那洞穴之中，呆立了片刻。

鮑士方才道：「至少，把洞穴底部的石板弄起來，沒有危險，我已這樣做過了。」

第八部：秘道現身千載古人

我搓了搓手，先把一邊的石板弄下來，由白素在上邊操作起重機，將之吊上去。然後，再把洞穴下面的石板，也弄了上去。

石板下面就是泥土，我和鮑士方兩人互望了一眼，就開始挖掘。泥土相當潤濕，挖起來也不是十分困難，向下挖了將近有半公尺，還是什麼都沒有發現，我停了下來，抹著汗：「不必浪費時間了，這下面不會有什麼秘道。」

鮑士方聽了我的話，愕然望著我，白素已道：「這句話我早就想說了。」

鮑士方大聲道：「爲什麼？我們的設想是——」

我用力拋下了鏟子，打斷了他的話頭：「我們已掘了多少泥土出來？什麼都沒有發現，設計這座巨大地下城的人，可以說是建築學上的奇才，他怎會那麼笨？把秘道的出入口弄得那麼困難才能進出？」

鮑士方經我一解釋，也頹然放下了鏟子。我嘆了一聲：「而且，在卓先生失蹤、馬金花失蹤時，誰見到有泥土被掘起來？」

鮑士方呆了一呆，神情苦澀，乾笑了幾下：「那怎麼辦？又……白費精神了。」

我懊喪之極：「非但浪費時間，而且還驚動了馬教授的靈柩。」

我說著，已從那洞穴中攀了出來，鮑士方看來還不肯死心，但是已向下挖掘了半公尺深，什麼也沒有發現，實在是不可能再有進展。他只好上來，搓著手：「要不要把掘出來的土填回去？」

我的思緒十分亂，這時，我也想到，我們在萬里之外所作的假設，實在是太輕率了，難怪根據假設而作的行動，一點結果也沒有。

可是，我在自己否定自己的同時，卻又實在十分不服氣，因為除了這個假設，根本無法對馬金花、卓長根先後神秘失蹤，再作任何推測。

站在那洞穴邊上，呆立了相當久，我才轉過身，對著馬金花的靈柩，嘆了一聲：「真佩服你，居然可以把一個秘密留存在心中幾十年之久，直到臨死之前才說出來。」

我這樣說，當然沒有意義，馬金花早就死了，絕聽不到我在說什麼，可是在一旁的白素，一聽得我這樣講，立時道：「等一等。」

她一面說著，一面做了一個手勢，蹙著眉：「馬金花和卓長根臨死之前相見，爭吵，完全是偶然發生的。」

我想了一想：「是，至少馬金花不知道卓長根會去看她，所以，她要告訴卓長根的話，只是寫在遺囑之中。」

白素長長吁了一口氣：「她要卓長根把她葬在這裡，而不說其它，一定是預料到卓長根在葬她的時候，會有所發現，會知道她神秘失蹤的秘密。」

鮑士方苦笑：「根據推理，這洞穴中一定有古怪，可是我們——」

我忽然之間焦躁起來，瞪著他，粗聲道：「我們既然已經來了，就把事情交給我們，你去忙你的吧，別來打擾我們。」

鮑士方漲紅了臉，也瞪了我半天，我指著車子：「你可以把車子開走，把露營的一切留下來。」

鮑士方勉力忍著怒意：「好，如果你認爲我還有用處的話，我還會來。明天……我再派人給你送車子來，或許你要到處看看。」

我點了點頭，鮑士方用力把車子上的東西往下卸，我也不去幫他，和白素兩人，漫步向外走去。白素問：「爲什麼要把他趕走？」

我搖著頭：「我連自己都說不出來，我只是感到，這件事那麼詭異，越少人參加越好，人越少，可能越容易知道真相。」

白素沒有說什麼，我回頭看了一下，鮑士方已經把所有東西都搬了下來，我大聲道：「我會搭營帳，你管你走吧。」

鮑士方的心情可能十分憤怒，一聲不出，上了車，疾駛而去。

他走了之後，我就開始搭營帳，曠野中的寒風相當凜冽，厚厚的營帳看來也擋不住風，還好，有極佳的鴨絨睡袋，我和白素生起了一堆火，烤了一點食物，煮了一壺濃咖啡，在這樣的環境之下，忽然露起營來，真是奇特之極。

當我們分別鑽進睡袋，躺下來之際，白素忽然道：「漢字的結構，相當有趣，昆蟲轉化過程中一個階段叫『蛹』，我們現在的情形，就有點像昆蟲的蛹，自己把自己包了起來。而殉葬的人叫『俑』，那自然是指他們活生生地被驅進了墓穴，從此被黑暗和死亡所包圍之故……那真是十分悲慘的事情。」

我很有同感：「是啊，不過這種事，早已過去了。很多人發思古之幽情，總是說古代比現代好，其實，人類文明進展雖慢，但總是在不斷進步之中。」

營帳外寒風呼號，營帳內我和白素天南地北說著，倒也其樂融融。

第二天很早就醒來，我看著還在露天的靈柩：「先把靈柩放回去吧。」

白素點頭表示同意，我們就開始工作，才把挖出來的土填平，鮑士方就來了，道：「我不知道你們準備在這裡耽擱多久，所以給你們帶了更多東西來。還有一大桶汽油，足夠你們駕車在方圓數百里兜圈子。」

我拍了拍他的肩：「謝謝。」

他苦笑了一下，走向車子：「只要有希望可以找到卓先生——」

他沒有再說下去，其實不必說，也可以知道他的心意。這個人對卓長根，真是忠心得可以，這種情操，很令人佩服。

這一天，我和白素就駕著車，在廣寬無際的原野上，漫無目的地漫遊。

在卓長根的敘述之中，對這一帶已經有一定的概念，這種漫遊，有一種親身進入了故事境界的奇妙感覺。大地山河，亙古不變，可是曾在這裡生活過、出現過的人，卻早已換了不知多少。

一直到傍晚時分，我們才回到了那片草地上，當天色黑下來時，我又生起了一堆篝火。

在這裡，一切全像與世隔絕，沒有人來理會我們，只有鮑士方，每隔一天來看我們一次，一直到十天之後的一個晚上，在篝火旁，我和白素互望著，我道：「我們總不能一直在這裡這樣過日子。」

白素嘆了一聲：「當然，我看……明天我們也應該離去了，沒有結果，什麼也沒有發現。」我心情十分苦澀，把一些樹枝拗斷，一截一截，抛進火中。

我說：「看來，只好承認他們是給外星人擄走了。」

白素沒有說什麼，我向外看去，四野一片黑暗，只有我們一堆篝火在黑暗之中，我和白素並肩坐著，面對著火，背著風，使火堆冒出來的煙，不致吹向我們。而在我們的身後，就是帳幕，可以把寒風擋去不少。

我詳細地敘述當時的環境，是有道理的，由於我們背風，所以，在我們背後，有了聲響，也就容易覺察得到。

在十天之中，我們作了種種揣測，一點結果也沒有，兩個人都不是如何想說話，所以，身後突然有聲響傳來，就特別容易警覺。那一下聲響，一聽就知道，是有東西踏在刈短了的枯草上的聲響。

白素立時坐直了身子，向我望來，我道：「有人？」

我一面說，一面已經轉過頭去，一轉過頭去，我整個人都呆住了。就在我們身後不遠，在營帳之旁，有一個身形高大的人站著，火光映在那人的臉上，這張臉，再熟悉也沒有，他媽的，他就是卓長根。

我在一呆之下，立時就想跳起來，可是白素卻緊握住了我的手，用極低的聲音道：「別衝動，不要再被他消失。」

我吞了一口口水，這時，卓長根已哈哈大笑了起來，用他那宏亮的嗓音道：「你們這兩個小娃子，我真是服了你們。你們準備在這裡過一輩子？」

這時，我思緒之紊亂，心中疑問之多，真是可想而知，這實在是太突然了，卓長根突然出現，這真不知道叫人說什麼才好。

白素自然和我一樣震驚，我們兩人甚至緊握著手，而感到對方的手心在直冒汗。

我在震呆之餘，總算還來得及向那九塊石板看了一下，石板卻並沒有異狀，千百個疑問，歸成一個，就是：卓長根是從哪裡冒出來的？

正當我要把這句話問出口時，白素已經先開了口，她的語調居然十分輕鬆：「卓老爺子，全世界再也沒有人比你玩捉迷藏玩得更好的了。」

卓長根卻像是一點也不知道他突然失蹤的神秘性和嚴重性，「呵呵」笑著，向我們走了過來，來到了火堆旁，坐了下來，雙手抱膝，神情悠然自得：「他們一直在找我，終於驚動了你們，是不是？」

我悶哼了一聲，沒有回答，白素卻笑嘻嘻地道：「是啊，我們也不知道如何找你，可是憑推測，卻知道你是在什麼地方消失的，所以我們準備用一個又古老又笨的辦法，叫作『守株——』」

白素講到這裡，突然停了下來，用一種十分調皮的神情望著卓長根。

卓長根揚起手來，作了一個要打白素的手勢，笑罵道：「小女娃，你倒會拐彎兒罵人，罵我是兔子？」

白素笑道：「不敢，不過這辦法倒還管用。」

看他們兩個人，在這樣神秘古怪的事前，還像是若無其事一樣地笑談，言不及義，我真忍無可忍。可是每當我一有要開口的樣子，白素立時就用各種方法阻止我開口，包括瞪我、推我、拉我在內。

卓長根大搖其頭：「沒有用，我什麼都不會說，我只不過不想你們在這裡再浪費時間，所以才現身，勸你們離開。」

我又想說話，這一次，白素是在我手臂上，重重地扭了一下。

白素笑著：「我們不必要你說什麼，從現在起，我們兩個，不會一起眨眼，不論多久，不會使自己的視線離開你。卓老爺子，不管你有什麼花樣，只管耍出來好了，而且，不單是我們兩個，天亮了，鮑士方會來，我想他一定會派一百多人，二十四小時不停地看著你。」

卓長根一面聽，一面眨著眼，神情又是生氣，又是惱怒，又是無可奈何。

白素繼續道：「除非你會隱身法，或者你有在我們眼前消失的本領，不然，你就得留下來，不能再到你要去的地方，或者，去了之後，就給我們知道你上什麼地方去了。」

白素講到這裡，卓長根的神情，更是懊喪和無奈，伸手在他的禿頂上摸撫著，他晶亮的禿頭在火光的閃映下，閃出一層紅光。

這時我已經完全知道白素的用意了。

卓長根為了要勸我們離開而突然現身，在他而言是一片好心，可是，他只要一現身，再要消失，真是除非他會隱身法，不然，他的秘密就必然無法保存。

我佩服白素有這樣的處事方法，因為剛才他的出現，給我們的震驚是如此之甚，局面完全在他的控制之下，可是這時，卻突然扭轉了過來。

我不禁「哈哈」大笑：「卓老爺子，你看著辦吧，趁現在只有我們兩個人，事情還好辦一些，若是人一多，你就要麻煩了。」

卓長根神情十分惱怒：「我是一片好心——」

我和白素作了一副不愛聽，又悠然的樣子來，那更令得他生氣，他怒道：「我離開一陣子，有什麼大不了，等我厭了，想出來的時候，自然會出來。」

我實在想問他是從什麼地方出來的，但還是硬生生忍了下來。

因為明知問了他也不會說，還是忍上一陣子，等他自己自動說出來的好。

卓長根眼見我們不理他，不知如何才好，好幾次，看他的動作，像是站起來想有所行動，但是卻又忍了下去。

我和白素兩人之間的默契十分好，我們不住地說著他失蹤了之後，怎麼搜尋他的經過。最後，漸漸說到了我們的假設，提到了秦始皇的地下皇城。

卓長根的神色，在那一霎間，變得十分陰晴不定。他的這種神情，在某種程度上，證明我們的設想，有可能是真的。

我又故意道：「其實在我的經歷之中，如今這種情形，真不算什麼。」

卓長根是什麼樣脾氣的人，我早已摸熟了，明知他對我這句話一定會有反應的，果然，他立時哼了一聲。我又道：「也只有一種年紀大又沒有什麼見識的人，才會故作神秘。」

卓長根再悶哼一聲，瞪著眼：「小子，你從出生起就想，想破了你的腦袋，再想八十年，也不會想到究竟是怎麼一回事。」

我「嘖嘖」連聲：「這倒真是奇事，不過嚇不倒我，大不了是有一處地方可以躲藏，來去那個地方的通道，也遲早會找到。」

卓長根在聽得我這樣說之後，震動了一下，我又向白素道：「其實，當我們在律師那裡知道了馬教授那份秘密遺囑的內容時，就該知道——」

我講到這裡，故意停了一停，卓長根就在那時，向那九塊石板，望了一眼。

我和白素都可以幾乎肯定，還是那九塊石板下的洞穴有古怪，可是爲什麼我們一直找不出秘密的所在呢？

剎那之間，我們都靜下心來，但並沒有靜了多久，白素陡然一挺身，我則整個人都彈了起來，叫道：「知道了，我全知道了。」

卓長根一副心虛莫名的樣子，可是卻還在口硬：「知道什麼，你根本什麼也不知道。」

我不去睬他，只是和白素說話：「真聰明，鮑士方把穴中的石板弄起來，什麼也沒有做，就把石板鋪回去了！」

白素道：「是啊，我們也把石板弄了起來，可是只是向下面掘，以爲若是有通道的話，通道一定是在下面。」

我用力一拍手：「照啊，誰都會這樣想，不會有人想到，洞穴一共有五面，除了下面的那一面之外，另外四面，都可以作爲暗道的入口，這真是聰明之極的設計，誰會在失敗了兩次之後，再在那裡動腦筋呢？」

白素笑道：「要不是卓老爺子望著那九塊石板時的神情那麼異樣，我們也不會再去想那一個洞穴——」

白素才講到這裡，卓長根已經大喝了起來：「住口！」

卓長根呼喝聲如此驚人，我們一起向他看去，更是吃驚。只見他滿臉通紅，額上青筋綻起老高，汗珠一顆顆滲出來，激動憤怒之極。

我和白素就是想把他激怒，可是他竟然怒到了這個程度，實在出乎我們的意料之外，一時之間，我們倒不知說什麼才好了。

他一直盯著我們，一面不斷一拳又一拳，打在地上，藉此發洩他心中的怒意，過了好一會，他的神情，才漸漸恢復平靜。

他大口大口喘著氣，白素這時才敢出聲，她由衷地道：「卓老爺子，對不起。」

卓長根雙手掩著臉，在火光的掩映下，可以看到他粗大的手，在劇烈發著抖，他並不移開手，用一種近乎嗚咽的聲音道：「兩位小娃子，我老頭子一輩子不求人……現在要求你們一件事。」

白素道：「只管說，只管說。」

卓長根慢慢放下手來，嘆了一聲，神情十分難過，也仍有幾分生氣，一副不服氣，不願意，但是又不得不做的樣子。

他凝視著火堆上冒起的火苗：「要不是我為你們現身，你們在這裡住上三五年也找不到我。」

這一點，我倒同意：「是，在向下挖下去沒有發現，雖然最簡單的答案放在那裡，也不容易再去想它。」

卓長根悶哼了一聲，揮了揮他的大手：「這別去說它了，我求你們一件事，這就走，別再理我，以後也別再來，再也別對任何人，包括小白在內，提起這件事。」

我和白素互望著，一時之間，實在不知如何下決定才好。

我們要答應他的要求，看起來很容易，一走就行，可是，這些日子來，存在心中的疑問，也將永遠存下去了。

我想拒絕，可是看他這時那種神情，想起他已經是九十多歲的老人，一生為人這樣強項，當年為了一言不合，可以對自己心愛的人互不交談，如今卻這樣對我們苦苦哀求，真是不忍心去拒絕他。

我幾次想要不答應，都實在說不出口，卓長根簡直是在哀求了：「小衛，你剛才說，一生之中經歷過不少奇事，放過一樁，算得了什麼？」

我苦笑道：「老爺子，你剛才不是說我一生中經歷的奇事，加起來也不如這件。」

他一聽得我這樣說，一反手，陡然重重地在他自己的頭上敲了一下，發出「卜」的一下聲響來，被敲中的地方，也立時紅了起來，他語帶哭音：「算我放屁，好不好？放過我，好不好？」

我驚呆得說不出話來，白素已經一迭聲地道：「好，好，老爺子，好，好！」

卓長根望了我們一眼，緩緩吁了一口氣：「我知道，要你們答應，是難為了你們，可是……這件事，實在不能說……當年金花不說，我還曾怪她……不過那真不能說！」

我苦笑著，擺了擺手：「行了，既然我們已經答應了，就一定會做得到。」

這時，卓長根面對火堆而坐，我和白素都面對著他，我講完那兩句話，看到九塊石板中的一塊，忽然像是洞穴中有什麼力量在向外頂，一下子就頂了開來。

白素一定也看到了，因為我覺得她冰冷的手，握住了我的手。

而卓長根背對著，並沒有看到。

在那一霎間，我的手也冰冷。

卓長根的失蹤，和馬金花當年的失蹤一樣，他們進入了一處神秘的所在。這個所在，據推測，是人類有史以來最龐大的地下建築工程：秦始皇的地下宮陵。而進出這個神秘所在的出入口，我們也可以知道，就在那個洞穴之中。

然而，即使這一切得到了證實，在卓長根出來之後，蓋住那個洞穴的石板，又被頂了開來，還是令人驚駭之極。

頂開石板，想離開洞穴的是什麼人？難道馬金花沒有死嗎？還是復活了？

卓長根本來看不到他背後的情形，但是由於我和白素，盯著他背後，神情太怪異了，使他知道在他背後，一定有什麼事發生了，所以，卓長根也立時轉過了頭去。

就在他轉過頭之時，一人已從頂開的石板中，長身而出，用足尖勾著石板，輕輕放下。

那人站直了身子，看起來是一個十分英武的中年人，身形也相當高大。我一見這個人，心中就有一種感覺：這個人我應該認識的，可是我卻又實在並不認識他，在我的記憶中，我未曾見過這個人，而就在這時，卓長根已經站了起來，叫：「爹，你怎麼出來了？」

卓長根一句那麼尋常的話，聽在我的耳中，當真像是遭了雷殛。白素一定也震動得可以，她不由自主，發出了一下低吟聲。

卓長根的聲音宏亮，他那句話，尤其是他對那個人的稱呼，我聽得清清楚楚，絕對不可能弄錯，可是我又實實在在，無法想像。

卓長根稱呼那人是：爹！

難怪我一見到那個人，就有「似曾相識」的感覺。我早在卓長根的敘述中，認識了他，他就是當年帶著小卓長根，到馬氏牧場去，把孩子托給了馬場主人，然後神秘消失的那人。

他，就是事後不但不知道到了哪裡，連他是從何而來也查不出來的卓大叔。

這個神秘人物卓大叔是一個極優秀的牧馬高手，他是卓長根的父親。

卓長根今年已經九十多歲，可是卓大叔看起來，只是一個中年人，他應該有多少歲了？至少應該超過一百二十歲了吧？他……他如何能一直維持這樣子？

剎那之間，我的思緒紊亂之極，想到了許多以往我曾經歷過的事，想到了賈玉珍，那個得到了神仙修煉法的神仙，也想到了可以突破時間，在時間中自由來去的王居風和高彩虹，甚至於多年前的藍血人方天，眼前這個卓大叔，是不是也是其中的一類？

由於各種各樣的想法和疑惑，一起湧了上來，所以一時之間，我根本開不了口。

就在這時，卓長根的神情十分焦急，向他父親迎了上去，緊張得連聲音也不大相同：「爹，你怎麼出來了？你一出來……你一給他們看到……秘密就守不住了，這可怎麼好，這可怎麼好。」

他急得連連搓手，雖然他的外形看來極老，但是神態動作，完全像一個手足無措的小孩子，而且，那個看來年紀比他輕了不知多少的卓大叔，也真的把他當小孩子一樣，撫摸著他的光頭。

（這是一種十分滑稽，也十分令人駭異的情景。）

卓大叔在卓長根的光頭上輕輕拍著，向我和白素，望了過來。我不知道白素的反應如何，我自己真是呆若木雞，連想向他微笑一下，打個招呼，都在所不能，面部的肌肉，僵硬得如同石塊。

卓大叔道：「孩子，你不必擔心，我聽你說起過他們，這幾天來，他們的談話，我們也聽了大半，我想，他們可以守得住秘密。」

卓長根神情仍然著急：「爹，你這樣想，別人呢？」

卓大叔側頭想了一想：「我會叫所有人相信，他們可以守得住秘密……而且，我還有用意……我會有事要他們幫助。」

卓長根急得搔耳撓腮，頓足不已，一面自怨自艾：「全是我不好，由得這兩個小娃在這裡三年五載好了，偏偏沉不住氣，真不中用。」

卓大叔瞪了他一眼，卓長根現出一副被責備的神情，卓大叔向我們走了過來，一直到他來到我們的面前，我才迸出了兩個字來：「你……好！」

卓大叔笑著，向我們拱了拱手，在我身邊的白素，吁了一口氣，細聲道：「真想不到。」

卓大叔笑了一下，跟著白素道：「是的，真想不到，兩位在我這裡聽到、看到的事，世上沒有人會想到。」

卓長根走了過來，又發了急：「看到？爹，你還準備帶他們去看麼？」

卓大叔道：「是啊，不帶他們去看一下，他們怎麼會相信？」

卓長根張大了口，合不攏來，卓大叔望著他：「我自有主意，你別害怕。」

卓長根望著我，仍是一副不相信的神色：「爹，這小娃子十分邪門，事情到了他手裡，他一定要尋根究底，非弄個明白不可。」

卓大叔笑了起來：「是啊，就讓他弄個明白，不然，我們反倒要終日提心吊膽。」

他們兩父子商量著，我這時，由於卓大叔出現所帶來的震驚，已經漸漸平復了下來，是以我道：「照啊，什麼全讓我知道，就沒事了，卓老爺子，你就沒有令尊明白這道理。」

卓長根翻著眼，給我氣得講不出話來。

卓大叔笑了笑，轉向我：「我的名字是卓齒，其實我沒有姓，那時，平民大都沒有姓氏，我是專管軍馬的，大王給我的任命是統管天下軍馬——」

卓大叔——卓齒才講到這裡，我已經整個人都傻掉了。他說的話，我每一個字都聽得懂，可是加起來，究竟是什麼意思？

我內心之中，隱隱感到，有一件絕無可能的事，就在我的眼前，那實在絕無可能，但是偏偏又是事實！我甚至在隱隱感到了這一點之後，沒有勇氣再向下想下去。

因爲我知道若再想下去的話，所得出的結論，將會更令我顫慄、驚駭。的確是這樣，以後發生的事，不可思議到了極點。

當時，可能是由於我和白素的神色實在太難看，卓大叔——卓齒笑了一下：「你們現在……可能不是很懂，不過我會向你們詳細說……不如進去說，怎麼樣？」

我和白素互望了一眼，我發現白素有著一種置身於夢幻中的神情，她向我道：「我們絕想不到的事發生了。」

我道：「是啊……他說的大王……是……是……」

卓齒笑著，卓長根口唇掀動，想說什麼，但是卻沒有發出聲來。

僵持了一會，還是卓齒開了口：「大王，就是嬴政，後來的秦始皇帝。」

我劇烈地震動了一下，同時感到白素的身子搖晃著，向我靠來，像是站不穩。

在聽到了這樣的回答之後，除了這樣的反應之外，實在不可能再有別的反應了。

卓長根望著我們，一副幸災樂禍的樣子：「當金花向我說出經過的時候，你們想，我怎麼會相信她？我當然要和她吵起來！唉！誰知道她經不起吵……」

卓長根講到這裡，又重重在自己的頭上打了幾下，卓齒用愛憐的目光望著他——

一有什麼事，就用力打自己的頭，可能是卓長根從小就有的習慣，所以做父親的這時才會用這樣的目光望著他。

我和白素仍然不知說什麼才好，卓齒道：「事情很不可思議？事實上，當初我們也不知道會有這樣的結果，以後會……怎麼樣，也誰都不知道。」

我指著那九塊石板，喉際發出一陣莫名其妙的聲響來。事實上，我不知想發出多少問題，可是卻一句話也講不出來。

白素顯然也在努力掙扎著想說什麼，可是她的情形，比我好不了多少，我們雙手緊握著，卓長根還是悖然，向我道：「小娃子，你的目的達到了，還等什麼，我爹叫你們進去。」

卓齒忙道：「長根，待人以禮。」

卓長根悶哼一聲：「這兩個小娃子，不知給我惹了多大麻煩。」

卓長根這樣說，令我十分不服，我總算有話可說了：「卓老爺子，別忘了，是你把我們叫到法國去，把當年發生的事告訴我們，要我們幫你解開心中疑團。」

卓長根無話可說，只是苦笑：「早知道疑團解開了之後還是這樣子……」

他沒有說下去，這時，卓齒已來到了九塊石板旁邊，我和白素也跟了上去。我勉力鎮定心神，問：「卓……先生……」（我不知稱呼他爲什麼才好，他的兒子是「卓老爺子」，只好稱他爲卓先生，甚至在先生上加一個「老」字，也沒有意義的，因爲他實在太老了。）

我問下去：「卓……先生……你是說，你……一直住在那下面？」

卓齒「嗯」地一聲：「我們一直住在下面，下面天地之廣闊，你絕想不到，大王發囚犯民伕百萬以上，歷二十餘年而建成，宏偉絕倫。」

我忍不住又問：「卓先生……你說你是古人？秦朝時候的人？」

卓齒揚了揚眉，好像是說：那還用問？

我吞了一口口水，又和白素互望了一眼。

一個活生生的，秦朝時候的古人……他的年齡，已超過兩千兩百歲，一直住在龐大的地下皇城之中，聽他剛才的話，和他一樣情形的人，還不止一個。

這種事，要不是如今親臨其境，只有另外一個情形之下，才會說出「相信」兩個字來，那個情形是有人用機關槍指著，說不相信，他就扳動槍機！

卓長根提起一塊石板，卓齒先向下躍去，示意我和白素跟著下去。

我向下躍，像是躍下了一個萬丈深淵，雖然實際上，那只不過是一個一公尺左右深的洞穴。洞穴本來就不是十分大，有了靈柩，再加上四個人，幾乎連轉動的空間也沒有。將被揭開的石板蓋上，我們都蹲下身子。洞穴中變得十分黑暗，只有石板圓孔之中，約略有微光射進。

卓齒在黑暗之中道：「地下皇城，究竟有多少個秘密出入口，沒有一個人能全知道，建造的工匠互相之間不能通消息，監工和工師，也不能互通消息，我直到如今為止，也不過知道兩處。」

白素「嗯」的一聲：「除了這裡之外，另一處，就是你當年出入的所在。」

卓齒道：「是的。所有的秘密通道，都建造得極其巧妙，剛才你們以為已經知道了通道是在這裡坑穴的一邊，就可以發現了，實則也不然，若不是上面九塊石板全部蓋上，就算發現了入口，也會有一塊巨大的萬斤巨石自下而上，將通道堵住，貿然進入者，非死不可。」

我聽到這裡，不禁機伶伶打了一個寒顫。

眼睛已適應了黑暗，已經可以約略看到一些人影。我忽然說了一句：「我有電筒，要不要取出來。」

卓長根悶哼一聲：「你以為我沒有？我來的時候，也是有備而來的。」

卓齒道：「取出來吧。」

卓長根似乎有點不願意我和白素把一切全看在眼裡，所以猶豫著。卓齒又道：「長根，你不待人以誠，怎能望他人待你以誠？」

卓長根的聲音有點發急：「爹，你是古代人，你不知道現代人的狡猾。」

卓齒道：「我懂的，其實，古代人和現代人，沒有什麼大的分別，反倒是現代人有了種種約束，比古代人要好得多。」

卓長根悶哼了一聲，我就覺得眼前陡然一亮，他已著亮了電筒，在電筒光芒照耀下，我看到卓齒雙手把坑穴一邊的石板向下扳了一扳，扳下了四十五度左右。石板被扳下來之後，看到了泥土和草根，這種情形，在鮑士方拍攝的照片上我已看到過。

接下來，我將會極詳細地敘述這個秘密出入口的情形，這可以有助於知道整個地下皇城的建造是如何巧妙，一個出入尚且如此，其他可想而知。

我和白素互望一眼，思疑著，因爲石板被扳下來之後，並未曾現出什麼秘密通道來。

只見卓齒雙手一揚，陡然之間，十指插進了泥土之中，泥土相當濕軟，這一點，我們曾向下挖掘，所以知道。

卓齒雙手插進了泥土中，又向後拉了一拉，現出了一個長方形的入口處來，那入口處不過六十公分寬，三十公分高，可供一個體形正常的人塞進去。

令我驚訝的是，長滿草根的泥土，如何會移動，照說雙手一抓之下，應該散開來才是，而且，那個入口處是在石板的上端，距離地面，也不會太深，如果從地面上挖掘下去，應該很容易發現這個入口處！

卓齒並不解釋，只是身子一側，熟練地，雙腳先伸了進去，身子向下滑去，在這時候，他才道：「這管道越向下越斜，有鐵索可供援手，不要放鬆。」

當他講完這句話之後，他整個人已經消失了。

卓長根道：「輪到你們了。」

白素立時也和卓齒一樣，滑進了那入口，接著是我，也進去了之後，雙手就在兩旁，各自抓住了一股鐵索，身子向下滑去，因爲手抓著鐵鏈，所以可以控制向下滑去的速度。

我覺出卓長根也滑了下來，管道的斜度約是六十度，開始的一段極窄，後來，漸漸寬敞，過了大約十分鐘，前面隱約有亮光閃耀，等到我滑出了管道時，才發現自己置身於一個十分寬大的地下室中，地下室的上下四面，全是石塊。

地下室中有著石桌石室，和一個巨大的石臼，在那石臼之中，還有著大半滿的油狀物——看來十分厚膩的一種油，而只有一股燈芯點燃著，微弱的光亮，是由這一股點燃的燈火發出來。

雖然燈火如豆，但是在地下室中，也足可以使人看清楚東西了。

卓長根也滑了下來，這間地下室，看來完全密封，別無出路。

到了這時候，我和白素已經全然無話可說，心裡只想到一個怪問題：古代人既然有這樣高的智慧，何以科技直到近代這才發展起來？卓齒的神情十分莊嚴：「你們已經開始進入地下皇城，自築成以來，歷兩千餘年，一共只有四個外人進來過。」

我和白素一起點頭，表示明白我們已開始了一個世上最奇異的遭遇。除了我們兩人之外，還有過同樣奇異經歷的，自然是馬金花和卓長根。

我回頭看了一眼，管道的出口處，並沒有什麼掩蔽。卓齒向上指著：「石板之後，看來一如泥土之處，草根全是真的，但泥土卻是一塊充滿細孔的陶板，可供草根盤虬，絕不易爲人覺察。」白素讚嘆地道：「而且，就算石板被移開之後，也只會向下挖掘，如何會想到就在離地面不深處。」

我道：「那有隱蔽的好處，也有不好處，容易被人從地面上挖掘發現。」

卓齒笑了一下：「若從上面發掘，必然觸及機括，整個管道會向下沉，大量鬆軟的泥土會湧過來，再向下掘，也只是泥土。」

我不禁震動了一下，很欣慶我們只向下掘，並沒有向旁邊掘，不然，這個出入口就永遠失去了。

我面色有點陰晴不定，卓齒望著我：「君子之前，凡事明言在先。我雖然相信不會洩露秘密，但兩位離去之後，必然會毀去此處通道，自此再也不會被人發現。」

我口唇掀動了一下，卓齒又道：「至於另一處出入口，我不會告訴你。」

我由衷地道：「自然我不會再多問什麼，我已經心滿意足了。」

卓齒又道：「若是不明就裡，地面上所鋪九塊石板，不曾一起蓋上，而貿然滑入管道，萬千巨石，便自管道升上，將滑行之人壓成肉醬，同時，此處石塊也自動散下，爲水所沒，不留痕跡，一樣再也無法進入地下皇城。」

我又不由自主吞了一口口水：「這麼多自動……的設備，動力自何而來？」

卓齒像是有點不知道「動力」是什麼意思，猶豫了一下，白素道：「是什麼在推動一切機關？」

卓齒吸了一口氣。

在這時，我才注意到，在這個地下室中，呼吸一點困難也沒有，空氣的來源不知何自？我感到自己實在是進入了一個近乎夢幻的世界，不可想像、明白的事，實在太多了。

卓齒緩緩地道：「大王統一天下，建造皇宮，曾引二川之水入宮，這是掩人耳目，實際上，二川之水，自河底起築引道，被引入地下，工匠利用水勢，推動巨輪，遂有生生不息，萬世永年之力，只要川水不涸，其力不止。」

我抹了抹手心的汗，是的，唐朝大文學家杜牧在他的《阿房宮賦》中，就有「二川溶溶，流入宮牆」之句，「二川」，大抵不會是渭水這樣的大河，指的多半是渭水的一些支流如灞水之類。在地圖上可以看到那一帶，河水交流，相當之多，這些河流的河水，自然川流不息，不會涸絕的。

經過卓齒這樣的解釋，我和白素不禁由衷地發出讚嘆聲來：「真是，阿房宮是地上建築，主要的工程是在地下進行。」

卓齒嘆了一聲：「一直到大王歸天，宮殿並未建成，阿房宮云云，只是後人加上去的名稱，大王本有意名之曰天宮，但未有定論。」聽得他這樣說，我又不禁打了一個寒顫。因爲他這樣說，分明是說他和秦始皇嬴政，經常見面、交談，這種話聽了之後，引起的反應，是一種從來也未曾有過的怪異。

我想到說這種話的人，竟是一個秦朝的古人，那種怪異之感，勉強要形容的話，就像是有成千條毛蟲在身上爬行。

卓齒又道：「就算一切順利，到了此間，也不過認爲發現了一處地下坑室而已，不會想到和整個地下皇城有關，是秘密出入孔道之一。」

我四面打量了一下：「既然到了這裡，要發現通道，應該不是什麼難事了。」

卓齒一聽得我這樣說，笑了一下：「試找一找。」

我連忙搖手，這個人，他已經活了兩千多年，看起來還一直可以活下去，悠悠歲月，對他來說，根本不算是什麼，我卻浪費不起時間，所以我立時道：「請卓先生帶路，我只是說說。」

卓齒又笑了一下，走向那個巨大的石臼，雙臂環抱，向上一舉。

我一看到他這樣的動作，就呆住了。

就算知道機關是在這個石臼上，任何人都只會去推它，轉它，再也不會想到去把它舉起來的，因爲這個石臼，看來足有上萬斤重，就算石臼只是看來是石頭，其實不是，裡面的油，也至少有上千斤了，什麼人會想到把它往上提？而卓齒去提它的時候，我也認爲他一定提不起。

可是，看起來，卓齒根本沒有用什麼力，就將石臼提了起來，提高了約有五十公分。石臼被他提起，本來大半滿的油，變成了只有小半滿，同時，面對管道的石牆上，一塊大石向後縮去，現出了甬道來。

看到了這裡，對於古代工匠的匠心，真是無法不佩服。這是什麼樣的設計，又何等不易爲人發覺。

大半滿的油，看來在石臼之中，可是只有石臼一向上升起，油就會漏下去，漏下去的油，自然會觸及機括，使得暗門打開。

問題就是，那麼重的石臼，如何提得起來？這時，卓齒已然鬆開了手，石臼仍然維持在被提起的位置，下面有一個石座升了起來，承住了石臼。

卓齒轉過身來，看著我盯著石臼，一副疑惑不解的神情，「呵呵」笑了起來：「這裡，可說是兵行險厄，石臼看來極重，但下有活動底托，只要有兩石之力，就可以提起來了，不明就裡，自然不會去提它。」

白素道：「其實也不甚險，要有兩石之力，不是勇士，哪裡能夠呢？」

卓齒聽了，現出十分高興的神情。在那一霎間，我想笑又不敢笑，真是好話人人要聽，兩千年前的古人，和現代人的心態，完全一樣。

（事後，我對白素說：「看不出你這個滑頭，連古人的馬屁都會拍。」）

（白素道：「我才不是故意阿諛他，兩石之力，就是雙手一提，要有一百二十公斤的力道，這又豈是常人能做到的？」「石」這個度量單位，在當時有明文規定，漢書律歷誌：三十斤爲鈞，四鈞爲石。）

第九部：地下宮殿偉大之至

卓齒不但神情高興，而且自己說起自己的威風史來：「當日較力，我天下第七。」

我一時之間，大為好奇，問：「誰天下第一？」

他連想都沒有想：「大將蒙恬。」

我和白素互望著，那種怪異的感覺又來了。這個文武雙全的秦朝大將，曾大敗匈奴，又傳說他改良過毛筆，真正是歷史上的名人，而眼前這個卓齒，和他較過力，打過架。

卓齒在當時軍隊中的地位，當然也十分高，他曾說過他的責任是統管天下軍馬，所有軍隊中要用的馬匹，全是由他統管的。

我不由自主，用力在自己的額上拍了一下，失聲道：「難怪了。」

卓長根瞪了我一眼：「什麼難怪？」

我苦笑了一下：「難怪令尊這樣善於養馬，難怪，養些普通馬匹，對他來說，真是牛刀小試，大才小用之極。」我真是由衷地在稱讚卓齒，卓齒神情看來更高興，指著卓長根：「長根這孩子也不錯，養馬的手段，可以充我副手。」

卓長根像是小孩子受了讚揚一樣，忸怩地笑了起來。

（各位一定要原諒我，自從卓齒一出現之後，要解釋的疑團，不知凡幾。但接著我們開始進入地下皇城，各種匪夷所思，見所未見，連想也想不到的事，實在太多，只好一樣一樣說。諸如卓齒他的情形，如何會忽然離開了陵墓十年，馬金花又是怎麼會進來的等等，都會在以後一一敘述出來。）

那個現出來的甬道口，要人彎著身子才能走進去，仍然是卓齒在最前面，我們跟著，彎著身走了不幾步之後，就豁然開朗，再向前走，聽到了水聲，黑暗之中，只聽得水聲越來越甚，簡直是洶湧澎湃。卓齒在這時道：「前面是一個大湖，水流極急，傾入湖中，那地方不必去了。你們絕無法遍觀地下皇城，真要如此，需歷時數載——」

我想了一想：「是，不必了。只是剛才，卓先生提及和你一樣的人，還有若干……這些人……我都想見見。」

卓齒道：「自該如此。」

這時，在手電筒的照映之下，經過的全是曲折無比的甬道，我相信那是一個迷宮，如果沒人帶路，迷失其中，只怕一輩子也出不來。

甬道的四壁，全是巨大的石塊，石塊上，刻有淺線條的畫，在經過的甬道兩旁，刻的畫大多是馬，各種各樣姿態的馬，更多的是戰馬，披甲飛馳，栩栩如生。

此間不但是偉大的地底建築，簡直是地底的古代藝術之宮。卓齒對這些盤來盤去的甬道，熟悉之極，毫不猶豫地向前走，我緊跟在他的後面，以便可以更淸楚地聽到他的講話。

他在不斷地說著：「我在大王歸天之前，和一批部下，自願殉葬——」

我才聽了一句，就嚇了老大一跳，失聲道：「陪葬……這是俑。」

卓齒毫不以爲異：「是，王陵之中，有俑無數，天下陶工，窮二十餘年之力，人俑、馬俑，各種宮器，不計其數。」

我忍不住壓低了聲音，問了一句：「活俑呢？」

卓齒遲疑了一下：「我不知確數，只知道我這一部分，一共十人。」

我還想問一句：「全是自願的？」可是這句話在喉際打了一個滾，並沒有問出來。用這樣的話去問一個秦代的古人，那太滑稽了。

在那個時代，有什麼人權可言，管你自願不自願，要你陪葬就陪葬，生葬在秦始皇陵墓中的各種身份的人，只怕數以萬計。

（這時，一個大疑團又再次升起，何以卓齒在陵墓之中，可以活上超過兩千年而不死？看來還活著的，當年那活俑，還不止他一個，為什麼？那實在難以想像！）

彎曲的甬道，像是永無止境，有時，還需要用各種方法，推開一扇又一扇厚重的石門，卓齒的解釋是：推這些門，每一扇都有一定的步驟，一不小心弄錯了，長弓大矛，一律染有劇毒，立時會飛射而出。他也叫我們放心，說他在黑暗中打開那些門，同樣純熟，決不會有半分差錯。

雖然心中有點發毛，要是叫古代的毒箭射中了，現代人不一定有法子可解，那才叫冤枉之至。但想到卓齒在這裡已過了兩千兩百多年，他的所謂純熟，自然是可信的了。

足足走了超過半小時，又聽到了水聲，不過這次，只是潺潺的水聲，在卓齒又推開一道石門之後，我和白素，不由自主，「啊」地一聲，叫了起來。

卓長根在我們的身邊道：「真偉大，是不是？」

展現在我們面前的情景，真的，除了「偉大」之外，沒有別的言詞可以形容。那是一個極大的空間，真的難以想像，在地底之下，會有那麼大的一個空間存在，人完全不感到那是在地下，而像是真正的空曠地方。

我很難以形容一個明明在地底下，但是卻如此空曠的一處所在，我曾到過許多極大的山洞，但沒有一個山洞，可以給人以寬曠如原野的感覺！

這一大片空間的高度並不是很高，可是在上面，星月夜空，由無數細小的油燈作爲照明之用，看起來，真像是在曠野之中看夜空。而地面上，有一道相當寬闊的河流，河水潺潺流過，河水不深，但是極其清澈，可以看到在水下大大小小、各種色澤的鵝卵石。

而更使人感到這個空間像曠野的，是在河流兩旁，雖然實際上沒有青草，可是叫人一看就知道，那是一片草原，是一片水草豐美，最適合放牧的地方，因爲在整個空間之中，至少有超過兩百匹的馬。

那些馬，完全和實在的馬一樣大小，它們神態生動，有的在俯首飲水，有的在地上打滾，有的在追逐，有的在踢蹄，每一匹馬，都有它不同的神態，一個眼花之下，會以為那些馬全是活的。

那些馬，全是陶製的，每一匹馬的位置，顯然也曾經過藝術的精心安排，疏密有致，一點也不覺得擁擠，反倒襯得整個空間更加空曠。

我和白素早已料到，在地下皇城裡，會有十分宏偉的建築，可是也絕想不到，竟然偉大到這一地步。

過了好一會，我們才異口同聲發出讚嘆：「真偉大，真偉大。」

卓長根道：「我爹說，這個牧馬坑，還不算是大的，有一個戰場坑，裡面全是戰役的實景，是這裡的三倍以上，而地下皇城的中心部分是皇宮，完全依照和地面上一樣的格局和規模建造。」

我向卓齒看去，他點了點頭，表示確然如此。我連考慮也沒有考慮，就道：「我寧願失蹤一年半載，也非要好好開開眼界不可。」

卓齒搖著頭：「那可沒有法子，我是專管戰馬的，所以王陵之中的牧馬坑，和有關的幾個坑室，歸我所主理。其餘的坑室，別說我不知如何，就算知道了，不知如何趨避機關，也是不行。」

我不由自主吞了一口口水：「照這樣看來，整個王陵已被發掘的部分——」

卓長根笑了起來：「我也問過這個問題，爹說那些坑室，只不過是外緣中的外緣，是早就預算了會被後世人發現的。真正的王陵中心，連我爹都沒有到過。」

白素道：「現代的探測技術，已經測到，整個王陵的面積，大約是五十六平方公里——」

卓齒揮了揮手：「我不知道那有多大，但是我知道，王陵的最重要部分，深入地底百丈，十丈方圓之內，全是水銀圍繞，水銀之外，是厚達三尺的銅牆，雖有千軍萬馬，不能攻破。」這種話，不論是從什麼歷史記載中看到，都不會有人相信，但出自卓齒之口，可信度自然極高。他說了之後，又頓了一頓：「我其實也只是略聽到了一點傳說，真正情形，可能更加牢不可破。」

卓齒說著，又向前走去，他沿河向南走，我們跟在後面，河水潺潺流過，是真的活水，卓長根道：「我曾問爹，空氣是如何進來，他也不甚了了，我想，多半是引河水的時候，設法帶進來的。」

我「嗯」地一聲，「也可以在深山的山洞之中，利用自然的氣流或氣旋，把空氣捲進地底來。」

白素聲音疑惑：「我真不明白，王陵設計來埋葬屍體，像卓先生那樣，隔了這麼多年還活著，這當然是意外，那麼，王陵中要流動的空氣，有何用處？」

卓齒的神色十分認真，他沒有回答他何以會活了那麼多年的意外，只是道：「那可不成，萬一大王要是活了怎麼辦？」

我立時問：「剛才你說他的靈柩……被水銀和銅保護得如此嚴密，他就算復活，又如何能求生？」

卓齒瞪了我一眼，像是我不該問這樣的問題：「當然一定有辦法的，這辦法，我看只有大王一人方知。」

我沒有再問下去，既然「只有大王一人方知」，再問也是白問。而且，他在地底那麼多年，看來也只是在牧馬坑的範圍內活動，其餘部分他連去都沒有去過，其中詳情，自然也非他所知了。

沿著河向前走，一直來到河盡頭，在河旁才又有看來如同牌坊似的一扇門，推門進去，是一個相當大的室堂，各種石製的陳設齊全，一進去，我們就看到三面牆前，全是石製的架子，在架子上，都是一卷一卷的竹筒，那是古代的書籍，數量之多，不可數計。

我和白素互望了一眼，我們曾對馬金花失蹤五年間的生活，作過揣測，如今看來，我們的猜測合乎實情，那五年，馬金花在這裡，一定曾飽閱古籍，這才奠定了她日後成為漢學大師的基礎。

穿過了這個室堂，卓齒再推開一扇門，那是一條約有三十公尺長的走廊，每一邊，都有五扇門，除了最近左首的一扇外，其餘全關著。

那扇打開的門內，是一間房間，陳設相當簡單，有石榻、古几，有很多牧馬人用的工具，和戰馬要用的盔甲器具等等，也有很多竹簡。

卓齒道：「我們一共是十個人，自願殉葬，這一部分，就是我們準備以死相殉，追隨大王的所在。」

我和白素齊聲道：「還有九位呢？是不是可以請他們出來見見？」

卓齒吸了一口氣，指著他的居室對面的那扇門：「你可以推門進去看看。」

我有點不明白他這樣說是什麼意思，但還是立時一步跨過，推開了門。門後是一間同樣的居室，在石榻之上，有一個人，身子蜷縮成一團——那並不是普通地縮成一團，而是真正縮成一團，幾乎所有可以彎曲的部位都彎曲了，以致他的身子看來十分小，而頭是不能縮小的，所以頭部看起來也特別大。

我呆了一呆，這個縮成一團的人，一動也不動，眼睛半開半閉，我向卓齒望了一眼，他示意我可以走近去，我走得離石榻近了些，看到這個人看來相當年輕，而且貌相英武，如果不是他用這樣的一個怪姿態蜷縮著，從他的手腳大小看來，一定是一個身形十分高大的英武的美男子。

我伸手放在那人的鼻孔前探了探，那人毫無疑問是活人，但是呼吸卻極之緩慢，緩慢到不可想像的地步。我「啊」地一聲：「他……在冬眠？」

卓長根道：「我也說是，但是爹說，那是藥力的作用。」

我向卓齒望去：「藥力？什麼藥？」

卓齒沉聲道：「大王求來的長生不老藥。」

我一聽之下，耳際又像是有轟然巨聲一樣，張大了口，合不攏來。

長生不老之藥！

這在歷史上，倒有明文記載，秦始皇一直在尋求長生不老之藥，而且堅信世上有這種藥的存在，凡是自稱可以找到長生不老之藥的方士、術士，都會受到十分隆重的禮遇。

其中有一個叫徐福的方士，聲稱海外三座仙山之中有長生不老之藥，秦始皇派了幾千個童男童女，讓他攜帶出海，有史學家相信，日本這個國家，由此產生，這是人人皆知的事了。

當時，幾千人所乘的船稱之爲「樓船」，能載幾千人出海，自然船的規模也極大，可知當時，各方的巨大的工程，都是實在的存在，雖然這種情形，在兩千多年之後，還是難以設想。

長生不老之藥！

這個蜷縮著的人，服了長生不老之藥？卓齒能一直活下來，也是服了長生不老藥的結果？

我心中疑惑之極，思緒亂成一團，可是在這時候，我忽然想及了一個滑稽可笑的問題：秦始皇五十歲不到就死了，真有長生不老之藥，他自己何以不服食？

我明知這個問題若是問了出來，對看來至今仍對他的「大王」忠心耿耿的卓齒，會大為不快，可是我還是忍不住問了出來。

卓齒一聽，現出十分激憤的神情來，一頓足：「全是趙高這奸人。」

我吸了一口氣，趙高，自然也是歷史上的名人，他權勢薰天時，「指鹿為馬」，莫敢不從！

這時，聽到一個活生生的人，有這樣的語氣提及一個歷史上著名的古人，那種怪異的感覺又來了。

我聲音有點發啞：「趙高……他怎麼了？」

卓齒神情愕然，「哼」地一聲：「大王廣徵天下方士，研究長生不老之藥，眾方士聚商十年，藥始煉製成功，進呈大王，大王將服未服，趙高在一旁進說：藥效不知如何，若是毒藥，豈不是弄巧反拙？可以把所有方士全都拘捕起來，先命十人試服，看這十人服了之後，有無變化，再作決定。大王就聽從了趙高的話。」

我聽得他這樣說，真有點痴了。

長生不老之藥真是煉製出來了！秦始皇本來要服食，就是因爲趙高的那一番話，所以才選了十個人試服。這是一種什麼樣的情形，而這種情形，又從一個當時曾服過的人講出來。

卓齒繼續道：「大王令我們服食，曾說我們十人，是他最忠心的臣子，只要長生不老之藥真能令人長生不老，他就可以和我們一起長生。當時我們感恩莫名，所以一起吞服……」

我一揮手：「等一等，那長生不老之藥，是什麼樣子的東西？」

卓齒道：「丹藥，其色鮮紅，入口辛辣無比，隨津而化之後，腹中有如烈火焚燒，汗透重甲，痛苦莫名，大王一見之下，驚疑之至，腹痛直至次日方消，大王以爲藥有劇毒，把獻藥方士盡數處死，但自次日起，即無異象。」

我和白素相視苦笑，我又問：「那……藥究竟是什麼東西？由什麼煉製而成？」

卓齒愕然：「那我由何得知？藥是那些方士煉製而成，唉，那逾百方士，歷時十載，所煉成的長生不老之藥，倒真是有效，可恨趙高一番言語，真是誤事，不然時至今日，大王雄風猶存。」

我聽得他這樣講，不但不由自主，喉際發出一陣古怪的聲音來，幾乎全身每一個骨節，都有古怪的聲音發出來。

他在埋怨趙高，我看所有人都得感謝趙高才是，要不然，秦始皇活到現在，那是什麼局面？我看著他一臉忠心耿耿的樣子，突然想到一個問題，抑不住想調侃他一下，我道：「秦王統一天下，併吞六國之後，尊號稱皇帝，你還是一直稱大王，這是要殺頭的。」

想不到卓齒一聽了我的話，昂然道：「我追隨大王多年，一直稱大王，這種殊榮，蒙大王恩准，不過數人而已。」

我呆了半晌，白素道：「這是哪一年的事？」

卓齒道：「大王出巡之前兩年。」

秦始皇出巡，在當時他所統治的版圖之上，兜了一個圈子，結果死在巡視途中，直到回到首都咸陽，才宣布死訊，這件歷史事件，小學生都知道。我接著問：「在這兩年中，你們毫無異狀？」

卓齒點頭：「毫無異狀，等大王落葬，我們十人殉葬，自料必死，也了無畏懼之心。進了王陵之後，我們只為大王之死而傷心，自第三日起，就漸失知覺──」

他講到這裡，向那個蜷縮成一團的人指了一指：「大抵失去知覺之時，就和他一樣，不飲不食。可是過了不知多久，忽然醒來，一共是十人，我和另外兩人最先醒來，相顧愕然，頓覺腹饑口渴，幸而殉葬之際，各種乾果乾糧極多，遂取而食之，河水不絕，其餘七人，也相繼醒轉，身在王陵之中，不知日月。這牧馬坑在建造之際，我曾主持工程，知道有兩個秘道，可以通出外面。若是當日昏迷之後便死，倒也不生畏懼，既醒之後，就有求生之念，公推一人由秘道外出。」

卓齒講到這裡，現出十分疑惑的神情來，停了好一會，才道：「那人離開之後，我們一直仍在陵中守候，奇在我們一餐之後，可以良久不進食物，我們也不知過了多久，那人回來告訴我們，世上早已不再有秦，秦後有漢楚之爭，漢高祖一統天下之後又有三分，後有胡人之亂，再後有隋，隋之後──」

他講到這裡，我已實在忍不住，聲音嘶啞地叫了起來：「什麼？你們這一昏迷，究竟昏迷了多久？」

卓齒毫不猶豫：「千載。」

千載就是一千年。他們在這種冬眠狀態之中，一下子就度過了一千年。

我一面吞著口水，一面瞪著卓齒，一面又伸手在他的手臂上捏了一下，心中實在想知道他是不是千年僵屍。卓長根陡然叫了起來：「小娃子你幹什麼？我爹當然是活人。」

我連忙縮回手來，卓齒是一個活人，毫無疑問，不但是活人，而且身體健康，也遠比普通人好得多，看來精壯之極。我和白素，面對著這個活了兩千多年，可以一睡就是一千年的人，真是奇訝得半句話也說不出來，只好聽他繼續說下去。

他神情疑惑：「當時我們一聽，真是奇訝之極，但立時想到，我們曾服大王所賜的長生不老之藥，一定是藥力有效了。」

我咕噥了一句：「什麼大王所賜，他是怕自己毒死，所以才給你們吃的。」

卓齒怒視我一眼，神情威嚴莫名，連我也有點不敢再胡言亂語。

這時，我在急速地轉著念：這十個人得以不死，唯一的解釋，就是長生不老之藥發生了作用。長生不老之藥的成分是什麼，究竟是怎麼煉成功的，完全無法知道，因為當時集中了全國一流方士（方士就是精通神仙之術的人，煉製長生不老之藥，是神仙術的主要課程）才煉製出來，而這些方士，在那十個試服者一服下去，「腹痛如焚，汗透重甲」，看來情形大爲不妙之際，被秦始皇殺掉了。

服食了長生不老藥，有一整天的時候，極之痛苦，過後，了無異狀。可是爲什麼忽然之間，在進了王陵之後不多久，據卓齒所說是三天，就會進入冬眠狀態呢？是不是在某種特殊的環境之中，長生不老藥在體內就會產生令人冬眠的作用，例如空氣並不十分流通，例如黑暗的長期連續（普通人是很少三日三夜不見陽光），等等？這些問題，只怕連那些方士也答不上來，因爲長生不老藥他們自己未必試服過。他們只知道根據仙方來製藥——仙方又是什麼東西？是哪裡來的？由誰傳下來的？

一想之下，問題越來越多，長生不老，一直有人在追求，長生不老藥，也一直是人在追求的東西。不單是這個卓齒，活生生地在我面前，證實了的確通過某種藥物，可以使人長生，而且我的另一件經歷，一個叫做賈玉珍的人，越來越年輕，也主要是由於服食了仙丹仙藥之故。

（賈玉珍的故事，記敘在《神仙》中。）

賈玉珍的仙丹，和秦朝時方士所煉製出來的長生不老藥，兩者之間，應該有聯繫。那就是說：通過某一種方法，一些東西令人體吸收，可以令人的生命過程，擺脫傳統，發生徹頭徹尾的改變，或可以使人成仙，或可以使人不死，可以使得生命進入另一個形態，排除死亡的威脅。

當然，卓齒的情形，和賈玉珍的情形，有所不同，但是我相信基本道理一樣，這種基本情形的推測，我已在《神仙》中說過，不必重複。

而且，在兩者的情形來看，賈玉珍的生命狀態，更進一步，更高級，因爲不但擺了死亡，而且還有神仙的「法力」，而卓齒只不過是排除了死亡，或使死亡延遲而已。

賈玉珍這個人，倒也有點用處，想起了他，使我覺得卓齒如今的情形，可以接受，不必太過於震驚。

一想到這一點，令我的思緒穩定和清明了許多，我先向白素道：「想想那個成了仙的賈玉珍。」

白素立時明白了我的意思：「是，長生，不過是神仙術的初級課程。」

卓齒當然不知道我們在說些什麼，我忙向他作了一個手勢，示意他繼續說下去。

卓齒道：「當時我們不知所措，一睡千年，我們是千年以前的古人，若是離開了王陵，我們何所適從？商議了很久，還是決定了分批出去看看。」

他講到這裡，嘆了一聲：「分批出去一看，知道我們真的沉睡千年。好在我們進食不多，回來之際，帶上一些糧食，可供許久之需。」

卓齒說：「這樣一批回來，一批出去，每批兩人，不多久，我們之中，又有五人，開始昏睡。」

我忙道：「所謂不多久，是多久？」

我一定要這樣問，因爲他們全是長生人，在時間觀念上，和常人是不大相同的。

這一次，卓齒道：「十載。」

我失聲道：「你們每隔十年，就要昏睡一千年？」

卓齒道：「並不，第二次，我們各人昏睡，就只歷五百年，一覺醒來，天下又自大異。」

我苦笑了一下，自秦之後，一千五百年，那已經是南宋期間了。

卓齒苦笑了一下：「昏睡的時間，每次縮短，第三次，歷時三百年，以後兩百年，一百年……」

我和白素互望了一眼，這樣的長生不老，不知是幸福還是痛苦。冬眠狀態的時間如此之長，至少以百年計，一覺醒來，「世界大異」，根本無法適應，唯有再回到地下，雖然說是長生，但在清醒的十年之中才真正是活著的，而那完全和進展脫節的生活，又有什麼趣味？地下王陵的悠悠歲月，又如何打發？

卓齒深深吸了一口氣：「這樣久了，我們知道，每次昏睡，或有前後之分，但是醒來之後，必然十年之後，才再昏睡。」

他說到這裡，向卓長根望了一眼：「這便是當年，十年之期將滿，我把他托給可靠之人，自己回到王陵，等候昏睡之故，這次昏睡，只歷時八十年，長根來時，我才醒轉不久。」

我望了望卓長根，又想起了一個滑稽的問題：「卓老爺子是不是有一個九百歲的兄長？」

卓齒的秘密已經揭開，他當年醒了之後，從秘道中冒出來，在人間生活了十年，到時，自然非回去不可，不然他昏睡起來，誰能知道那是怎麼一回事。而他也實實在在，無法把這種情形告訴卓長根，卓長根絕對無法接受這樣的事實。

那麼，在他過去幾度清醒的時候，他是否也曾在地面上生活過，結婚生子呢？如果有，而長生不老又有遺傳的話，卓長根豈不是有比他大幾百歲的哥哥或姊姊？

卓長根已近一百歲，身體還如此之好，長生不老有遺傳，也不是沒有可能的事。

卓齒搖了搖頭：「沒有，這次我在人間，動了凡心，長根的母親實在太好……我們全商議過，我們十人的情形，決計不能爲世人所知，反倒是我自己先破了規誓，所以才有今日之麻煩。」

白素在這時，忽然「啊」地一聲：「卓先生，那塊珮玉，自然是你給妻子的禮物了？」

卓齒點頭：「是，那是大王所賜的寶物。」

我長長吸了一口氣，又緩緩吁了出來。那塊質地如此之佳的珮玉，曾給我們帶來過不少迷惑，追究它的來歷，但無論怎麼去想，也想不到卓長根的父親，會是秦朝時的古人，秦朝時一個有地位的人如卓齒，有一塊玉質上佳的玉，自然不是什麼希罕之事。

卓齒嘆了一聲：「由於我破了例，所以他——」

他指著那個蜷縮成一團的人：「他……也起而傚尤，一日，他正由秘道出來，遇上群馬奔馳，他是我的副手，極擅馴馬，立時阻止了馬群的奔馳，把一個女子，引進了王陵之中——」

我和白素，緊緊握了一下手，那個女子，自然是馬金花！

卓長根則望著石榻上的那個人，猶有恨意的樣子。

卓齒又道：「那女子進來王陵之後，和他成婚，一住五年，他又屆昏睡之期，那女子這才離去，其時我也在昏睡，是他把經過全部記載了下來，我醒來之後，看了記載，方知究竟。那女子的名字是馬金花，就是我當年把長根托給他的那個馬場主的女兒。」

卓長根氣憤地道：「爹，兩個小娃一定早已知道了。」他講了這一句之後，又對我道：「難怪她說已嫁過人，哼，這……真是從哪兒說起，你想想，她在醫院裡，對我這樣說，我怎麼會相信？」

那真是沒有人會相信的事，馬金花於是叫他自己來看，卓長根就來了，就遇上了他的父親。卓齒的樣子未曾變過，所以卓長根一看他就可以認得出來，父子兩人就在這裡重逢。

卓長根又道：「我見到了我爹，其餘九個人又全在昏睡，我勸他出去，他不肯，我自然得在這裡陪他，偏要你們大驚小怪，找個不了。」

卓長根這樣責備我們，真叫人啼笑皆非，我也不和他爭，卓齒望向卓長根：「你雖然是我的兒子，但也是世上的人，你能在這裡陪我多久？」

卓長根像賭氣的小孩子：「能陪多久就多久。」

卓齒長嘆一聲：「悠悠歲月，對我而言，無窮無盡，你陪我十年，又何濟於事？況且你不離去，搜尋就無一日停止——」

當他講到這裡，我已經明白他讓我們進來，把一切全講給我們聽的用意何在了。他要通過我們，叫卓長根離開。我立時會意地道：「是哪，卓老爺子你若是再不現身，你的手下，準備把整個地下王陵上面的土地全都掘起來，非把你找出來不可。」

卓長根怒道：「敢？」

我聳了聳肩：「有什麼不敢的？那時候，你自己不要緊，令尊和他的同伴卻十分麻煩。他們已過慣了這樣的生活，你又過不慣，父子離情也敘過了，何不就此算數？」

講到這裡，我壓低了聲音，笑道：「你不是外星人的雜種，還不值得高興？」

卓長根一拳向我打來：「去你的，你這小娃子，嘴裡就沒有一句好話。」

我舉起手來：「這裡的一切，我們兩人保證不對任何人說。」

卓長根悶哼一聲：「小白那裡也不說？」

我和白素互望了一眼：「不說。」

卓長根望著他父親，神情仍是依依不捨。卓齒怒道：「再不聽話，便是逆子。」

卓長根眼淚汪汪，突然跪下來，向他父親咚咚咚連叩了三個響頭，站了起來，一聲不發。

卓齒笑了一下，誰都可以看得出，他的笑容，也十分慘然。

看起來，卓長根雖然得到了一些遺傳，身體狀況和壽命比普通人好得多，但是他一直在老，現在看起來就是一個老人，當然不可能不死，這次分別，自然是永別，難怪卓齒也感到難過。

我本來想勸卓齒大可以和我們一起離去，可是繼而一想，他清醒的時候，自然不成問題，可是他一「冬眠」就幾十年，誰來照顧他？而且，唐朝時他已經覺得世界大異，如今世界上的生活，他如何適應？所以我遲疑了一下，還未曾開口，他已經十分莊嚴地道：「別像長根一樣勸我離開，我生爲大王之臣，如今能陪大王於地下，這是我畢生之榮幸。」

我自然更不想再說什麼了，卓齒，這個戰馬總監，他自然有他自己的想法，他要繼續維持他活俑的地位，誰能勸得他動？而且他早已說過，我們離去之後，他會把這條秘道毀去，另一條秘道在什麼地方，誰知道？卓長根再也無法進來了。

我呆了半晌，才道：「請讓我再瞻仰一下其餘八位古人的風範。」

卓齒點了點頭，我一間一間居室看過去，所有的人都蜷縮著，看起來，就像是昆蟲的蛹。

長生不老之藥，使他們一直可以活下去，但是絕大部分的時間，卻在「冬眠」狀態之中，這樣的長生不老，是不是値得人類去追求和嚮往呢？

我想答案或者還會各有不同，但我的答案是：無趣得緊。

卓齒帶著我們，循原路離開，那個牧馬坑之偉大，使人畢生難忘。

等到離開之後，我才跺足：「忘了看一看那些古籍。」

白素瞪了我一眼：「叫你讀馬教授的著作，你又不肯。」

我「啊」地一聲：「對，難怪她是古文學的權威，她的丈夫，就是秦朝人。」

卓長根又悶哼了一聲，我道：「你也不錯啊，父親是秦朝人。」卓長根一副哭笑不得的神情，我則由於心中所有疑團一掃而空，感到無比輕鬆，忍不住「哈哈」大笑起來。

卓齒用什麼方法把這條秘道封住，我也想不出來。不過我倒相信，不論如何發掘，至少再過幾百年或更久，或許永遠不能把這個地下王陵的真正情形，完全爲世人所知。

天亮之後，鮑士方駕車前來，當他看到卓長根的時候，幾乎連眼睛都突了出來，連聲問：「怎麼一回事？怎麼一回事？」

我望著他：「不必再問，連我的岳父我都不會說，何況是你。」

（完）

屍變

序言

「屍變」是用相當恐怖的氣氛，敘述一個外星人到了地球，混進了地球人之中生活的故事。這個外星人甚至在地球上娶妻生子，他的下一代，在知道自己竟是外星人和地球人的「雜種」之後，成了「最沒有希望的瘋子」。關於這一點，很多朋友有異議，認為可以使之醒來。最近的一個故事，就作了這樣一個安排。鄭保雲這個外星人混血兒，好像沒有多大的能力，比起日後若干年，「電王」這個故事中的兩個外星混血兒來，差之遠矣。

各種不同的遭遇，不同性格的外星人，一直是幻想小說的好題材，衛斯理故事中，已經有很多不同的外星人，將來一定還會有更多不同種類的出現。

倪匡

第一部：海上遇險見怪船

「屍變」是一件令人想起就不寒而慄的怪事，而這樣可怖的事，又和一個曲折的故事連在一起，那自然更引人入勝。在未曾敘述這故事之前，我必須說明幾點。

第一，這是一個很有恐怖意味的故事，但絕不是故作恐怖，聳人聽聞。

第二，屍變的傳說，古今中外都有，也許有人認爲屍變和科學，扯不上關係。但其實不然，在生物實驗室中，切下了青蛙的大腿，找出它的神經，用電去刺激它，青蛙的大腿，便會作跳躍的反射，這是任何中學生都知道的常識。而古今中外一切有關屍變的傳說，也和電有關，例如外國的傳說，雷電之夜，屍體會起來行走；中國的傳說是貓在死人身上走過（貓爪磨擦，產生靜電），便會屍變等等，這個故事中發生的屍變，和傳說中的略有不同，後文自有明敘。

第三，這只是一個「故事」，在故事中的一切，如果與某些事實有巧合之處，純屬偶然，再一次聲明：那只是一個故事！

如果這是一個「鬼故事」的話，那麼它的開始，和一般鬼故事卻不同，它不開始在風雨淒迷的午夜，而開始在一個風和日麗，陽光普照的下午。

仲秋時分，我性好活動，自然不肯躲在家中，一早就駕艇外出，駕的是那種有帆的小艇，只有我一個人，那種小艇在出海之後，可以不受任何塵世間的聲音所騷擾，可以使得自己的心靈，真正陶醉在大自然之中。

在中午時分，突然起了一大片烏雲，那一大片烏雲以極高的速度向著我蓋來，我的航海經驗雖然說不上如何豐富，但是一看到這樣的情形，也可以知道天要變了。最佳的應付辦法，是立即回去。於是我扯起了帆，開始的十五分鐘，還算順利，帆孕足了風，高速行駛，但是接著就刮起了旋風。同時，海面波濤洶湧，變成了一片暗灰色。

小帆船絕不適合在風浪中行駛，又沒有呼救的設備，旋風猛烈令得風帆被捲去了一半之後，船就開始在海中打起轉來，無法控制。

我只好用力地扳舵，帆艇向西飄去，約莫在半小時之後，我才有了獲救的希望。我看到遠遠有一艘船的影子，那船還離我十分遠，使我獲得可以得救的信念是，我的帆艇，這時正向著那船飄去。

當我才一發現那一艘船的時候，我只看出那是一艘船，但那究竟是甚麼樣的船，我卻看不清楚。

但在又過了二十分鐘之後，那船的輪廓，便已漸漸明朗了，那是一艘古色古香的典型中國帆船！

現在有許多人，喜歡將豪華遊艇的外型，裝飾成中國式帆船，它的桅杆上帆是落下來的，但它仍在前進，速度十分快，我們已漸漸地接近，我開始大叫。

當我開始大叫時，暴雨已然灑下，我全身在半分鐘之內，便已濕透，而烏雲也已遮沒整個天空，當然，波浪更加洶湧了！

我叫了沒有多久，那船上的人便已注意到了我，他們先向我指指點點，接著，便有人冒雨走上甲板，來到船舷上望著我，我的小帆艇距離他們只有七八碼了，我大聲叫道：「我遇險了，請你們救我！」那船上有幾個身形十分粗壯的人，看來像是水手，他們其實不必聽到我的叫喚，也可以知道我遇險了，他們之中的兩個，抬起了一盤纜繩，用力一拋，向我拋了過來，同時叫道：「接住它！」

他們拋出的繩子，繩頭「拍」地一聲，打在我的小帆艇上，我連忙伏下身，將繩子先在我的小帆艇上繞了幾繞，綁住了我的帆艇，那船上那幾個水手在合力拉著，我的小帆艇和那船迅速地接近，終於靠在一起。

我拉著繩子，向上爬去，船上的水手也在叱喝著，替我出力，不消多久，我的雙手已然攀住那艘船的船舷，只消一聳身，就可以上船了。

可是，也就在此際，只見一個人從船艙中走了出來，厲聲喝道：「你們在做甚麼？」

當我的雙手一攀上船舷之際，已有五六隻手伸過來拉我，那一下呼喝聲傳了出來，那幾隻伸出來的手，立時縮了回去。

我抬起頭來，首先看到那四五個水手，像是做錯了事的小孩子一樣，一動也不動地站著，雨水灑在他們黝黑的臉上，而他們臉上的神情，都十分尷尬。

我也看到了那個發出極之嚴厲的呼喝聲的人。

那是一個中年人，他穿著一件黑膠雨衣，他的面色，十分蒼白，甚至可以說，是接近灰白色的。他有一個十分瘦削的臉，和一雙比常人來得大而向外突出的雙眼，是以給人以一種十分陰森之感。

我不知道他是甚麼人，但是從他厲聲一喝，那些水手便一點也不敢動這一點來看，那人可能是一位十分嚴厲的船長。他那雙眼也正瞪著我，然後，他又大喝了一聲，道：「你們在幹甚麼？」

那四五個水手中的一個，戰戰兢兢地道：「我……我們發現了一艘小艇，艇上的人在求救，是以我們拋繩子給他，將他救上船來……」

那水手的話，可以說一點也沒有講錯，可是那傢伙卻像這個水手做了甚麼天大的錯事一樣，直衝到了他的面前，「呸」地一聲：「放你的狗屁，你爲甚麼自作主張，你問過我麼？」

看到那人這樣的態度在責備那水手，我的心中也不禁大是有氣。雖然，那船或者是他的，而我也正要他收留，但是在海上航行的人都知道，搭救在海上遇難的人，實在可以說是一項義不容辭的任務，他實在不必作威作福，我也不必卑躬膝曲。

我雙臂一發力，上半身便已越過了船舷，接著，我再一聳身，便已上了甲板，我大聲道：「先生，水手並沒有做錯甚麼，你不必那樣責備他們！」

我的話才一出口，那人倏地轉過身來。我從來也未曾看到一個人的神情如此之緊張，如此之充滿了戒備的神態的，那人這時的體態神情，我實在想不到適當的形容詞來形容他。

我只好用較囉嗦的字句來形容他，他那時的情形，就像是我登上船的目的，是來搶他的愛妻一樣，或者，他的神情像是他是一塊極好草地的保護人，而我是一頭闖進草地來的野豬！

他的神態是如此之異特，是以令得我也呆住了！

他一轉過身來之後，雙手緊緊地握著拳，用極其尖銳的聲音叫道：「你是甚麼人？你爲甚麼登上我的船？將他趕下去，你們全站著幹甚麼，將他趕下去！」

他最後的幾句話，是呼喝水手將我趕下去的，那幾個水手顯然不想執行他的命令，但是卻又不敢明顯地違反他，是以懶洋洋地向前走來。

這時候，我的心情可想而知：當你不幸在海上遇到風暴，而你所搭乘的又是一艘毫無抵抗風暴能力的小帆艇，那已夠糟糕的了；有幸你遇到了一艘船，可是船上人竟不講理到這種程度，竟要命人將你趕下海去，你會有甚麼感覺呢？老實說，我是啼笑皆非的，我盡量抑遏著自已心中的怒意，也盡量使我的聲音聽來心平氣和，我沉聲道：「先生，我遇到了風暴，而你的船正在海中央，我想你不是要看我掉在海中淹死吧！」

那人的橫蠻和不講理到了沒有人性的地步，他揮著手，發瘋也似地跳著，叫著：

「那是你的事，而這是我的船，你滾，滾下我的船！」

他的手指直指著大海，他竟要我在那樣的情形下，滾下大海去！

我的一生之中，稀奇古怪的人，見過不知多少，可是我卻還是第一次見到那樣的人，這時候，我心中的怒意反倒沒有了，我只感到好笑！同時，我對那人，也生出了一股憐憫之意來，因為那人的言語和行動，分明證明他是一個心理和神經都有問題的人。

我側過頭去，去問那幾個水手：「船上還有甚麼人沒有？難道只有他一個人麼？」

可是那幾個水手還未及回答我的問題，那人已然向我疾撞了過來，他那一撞，來得突然之極，而且撞擊的力道，也著實不輕！

我被他一撞，甲板上又滑，不由自主，退開了五六步，幾乎就此跌下大海去，可是我立時一躍向前，一伸手便執住了他的衣領！

如果是早幾年，我的脾氣不好的時候，那傢伙一定要飽嚐我的老拳，但現在，我的脾氣畢竟已好了許多了！

所以，我一抓住了那人的胸前衣服，我便想到，那是他的船，我登上他的船，首先是我的不是，他有權不喜歡我。我立時又放開了手：「我必須留在你的船上等暴風過去，我想，你總不致於堅持要我離開你的船的，是不？」

「不行，不行！」那人叫了起來：「絕對不行，你必須立時離開！」

我苦笑了一下，那人實在是不可理喻，而我實在又想不出如何才能使他答應讓我留在他船上。而就在這時候，我只聽得船艙之內，傳來了一個老婦人的聲音，發了一句話。那老婦人所發的，是中國福建北部山區，一種十分冷門的方言。

我對各地的方言，都素有研究，所以我聽出那老婦人在叫道：「阿保，外面吵甚麼？」

那人立時用同樣的方言回答道：「阿母，有一個人上了我們的船，他還硬要留在我們的船上，我正在趕他下去，我一定要趕他下去！」

我笑了一笑，也用同樣的方言叫道：「阿婆，你的兒子想要我在海中淹死啦，救人一命勝造七級浮屠，他要害人命啦！」

我學那種方言，雖然不能學得十足像，但是也有八九成，那人突然一呆，顯然他絕料不到我竟然會講他們家鄉的語言。

而艙內的那老婦人也呆了一呆，然後道：「阿保，是自己人啦，問他是哪一村的人啦！」我心中更覺得好笑，向前走去，我想到船艙中去和那老婦人說過明白，可是我才走出了兩步，那人又攔住了我的去路，大喝道：「你想做甚麼？阿母，他不是我們的人，他是外鄉人！」

船艙中那老婦人卻講道理，她道：「阿保，外鄉人也好，自己人也好，這麼大風雨，就讓他在我們的船上避避風雨好啦！」

那人面上的神色更加難看了，他連忙叫道：「那怎麼行？阿母，你忘了我們的船上——」

他講到這裏，陡地想起我是懂得他們的方言，是以立時向我望來，住口不言，面上的神色，難看到了極點。這時，我的心中，也疑惑之極！

那人堅持不許我上船，我早知道一定是有原因的。但是我卻不知道那是甚麼原因。如今，從那人講了一半的話中，我卻有點端倪了。

我可以猜得到，那人堅決不讓我留在他的船上，最主要的原因，是因爲他的船上，有著甚麼不能讓我看到的神秘東西！

我心中立即問自己：那不能讓我看到的東西是甚麼？是鴉片？是軍械？還是其

它的走私品？毫無疑問，那一定是非法的，見不得人的。要不然，何以那人一定要將我趕下海去呢？

我倏地伸手，抓住了那人的手腕，冷笑著：「這是一艘走私船，是不是？」

那人勃然大怒，罵道：「放你的狗屁，你當我是甚麼人？我叫鄭保雲，你將我當作甚麼人了？」

我陡地一呆，抓住他手腕的手，也不由自主鬆了開來。那被我當作是神經漢，一定要將我趕下海去，不許我在他船上的人，竟然是鄭保雲！

鄭保雲的本身，或者還不十分出名，但是他的父親，卻是舉世聞名，他父親在亞洲各地，經營著好幾項事業，全是這幾項事業的頂峰人物，他的父親是世界著名的富翁之一，那是絕無疑問的事情。當然，創業的老頭子已經死了，現在的富翁，正是我眼前那面色蒼白的人：鄭保雲！

我對於鄭保雲這個人，並不是十分熟悉，但是卻聽說過不少有關他的傳說，據說他從小就被送到美國去讀書，他讀書的成績非常好，有好幾個博士的頭銜，在他父親過世之後，他就接管了他父親的一切事業。我所知道的，只不過如此而已。

如果他是鄭保雲的話，那麼在他的船上，見不得人的東西，自然不是甚麼私貨，而是另有別情。

我鬆開了他的手，他還在喘著氣發怒，我沉聲道：「對不起，鄭先生，我聽過你的名字，我也絕不願追究在你船上，見不得人的東西是甚麼，我只不過想避過這一場風雨而已！」鄭保雲當我提到「見不得人的東西」之際，他面上的神色又變了一變。

鄭保雲道：「你不能在我的船上，你回你自己的小艇去，那小艇既然附在我的船上，那就絕不會翻轉，這是我最大的容忍了！」

這時候，風雨正劇，而我的小帆艇上，根本沒有甚麼可以遮掩的東西！比起要趕我下海，雖然好些，但是卻也好不了多少。

我忙道：「那個——」

可是我才講了兩個字，鄭保雲已大聲叫道：「你私自登上了我的船，我完全有權將你趕下海去，我的水手絕不會對外人洩露！」

我冷冷地道：「你說得對，以你的財勢而論，的確可以胡作非爲，謝謝你准許我的小艇，附在你的大船之旁，但是我可以知道你的船是向何處航行的麼？」

鄭保雲一定是一個極其敏感的人，要不然，就是有甚麼事在使得他特別敏感。是以他一聽得我那樣問他，又跳了起來：「那不關你的事，風平浪靜之後，你立即離開我的船！」

我怒道：「如果那時候，船正在太平洋之中呢？」

「那是你的事，我管不著。」

我忍住了一肚子氣，我已下定了決心要報復，是以我當時並不說甚麼，只是道：「你說得是，我明白了，沒有你，我已經淹死了！」

他狠狠地道：「你明白這一點就好，快下去！快下去！」他用雙手趕著我，我反正已打定了主意，是以並不反抗，跨出了船舷，順著繩子，又回到了我的小帆艇之上。

那時，風雨越來越大了，我一到了小艇上，聽不到他的聲音，但是卻還可以看到他在指手劃腳；他一定是在吩咐著水手監視著我，不許我爬上來。

然後，他在甲板上消失了。

我在小帆艇上，浪頭一個接一個蓋上來，風雨又十分大，我一生之中，從來也沒有遇過那樣狼狽的處境。但是總算好，我的小艇不致於傾覆。而風浪雖然大，鄭保雲的船，卻隨著浪頭的起伏，在海中平穩地航行著。他那艘船一定有著了不起的龍骨和超特的機器！

那船雖然不大，然而毫無疑問，它是適合在大海之中航行的。

我將自己的身子縮成一團，用帶子將自己固定在船桅上，我也已然決定，鄭保雲那樣對付我，我一定要將他那見不得人的秘密揭穿，作爲報復。

當然，我要弄明白他那絕不想給人知的是甚麼秘密，就必須登上那艘船。不錯，我正準備那樣做，但我還需忍耐些時候。我相信現在，不但甲板上的水手在監視著我，鄭保雲也一定在監視著我。

我要等到天色黑的時候再行動，在這樣的風雨之中，天色一黑，一定甚麼也看不到，我要爬上船去，鄭保雲也難以對付我了。

我心中設想了很多可能，去想像鄭保雲船上不想被人知的是甚麼東西，但是卻一點頭緒也沒有。

風雨之際，天色黑得特別快，很快地，我便看不見甲板上的人了。我看不到甲板上的人，甲板上的人自然也看不到我了！我趁著巨風稍弱的時候，深吸了一口氣，攀著繩子，向大船上攀去。

不消多久，我雙手已然抓住船舷了，我慢慢探出頭去，向甲板上看。

只見兩個水手，穿著黑色雨衣，在甲板之上，縮成了一團，我正在考慮如何對付他們兩人之際，卻聽得他們講起話來。

左邊的那個嘆著氣：「小艇上的那人，不知怎樣了？唉，算他不夠運！」

另一個則道：「看來他像是很強健，希望他可以捱得住，我看風雨明天就要過去了！」

那一個又道：「風雨過去了也不是辦法啊，那時我們在大海中，他一艘小艇，甚麼時候，才能夠飄到岸上，還不是一樣死？」

另一個則道：「我看，鄭先生或者會准他的小艇，拖在大船之後，一齊到馬尼拉去的。」

那一個「哼」地一聲，道：「不用想！」

另一個也不再出聲，他們兩人將身子縮得更緊，顯然他們在甲板上受風雨襲擊的滋味，也不會好受，比我也好不了多少！

從這兩個水手的對話之中，我至少知道了兩件事。第一，這艘船，是到菲律賓去的，目的地是馬尼拉。第二，在大船上，我的敵人只是鄭保雲一人，船上的水手，都同情我。尤其是第二點，對我來說，十分重要，因爲那對改善我的環境，和我想追究鄭保雲的秘密，十分有幫助，至少，我可以不必用武力對付那兩個水手了。

我又等了一會，雙手用力一按，身子打橫一滾，便已滾上了甲板。

我的身子才在甲板上滾了兩下，那兩個水手便已然一齊站了起來，我也連忙一躍而起。這時，風浪仍然十分大，是以我們三個人的身形，其實都是站立不穩，在不斷搖晃著的。

我忙壓低了聲音：「兩位，請你們別張聲，我在下面實在忍不住了。巨浪不斷向我撞來，如果我不爬上來的話，我一定會死了！」

那兩個水手著急道：「可是，如果船主知道你在船上，我們也不得了啊！」

我完全相信他們兩人所講的是實情，我立時問道：「你們可知道，這船上有著甚麼古怪，以致他堅決不肯讓我上船？」

那水手道：「不知道，我不知道！」

我又問道：「船到甚麼地方去過，去作甚麼？」

一個水手道：「船到鄭先生的家鄉去過，接鄭先生的老娘，和將鄭先生阿爸的靈柩，運到菲律賓去安葬。」

我從他們的話中，立時想到了一點，那靈柩可能有蹊蹺。靈柩之中，是不是有甚麼見不得人的東西呢？這倒要好好查究一下。

我又問：「鄭先生的父親死了多久？」回答是：「我們不知道。」

我想了一想：「我要進船艙去看看，你們別出聲，我會十分小心，不讓船主知道的，就算被他發覺了，我也決不會牽涉你們兩人的！」

那兩個水手無可奈何地點了點頭，我站起身子來，向前走著，我並不從日間鄭保雲出來的那個門中進去，而是摸到了船尾，我走得十分小心，因爲在風雨中，我隨時可能掉下海去。

來到了近船尾的一扇門前，我握住了門柄，旋了一旋，門已可打開來了，我迅速一推，閃身而入，又立時將門關上。

雖然那只是極短的時間，但是狂風依然從門中，捲了進來，我聽得「砰」地一聲，像是吹倒了甚麼東西。

我背靠門站著，心中十分緊張。

但等了好久，我並沒有聽到甚麼別的聲響，水手多半都睡了，機器聲均勻地響著，在駕駛艙中大概還有人，而我現在，是在甚麼地方呢？

我閉上眼睛一會，使之習慣黑暗，從前面一扇門的門縫中射出來的光芒，已可以使我約略看清楚眼前的情形了，那是相當大的一個艙。雖然這艘船的動力部分，是第一流科學技術的結晶，但是它的裝飾部分，卻是極度古老的。

這時，我看到了兩張八仙桌，並放在一起。在靠艙壁之處，似乎還供著一個祖先的神位，在神位前，是幾隻香爐。圍著八仙桌的，是幾張椅子。靠著另一邊艙壁的，也是椅子和茶几、全是酸枝木鑲雲石的舊式傢俬。

我看清楚了這個艙中沒有人，膽子更大了不少。而我才從風雨中來，一進了這個艙中，像是已到了溫暖、安全的另一個天地一樣。

我吸了一口氣，抹去了我臉上的水珠，小心地向前走著，但是我只向前走了兩步，便發現我的鞋中因為積水太多，而在走動之際，發出「滋滋」聲來，是以我又停了下來，除去了我的鞋子。

也就在這時，我聽得「砰」地一聲響，像是有人打開了門，重又關上似的。

我趕緊閃了一閃，緊貼著艙壁而立，然後，我卻又聽不到甚麼了。

大約等了一分鐘，我便聽得有人講話的聲音，一個人道：「鄭先生，我從來也未曾駕駛過那樣好的船，你看，風速計上的速度是每小時三十浬，但是船卻穩得就像在平靜的湖面上行駛一樣！」

接著，便是鄭保雲的聲音：「很好，速度還可以提高一些麼？」

「我來設法，鄭先生，我一定設法。」

「對了，你必須設法，只要比預定的時間早到，即使是早到一分鐘，你們就可以得到獎金，早到的時間越多，獎金就越高！」

「是的，我們一定盡力，鄭先生，聽說有人想上船來？是不是？」

鄭保雲的聲音十分粗：「你們不必管別的事，只要使船如何駛得更快就可以了，知道了嗎？」

接著，至少有兩個人齊聲道：「知道了！」

第二部：化敵為友有事相求

他們雙方的對話，我聽得很淸楚，而且可想而知，和鄭保雲在講話的人，一定是船上的駕駛人員。

但是，聽了他們的對話之後，卻又有一個疑問，升上了我的心頭：爲甚麼鄭保雲要那樣急速到馬尼拉呢？如果他們有甚麼急事的話，那麼他應該搭飛機，而不應該搭船。

由此可見，他並不是想他自己急於到達目的地。必須儘快到達目的地的，是另外的東西，是在這艘船上的，是不便用飛機運載的！

我想到了這裏，仍然是茫無頭緒，而就在這時，突然「卡」地一聲，那扇門縫中有光線透出來的門，突然被打了開來！

我也立即看到，鄭保雲已從這扇打開的門中，向外走了出來！這一切，實在是來得太突然了，突然得我根本來不及去躲避！

在那一剎那間，我沒有別的辦法可想，只好用背脊緊緊地貼在艙壁上，希望因爲黑暗和我緊貼著艙壁，使得鄭保雲不注意我。

鄭保雲一走出來，就關上了那扇門，那使得我放心了一些，因爲這樣一來，艙中十分黑暗，他發現我的可能，就少了許多了！

我屏住氣息，一動也不敢動，只見鄭保雲穿著一件睡袍，慢慢地走到了八仙桌旁，在八仙桌旁的凳子上，坐了下來。

他雖然背對著我，但是我心中卻在不斷地禱念，希望他快一些離去。因爲我連氣也不敢出，動也不敢動，那樣站著，連我自己也不知可以堅持多久。

而如果我略動一動的話，那麼，我一定會被他覺察，那我的處境就十分不妙了，在大怒之下，他可能將我拋下海去！

但是鄭保雲坐了下來之後，卻全然沒有離去的意思，他手撐著頭，也一動不動地坐著。從他那種坐著不動的姿勢來看，可以看出他完全陷入了沉思之中。

他究竟在想甚麼呢？他是一個億萬富翁，在這個有錢可使鬼推磨的世界裏，他有著甚麼煩惱呢？

照說，他是不會有甚麼煩惱的，但是事實上，煩惱卻正深深地困擾著他，任何人都可以看得出這一點！

時間慢慢的過去，足足有十分鐘之久，他仍然一動也不動地坐著！

他可以一動也不動地坐著，而我卻支持不住了，或許是由於我從風雨之中，突然來到了這個船艙中的緣故，又或許是因爲我忍住了呼吸太久了，是以我的喉嚨中，漸漸覺得癢了起來。

開始的時候，那種癢還可以忍受，但是它卻越來越甚，而且又是癢在喉嚨中，絕不是我伸手能夠搔得到的。我開始左右搖擺頭頸，但是沒有用，我又用手按住喉嚨，但是癢得更甚。

到我實在沒有法子忍受的時候，我逼不得已，在喉間發動了幾下「咯咯」聲來，我還希望外面的風雨聲會將這幾下輕微的聲音遮掩過去，也希望正在沉思中的鄭保雲聽不到那幾下聲響。

可是，就在我的喉間，發出那幾下聲響之際，鄭保雲倏地轉過了身來，望定了我！

在那樣的情形下，我除了仍然僵立著之外，一點別的辦法也沒有，我看到鄭保雲的身子，猛地一震，接著我聽到他「颼」地吸進了一口氣。

通常，人只有極度驚駭的情形下，才會吸下那樣深一口氣的，但是鄭保雲看到了我，吃驚的應該是我，他爲甚麼要害怕呢？所以我想，他大概是想不到忽然會見到一個人，是以才如此的。

而鄭保雲的驚恐，還在持續著，他已然站了起來，他的一隻手按在八仙桌上，他的身子在簌簌地發著抖！

我實在想不透鄭保雲看到我之後，爲甚麼會如此害怕，這條船是他的，在海上，他的話就等於是法律，而事實上，他只要叫一聲的話，至少有兩個人，是可以在幾秒鐘之內趕來幫他的。他的處境是如此有利，那麼，他在發現有一個黑影之後，何必如此吃驚呢？

當然，我沒有將心中的疑問向他提出來，因爲我的心中和他一樣吃驚，我並不是沒有急智的人，但是在如今那樣尷尬的情形之下，我卻不知怎樣才好？雖然是在黑暗之中，我絕看不到鄭保雲的臉面（當然鄭保雲也看不到我的臉），但是我卻可以感到，他正在盯著我（我相信他也可以感到我在盯著他）。

我們兩人就這樣對峙著，不知道過了多久，只覺得背脊上陣陣發麻。

我知道那樣僵持下去，實在不是辦法，我必須打破這個僵局，或者可以令得他不暴跳如雷，每一個人對自己的家鄉話，總有一份親切感的。

於是我開口道：「請你原諒——」

但是我只講了四個字，便住了口。因爲我才一開口，便發現我因爲過度的驚懼，喉嚨發乾，是以我發出來的聲音，十分乾澀難聽，根本聽不清我是講些甚麼，只不過可以聽出那種鄉下話的特重尾音而已。

我停了下來之後，是準備嚥一口口水，再來講過的。可是，不等我第二次開口，我就看到鄭保雲的身子，突然向下軟了下來。

他軟下來的那種動作，十分異特，就像是他全身的骨頭忽然消失了一樣！

身子突然那樣軟了下來，唯一的可能，便是這個人已然昏了過去。我同時也聽到了他發出了一下呻吟聲，這令得我更是奇怪，我的驚恐消失，因爲鄭保雲竟昏了過去！

鄭保雲的突然昏厥，對我來說太突然了，當我趕到他身邊的時候，他碰到了一張椅子，發出了砰的一聲響。

我雙手插入他的脅下，將他的身子抬了起來。也就在這時，艙門被打了開來。當然，那是那張椅子跌倒的聲音，驚動了駕駛艙中的兩個人，門一打開，一個人便向外走來，那人才跨出門一步，便大聲喝道：「你是誰，你在這裏作甚麼？」

我回頭瞪了他一眼：「先別理會我是誰，鄭保雲昏過去了，有白蘭地麼？」

那人更是驚惶失措：「有……有威士忌……」

我已將鄭保雲抬上了八仙桌，令他的身子平趴在桌上，道：「一樣，著亮燈，快拿酒來。」

那人慌慌張張地著亮了燈，向駕駛艙中叫了幾聲，又奔了進去，拿出了一瓶威士忌來。

而我在這短短的半分鐘內，早已趁機打量了鄭保雲一下，不錯，現在躺在八仙桌上的正是兇神惡煞也似，要將我趕下大海去的鄭保雲。

這時，他仍然未曾醒轉來，臉色蒼白，我敢說我從來也未曾看到過有一個活人而有著如此難看的臉色的。

我用力拍著他的面頰。他的頭部，隨著我的拍動，而左右轉動著。我旋開瓶塞，抬起了他的下頦，將瓶中的威士忌向他口中倒去。

鄭保雲立時猛烈地嗆咳了，他的身子，也隨著他的嗆咳而抽搐。

一分鐘之後，他坐了起來，手仍撐在桌面上，他雙眼睜得老大，但是我仍然懷疑他究竟是不是看得清眼前的東西，因爲他的目光，是如此之散亂。

他面上的神情，驚駭絕倫的，先是他的喉際，發出「咕咕」的聲響來，終於，他開了口，自他的口中，吐出了一句話來，他叫道：「天，他……他竟會講話了，他……走出來了！」

這句話，不但我聽了莫名其妙，連在我身邊的那個人，也莫名其妙，因爲我聽了鄭保雲的那句話之後，我立時轉過頭向那人看去，只見那人的臉上，也是一片茫然之色。

我還沒有說甚麼，便聽得那人道：「鄭先生，你怎麼了？你爲甚麼昏了過去？」

鄭保雲大口大口地喘著氣，抬起頭來，緊緊地抓住了那人的肩頭，上氣不接下氣地道：「你，你可曾看到甚麼？」

那人反問道：「看到甚麼？沒有啊，鄭先生，你看到了甚麼？」

鄭保雲的身子，又發起抖來，我想笑，但是卻又怕激怒了鄭保雲，因爲鄭保雲害怕成那樣，只不過是看到了我而已！

這時候，我更可以肯定，鄭保雲的而且確，神經不很正常，至少他患有極度的神經衰弱。而我也感到我非出聲不可了，因爲只有我出聲，說明他剛才看到的是我，才會消除他的恐懼。

是以我道：「鄭先生，剛才在黑暗中的是我！」

鄭保雲似乎根本不知道我在一旁，是以我一開口，他又嚇了一大跳，立時轉過身來，用他慘白的臉對著我。那張臉上，起先只有驚恐，但漸漸地，驚恐已經化爲憤怒，他伸手指著我，但過不多久，他便不再指著我，而緊緊地捏著拳頭，向我衝了過來。

我並不準備還手，因爲我早已看出，他那一拳，就算擊中了我，也不會有甚麼力道，而他卻可以得到不少好處，讓他打我幾拳，不但他的怒氣，可以得到消失，可能他的恐懼，也會消散。

鄭保雲衝到了我的面前，拳如雨下，我只是側頭避開了他向我面門的攻擊，並不避開他打向我身上的拳頭，他足足打了我十七八拳，才停了下來，喘著氣。

我向他笑了一笑：「鄭先生，聽說你得過好幾項博士的頭銜，你的學問或者非常高，但是打人顯然不是你的本行！」

鄭保雲仍然狠狠地望著我，我攤了攤手，心平氣和地道：「鄭先生，如果我們全是有知識的人，那麼我們間的爭執，應該結束了。」

鄭保雲又吼叫了起來：「你這個流氓，滾下我的船去，我要打死你！」

他再度揚起了拳頭，當然，他的拳頭是絕不可能打死我的，我伸手握住了他的手腕。

我已經讓他打了十七八拳，他依然不知進退，雖然他並沒有打痛我，但是我的怒氣，卻被他打得激了上來，我一握住他的手腕之後，左手倏地揚了起來，「叭」地一聲，清脆玲瓏，在他的臉上摑了一掌！

這可能是鄭保雲有生以來，第一次被人掌摑，是以當我打了他一掌，右手一鬆，將他推開了幾步之際，他完全呆住了！

他怔怔地站著，望著我。我那一掌，也打得著實不輕，在他蒼白的臉上，留下了五道指印。

另外一個人也嚇呆了，張大了口，不知說甚麼才好。我又踏前一步，伸手指著鄭保雲的鼻子大聲喝道：「我告訴你，我必須留在這艘船上，直到風雨過去，我不管你船上有著甚麼不可告人的秘密，還是有著甚麼見不得人的東西，我必須留在船上！」

鄭保雲的面色變得鐵青，他的手在發抖著，我只看到他的手突然伸進了衣袋之中，然後，他的手伸了出來，我已清楚地看到，他手中一柄小手槍，已對準了我！

我陡地吸了一口氣，望著那柄小手槍的槍口，那槍口像是一條毒蛇一樣瞪著我。

那是我完全意料不到的事，我身子略退了退，鄭保雲的喉間，發出了一下異樣的聲音，像是在咆哮一樣，我勉力鎮定心神：「鄭保雲，你不敢開槍的，你若是開槍，你逃不過法律的制裁！」

鄭保雲喉間的那種怪聲更甚了，我看到他的手指漸漸扣緊，我的身子猛地向下一蹲，已準備一個打滾，向前直衝過去。

但是我整個人的動作，自然及不上他一隻手指的動作來得快，就在我身形向下一蹲之間，我看到他已將槍機扳向後了！

我在那一剎間，全身變得僵硬，蹲在地上，一動也不能動。但是，卻並沒有槍彈自槍中射出來，而我立即發覺，鄭保雲是忘記扳下保險掣了！

他顯然是不慣於用槍的人，要不然，絕不會在如今這樣的情形之下，發生那樣錯誤，而那自然是我千載難逢的機會。

我一躍而起，向他撲了過去，可是我才撲出了一步，鄭保雲慌忙後退，他的身子，撞在一張八仙桌上，令得他向下倒了下去，我正待再撲過去，將手上的手槍，奪了下來之際，便聽得一個人叫道：「衛先生，衛斯理先生，你怎麼會在這裏的？」

我聽到了有人叫我，但是我卻不能去看清楚在叫我的是甚麼人，因爲鄭保雲的槍仍然對著我，所以我先趕前一步，一腳踢在鄭保雲的右腕之上。

那一腳，將鄭保雲的手指，踢得鬆開，他手中的槍也滑出了兩三碼，我忙撲過去，將槍搶在手中，這才抬起頭來，向前打量。

那叫我的人，站在駕駛艙的門口，他是一個五十歲左右的中年人，頭頂半禿，看他粗糙的雙手，就可以知道他是一個機匠。我覺得他十分臉熟，但是卻又想不起在甚麼地方見過他！

那中年人臉上的神情，十分難以形容，又是高興，又是驚訝，他搖著手：「別打架，衛先生，別打架，這位是我的船主，鄭保雲先生！」

我冷冷地向鄭保雲望了一眼，只見他已然站了起來。我道：「我早知他是誰了。」

那中年人奇道：「是麼？那你們怎麼會起衝突的呢？鄭先生早幾天還在問我，因爲他聽說我認識你，他說有一件十分疑難的事，要請你來幫忙，一齊解決，怎麼你們會打起來的？」

我聽了那中年人的話，只覺得好笑：「是麼？他有事要找我？可是我要上他的船來避風雨，他卻要將我趕下海去！」

我聽得鄭保雲喘起氣來，他的聲音變得十分異樣：「那是，那是……我不知道你是衛斯理！」

那中年人愕然：「鄭先生，原來你不知他是誰？他就是衛斯理，我的表親老蔡，是他們家的老管家，所以我見過他！」

我向他笑了笑，道：「原來你是老蔡的表親！」

那中年人連連點頭：「是，我姓鄧，我的母親的表姐，就是老蔡三叔的小姨。」

我忍不住笑了出來，這算是一門甚麼樣的親戚，只怕要用計算機才能算得清楚。

我道：「那很好，我回去見到老蔡，一定說在這裏見過你。」

他又轉向鄭保雲：「鄭先生，現在你們認識了，你不會再趕他下海去了吧？」

鄭保雲面上，被我摑出來約五道指印仍然在。他在回答那個問題之前，先伸手在臉上摸了一下才道：「當然不，衛先生，很對不起。」

我想不到剎那之間，鄭保雲的態度，竟變得如此之好。從我剛一見到他起，他可以說是一個十足的瘋子，直到此際，他才像是一個受過高等教育的人！

我也忙答道：「哪裏，是我騷擾了你，這是你的槍，剛才，幸而你忘了打開保險掣！」

我將槍還給了他，他苦笑著，接了過來：「衛先生，請你先去洗一個澡，換一身乾衣服，然後，我有一件事，想請你幫助。」

忽然之間，我變成上賓了。而這件事，可能和他的秘密有關，是以我點頭道：「好的，請你帶路。」

鄭保雲帶著我，穿過了駕駛艙，來到了他的臥艙之中，我才一跨了進去，便呆了半晌，我完全沒有在船上的感覺，因為船艙太寬大了。

我進了他的臥艙附屬的浴室，在裏面痛痛快快地洗了一個熱水澡，換上了鄭保雲的絲質睡衣，踏著厚厚的地氈，走了出來。

鄭保雲立時將一杯酒遞到我的手中，單聞聞那股酒香，就可以知道那是陳年白蘭地。

他對我的態度，和要將我趕下海的時候相比，自然是不可同日而語，只見他一拉手，道：「請坐，請坐，衛先生！」

我也老實不客氣地在一張十分舒服的沙發上坐了下來，而且，我還蹺起了腳，擱在另一張坐墊之上，然後，我才喝了一口酒：「鄭先生，多謝你的招待，受人招待，與人消災，究竟你有甚麼事，只管說好了！」

鄭保雲十分為難地笑著，他一定不是一個十分痛快的人，因為我已然叫他不論有甚麼為難的事，只管說出來，可是他卻仍然說不出口，支吾了好一會，他才講了一句話：「這件事，和我父親有關。」

我心中怔了一怔，和他父親有關的？他父親已經死了，人也已經死了，還有甚麼事情是不能了結的，要他來擔心？

但是我心中儘管覺得奇怪，我卻沒有問他。他在講了那句話之後，又好一會不出聲，我也不去催他。現在我很舒服，也不會那麼快就到目的地，有的是時間，他喜歡支支吾吾，就讓他去支吾好了。

講起話來喜歡支支吾吾的人，全是這種脾氣，你越是催他，他講得越是慢，索性不催他，他倒反而一五一十講出來了。我看著他，只見他大口地吞了一口酒，臉上也因之稍為有了一點血色，然後又聽得他道：「我父親，是三年前故世的。」

我的忍耐力再好，到這時候，也忍不住頂了他一句：「鄭先生，令尊在三年前故世的，這一點，全世界都知道。」

鄭保雲苦笑著，搔著頭：「是，這我知道，唉，我實在不知道該如何說才好，我想，只有請你自己去看一看，你才會明白。」

我不禁愕然：「要我去看甚麼？」

要我去看一看，這話本是鄭保雲說的，但是當我反問他要我去看甚麼之際，他卻又答不上來了，他隔過頭去，並不正面回答我的問題，卻道：「衛先生，請你答應我，我帶你去看的……你看到的一切，不論在甚麼情形下，你都不能講給任何人聽！」

這傢伙真是不痛快之極，我給了他一個釘子碰：「如果你以爲我會見人便說，那麼，請你別帶我去看好了。」

鄭保雲嘆了一口氣，有點無可奈何地道：「好了，請你跟我來！」說著，他便站了起來。他站起來，自然要帶我去看看他希望我看到的東西！可是，他站了起來之後的動作，卻令得我驚訝不止。他本來是坐在一張沙發上的，當他站了起來之後，他首先推開了那張沙發。然後，他再將地氈揭了起來，揭開了三呎見方的一塊。

然後，他走開幾步，在艙壁上，移開了一張油畫。我看到那油畫後面，有一個鈕掣。

他伸手在那個鈕掣之上，按了一下，被揭開地氈的那處，艙板已無聲地向旁滑去，出現了一個洞。

這一切全是我預料之外的，因爲那和鄭保雲的身份，十分不合！

在鄭保雲的船上，爲甚麼要有這樣一個秘密的艙房呢？這個秘密的艙房，他是用來放甚麼的？那不問可知，是極其秘密的東西！

但是，他爲甚麼又要向我展示如此秘密的東西呢？

我的心中充滿了好奇，是以我立時站了起來，其時，鄭保雲的神情，再度呈現極端的緊張，他的身子在發著抖，他向前走出了兩步：「我要你看的，就在這個底艙中，我和你一起……」

可是，他講到這裏，卻突然改變了主意，向後退了兩步：「不，你還是自己下去看好了，我……我實在不想再看。」

我望著他，如果這一切，全是一個陷阱，是誘我進那底艙去想加害我的話，那麼，鄭保雲的「演技」，可以稱是天下第一。

所以，我不相信那是鄭保雲的陰謀，我肯定鄭保雲所說的是實話，他的確不願再進底艙去，在底艙中的東西，一定十分可怕！

當我想到這一點的時候，我向那洞口望了一眼，洞口下黑沉沉的，令我也起了一股不寒而慄的感覺。我問道：「好的，我一個人下去。」

他拉開了一隻抽屜，取出了一柄鑰匙給我：「這是鑰匙，下去之後，你必須打開一道門，看完請你立即上來，我要和你討論這件事。」

我的心中充滿了疑惑，接過了那柄鑰匙，他的手是冰冷而顫抖的，一接過了鑰匙，我立時向洞口走去。有一道梯子，可以邁向底艙，我順著梯子向下走了下去。

當我在向下走下去之際，我可以聽到鄭保雲的哭聲，他一面在哭，一面還在喃喃地道：「我不要再見到他，我真的不想再見到他！」

我來到了梯子的盡頭，憑著上面照射下來的燈光，找到了電燈開關，我開亮了電燈，看到我的前面有一道門，門上是有鎖的。

我立時將那柄鑰匙插進鎖孔中去，轉了一轉，「拍」地一聲，鎖已打開，我推門進去，一股霉味，撲鼻而來。

第三部：棺材裏伸出手來

門內又是一片漆黑，我又伸手在門邊上摸了摸，摸到了電燈開關，將開關按下，眼前立時大放光明，我看到那間底艙並不十分大，霉腐的臭味更甚，可以說是密不通風。

那底艙根本不是要來住人的，尤其是在如此豪華的一艘船上！

但是，電燈一亮之後，我卻看到，在艙中有一張床，而床上躺著一個人！

就在我著亮燈的一剎間，躺在那板床上的人，直坐了起來望著我。

在那片刻之間，我心中的憤怒，實在是難以形容的，鄭保雲這個畜牲，竟敢將一個老人，像豬一樣地困在這樣的地方，他自以爲自己是甚麼人？

當時，我只是一眼看出，那躺在板床上的是一個老年人，而當我定睛再向老人看去之際，我心中的怒火，上升了六七倍！

那張板床上一無所有，就是一塊木板，而更令得人忍無可忍的是，在那木板上有兩個孔，有一道帶子，穿過了那兩個孔，纏住了那老人的足踝，將那老人的雙足，固定在木板之上，令得他只能欠身坐起來，而不能離開木板半步！

這是駭人聽聞的虐待！

我先忍不住大叫了一聲：「鄭保雲！」

然後，我直向前衝了過去，到了那張板床近前，因爲我心中發著怒，所以我不由自主喘著氣，我道：「老伯，你不必怕，我立時設法放你，你……是誰將你那樣鎖在這裏的，我一定也照樣將他鎖起來！」

那老人卻並不出聲，只是坐著不動，他的雙眼，甚至也不是望向我。

我是個感情相當容易衝動的人，但是我畢竟也經歷過許多稀奇古怪的經歷，那可以調和我性格的衝動。是以，這時當我覺出，事情好像有一點不對頭，我在板床之前，略呆了一呆。

接著，我走出了幾步，和板床上的那老人，正面相對。仔細向那老人打量了一下。我直到這時，才仔細地看清楚了那老人的臉面。

而當我看清了那老人臉面之際，我像是全身都浸在冰水之中一樣，感到了一股極度的寒意！

我從來未曾見過一個如此可怕的人！

這個老人，像是畢生都是在納粹集中營中度過的一樣，他的臉上一點肉也沒有，臘也似的黃皮膚，包在骨上，他雙眼深陷，眼珠直向前望著，眼珠是灰白色的，定著，一動也不動，那種灰白色，是實質的灰白，是以我可以斷定，他看不見東西。

我又注意到他的頭髮十分長，長得和他那種皮包骨頭的臉容，絕不相稱的地步！

而當我呆了半晌之後，我的憤怒比剛才更甚！

那老人所受的折磨，一定遠比鎖在這個密不透風的底艙之中更甚！

我實在無法抑壓我的怒意了，我轉過身，衝了出去，手足並用，攀上了梯子，一躍而上，我看到鄭保雲正背對著我，在爲他自己斟酒。

我大踏步來到了他的背後，用力伸手，壓在他的肩頭之上，他立時吃驚地轉過頭來，我也就勢抓住了他的衣領，我提起了他的衣領，令得他只能足尖點地，然後，我結結實實地罵道：「鄭保雲，你是個豬狗不如的畜牲！」

本來，我一面罵他，一面還想就勢打上他幾巴掌的，但是他卻立時叫了起來，道：「你做甚麼？你可是已經看到他了？」

我聽他還敢這樣問我，揚起的手放了下來：「我自然看到他了，只有畜牲才會那樣對待一個老人，你就是那畜牲，是不是？」

鄭保雲喘著氣：「你在說甚麼？你真看到了他？他……又動了？」

我大聲道：「是的，你以爲你已將他折磨死了？」

鄭保雲發出了一陣呻吟聲來，若不是我抓住他衣領的話，他的身子是一定站不直的，而我正樂於看到他跌倒，是以我鬆開了手。

他的身子向後倒去，軟癱在一張沙發上，他不住喘著氣：「好，你已看到了，我問你，你……可有甚麼辦法？」我厲聲道：「我的想法已然說過了，你是畜牲！」

鄭保雲坐起了身子，大口地飲了一口酒，因爲他的身子在發著抖，是以酒順著他的口角，流了下來，他也不去抹拭：「衛先生，你也看到他了，你也看到他動了，如果我告訴你，他是個已死了三年的人，你會相信麼？」

我呆了一呆，一時之間，我幾乎以爲自己聽錯了，是以我立時反問道：「你說甚麼？」

「我說，如果我告訴你，那是一個已死了三年的人，你會相信麼？」

這一次，我自然聽清楚了，但是我立時冷笑道：「鄭保雲，如果你以爲說上幾句無聊的話，就可以逃避你的罪行，那你太天真了！」

鄭保雲搖頭道：「你不明白，你完全不明白，他，他就是我的父親！」

鄭保雲的最後一句話，是充滿了痛苦的神情叫嚷了出來的，我陡地一震，腦中也亂到了極點。

我自然不信底艙中的那個老人，是一個已經死了三年的人。因爲我著亮電燈時，看見他從板床上彎身坐了起來。但是鄭保雲卻說那老人是他父親。

如果那老人是鄭保雲父親的話，那麼，他自然已死了三年了，鄭保雲的父親是舉世聞名的富豪，三年前他去世，是全世界都知道的事！

如果鄭保雲是在說謊，那麼這樣的謊話，實在也太嫌拙劣！那老者又不是遠在天邊，他就在下面的底艙之中，我隨時可以下去問個明白。

是以，我冷笑著：「如果你以爲一些拙劣的謊言，就可以騙過我，那麼，我想我們之間沒有甚麼好說的了！」

「我不是說謊話，」鄭保雲連忙否認，同時，他臉上現出十分痛苦的神情來：

「我要找你，就是爲了這件事，我聽說過你和許多稀奇古怪的事有關，但是……但是只怕你也未曾經歷過這樣的怪事！」

他仍然堅持他所說的是實話！

而我是實在沒有法子接受他這個說法的，因爲如果我接受了他這個說法，那麼我便必須接受另一個事實，那便是：一個死了三年的人，會在我開燈的時候，突然從一張板床上坐了起來！

而當我想到這一點的時候，我本來應該立即反駁鄭保雲的話。可是，不知怎的，我腦中突然生出一個十分異特的想法，那個在底艙中的老者，可能是真的死人！因爲他的神情面貌，實在是太沒有生氣了！

所以，我呆了一呆，並沒有立即出聲。

鄭保雲喘了一口氣：「你如果聽我說下去，你就會明白！」

我的身子挺了一挺，吸進了一口氣，又喝了一大口酒，竭力想將剛才所想到的那個念頭驅走，因爲剛才的那念頭實在太可怕了，一個死了三年的人，還會動？那實在太無稽了！

是以我認定了鄭保雲，一定是在掩飾他的某種罪行，在他如此虐待那老者的背後，一定還另外有著更大的罪惡！

是以，我立時道：「我可以聽你敘述全部的事，但是你首先必須將那個老者從下面那個底艙中放出來，結束你的罪行！」

我的話，是十分正常的要求，是任何人在看到了底艙的那個老者之後，都會提出來的。

但是我那個正常的要求，在鄭保雲聽來，卻像是聽到了世界上最可怕的話一樣，他從沙發上跳了起來，雙手亂搖：「不能，不能，萬萬不能！」

我冷笑著：「那麼我們之間，就沒有甚麼可說的了！」

鄭保雲搖著頭：「你知道剛才我在黑暗之中見到了你，爲甚麼會那樣害怕？我……我就是以爲他……走出來了！」

鄭保雲顯然是猶有餘悸，是以他講到這裏，身子又不住發起抖來。

我道：「因爲你犯了罪，受到了良心的責備，才感到害怕，由此可知你對自己所犯的罪行，還有羞恥之感，你還是——」

我正想再進一步地勸說他改過自新，可是他不等我講完，便已大叫了起來：「我沒有犯罪！」

我也大聲道：「你沒有犯罪，你為甚麼將一個老者關在狗籠不如的底艙之中，還將他的雙足，鎖了起來，你說，是為了甚麼？」

鄭保雲還未及回答我的問題，便聽得一扇門的一面，又傳來了那老婦人的聲音，問道：「阿保，你在和誰說話，不要和人爭吵！」

鄭保雲看來對母親十分順從，他雖然仍怒目瞪著我，但是卻已變了聲調，他騙他的母親道：「阿母，我沒有和誰吵架，我在聽收音機，我將聲音收小啦！」

那老婦人又叮囑了幾句，但是卻沒有再多說甚麼。鄭保雲來到了我的面前：「我沒有犯罪，我首先要你明白那一點，我可以告訴你，任何人在我那樣的情形之下，都會那樣做的。」

我正想開口，鄭保雲一揚手，打斷了我的話頭：「他是我的父親，他是三年前已然死去了的，你可以下去仔細地檢查他，看他是活人還是死人！」

我望著他冷笑，他一定是個瘋子。我想，這是根本不用多爭辯的事，那老者當然不是一個死人，我轉過身，衝下了底艙，那老者仍然坐在板床上。

我大聲道：「老伯，你別怕，我先放你下來！」

我用力拉著縛住了他雙足的帶子，鄭保雲在上面急叫道：「你別胡來，你可知道自己在作甚麼？」

當他急叫的時候，我已然「拍」地一聲，將帶子拉斷了，我道：「我自然知道我在做甚麼，我先將他放開來，好證明他是你所說的『死人』！」

我才講到這裏，那老者已斜著身，下了板床，站了起來，他站在我的身邊，伸出一隻手來，搭在我的肩頭上。我正準備去扶他，可是鄭保雲卻也走了下來，只聽得他又叫道：「衛斯理，看老天爺份上，別讓他碰到你，你快設法擺脫他！」

他的情狀是如此之可怖，他的聲調是那樣的急促，他那種想過來又不敢過來的樣子，確實使我相信，我在十分危險的情形之下！

這時，我想，那老者可能是一個神經失常的人，我一面想，一面回過頭去，看了一下。

那老者就站在我的身邊，我一回過頭去，就和他打了一個照面，我們兩人的距離極近，身子和身子，相隔還不到三吋。

就在那時候，我也不禁打了一個寒顫，那實在是太可怕了，那老者的臉，不但沒有一絲生氣，而且，我完全覺不到他在呼吸，他的臉是冰涼的！

而這時候，他搭在我肩頭上的五隻手指，已在漸漸地收緊。

我低頭向他的手看去，那簡直是五根枯枝，可是它們在收緊時所發出的力道，卻如此之大，令得我的肩頭，感到一陣疼痛！

而且，它們還在繼續收緊，像是要將那五根枯柴也似的手指，完全擠進我的肩頭中去。我是一個對中國武術有著極深造詣的人，我肌肉迸上了氣，一個壯漢未必能令我生痛！

可是，一個那樣枯瘦的老者，卻有那麼大的力道，在那片刻之間，我的心中，也突然升起了一股詭異之極的感覺來，我忙道：「老伯，你做甚麼？」

在我問出那一句話之際，我聽得鄭保雲發出了一下可怕的呻吟聲來。但是在那樣的情形之下，我已不及去注意鄭保雲了，我必須將那老者的手掙脫！

我轉過頭去，身子微微一側，同時，我的手，也疾加在那老者的手腕之上。

我是準備抓住了那老者的手腕之後，將他的手，自我的肩頭上移了開去的。可是當我一抓住了他的手腕之際，我全身突然一震！

我很難形容我當時的感覺，那種感覺，就像是在全然不提防的情形下，突然觸了電一樣！

那老者的手是冰涼的，當我的手指一碰到他的手腕的時候，那股寒意，便像是電流一樣地流遍我的全身，而當我的手指，緊握了他的手腕之際，我更不由自主，也發出了一下可怕的呻吟聲來！

那老者的手腕上，根本沒有脈搏！

那是一個死人！

我感到肩頭上的疼痛，越來越甚，我的手雖然已緊緊地握住了那老者的手腕，但是我卻無力將之移開，我全身的力道，不知去了何處。

我的頭頸，在那剎間，也變得僵硬了，總算我還能在頭頸徹底僵硬之時，轉過頭去，打量那老者。然而我在那樣的情形之下，轉過了頭去，實在比不轉過頭去更糟！

我一轉過頭去之後，便再度和那老者正面相對，我又一次地感到，那老者沒有呼吸！

沒有呼吸，沒有脈搏，那麼，那當然是一個死人！但是這個「死人」，卻從板床上站了起來，他竟然會行動，那麼，他是甚麼，他是僵屍，我被僵屍抓住了肩頭！

我實在沒有法子不大力呻吟，我經歷過不知多少怪異的事情，但是被僵屍抓住了肩頭，那卻是不但未曾經歷過，而且連想也未曾想到過的事！

人的想像力不論多麼豐富，但是都脫不了生命的範疇，人死了，也就甚麼都沒有了。可是如今，一個死人，卻抓住了我的肩頭，這是超乎生命範疇以外的事，這種事給我的恐懼感覺，難以形容，我除了張大口，發出可怕的呻吟聲之外，根本沒有法子做別的事，我甚至混亂到了以爲我一定死在僵屍的手中了！

那一段時間——自我發現了那老者沒有呼吸，沒有脈搏開始——大約只有半分鐘，但是那半分鐘的時間，在我的感覺上，卻像是經歷了一個世紀！

突然之間，我聽得鄭保雲發出了一聲怪叫，我還不及定過神向他看去間，他已然向前直衝了過來，重重地撞在我的身上。

那一撞，令我的身子，向後疾倒了下去，也令得我昏亂的神智，突然清醒，我在地上，一個翻身，用力一扯那老者的手腕。只聽得「嗤」地一聲響，令得那老者的手，離開了我的肩頭。

但是，那老者的五指是握得如此之緊，是以當他的手離開我的肩頭之際，將我的肩頭上的衣服，抓下了一大片來。我的肩頭上，仍然十分疼痛，但是我總算已擺脫了他，我手在地上一按，一個打挺，跳了起來，來到了搖搖欲墜的鄭保雲身邊。

我們兩人靠在一起站著，剎那之間，也不知道是他扶住了我，還是我扶住了他。

我向前看去，只見那老者也跌倒在艙板上，他的上身筆挺，雙腿也很直，正在以一種十分奇異的姿勢，晃晃悠悠地站立起來。

我比鄭保雲早恢復鎮定些，一看到老者又站了起來，我連忙拉著鄭保雲，奪門而出，「砰」地一聲，將底艙的門關上。

我們兩人，都不約而同地靠著梯子，喘著氣，我們又聽到被關上了門的底艙之中，發出幾下「砰砰」的聲響，接著，便又靜了下來。

而鄭保雲的鎮靜也恢復了，他望著我苦笑，我也報以苦笑，然後他道：「你相信我的話了?」

他的話，在剛才，我在底艙之中，已確實毫無保留地相信。可是此際，我在極度的驚愕和恐懼之中清醒了過來，我究竟是受過嚴格科學訓練的人，而科學告訴我們，生命結束，人也就完了，絕沒有一個沒有生命的人，可以和有生命的人一樣行動的!

雖然剛才的一切，全是我親身經歷的，但是我這時卻仍不免對之發生懷疑，所以，我並沒有回答鄭保雲的話，只是望著那扇門。

我深深地吸了一口氣，才道:「我還要再對他作詳細的檢查!」

鄭保雲的聲音，變得十分尖銳:「你還不相信他是一個死人?」

「是的，我相信。」我回答著:「但是，請問，一個沒有生命的人，為甚麼會活動?」

鄭保雲苦笑著，道:「這個問題，我已然問了自己千百遍了，我答不上來，而我更進一步地問自己，生命是甚麼?生命來無影，去無蹤，看不見，摸不到，它究竟是甚麼?為甚麼有它的時候，一個人就是活人，而同樣是一個人，如果作最科學的解剖，可以發現其實甚麼也沒有少，只不過少了根本看不到的生命，他就變成了死人？」

我的腦中本來就夠亂的了，給鄭保雲一問，更加亂了許多，我不斷地搖著頭：「你問的是一個十分玄的問題，如果你有興趣的話，我們不妨慢慢來研究，可是如今，如今……我們先得弄清楚，他……究竟是不是一個死人！」

「當然他是死人，他死亡的時候，有第一流的醫生簽署的死亡證明！」鄭保雲回答著。

「第一流醫生也可能犯錯誤的。」我望著他。

「是的，或者第一流的醫生也會犯錯誤，可是，他曾被埋在地下，三年之久，三年！」

我道：「土地有可能透空氣，棺木……」

我的話還未曾講完，鄭保雲已然道：「那只不過是千萬分之一的可能，而且就算可能，難道一個人可以三年不吃食物麼？而事實上，這三年之中，他根本接觸不到空氣的。」

定。」

「為甚麼？」我對鄭保雲如此之肯定，也不無疑惑：「為甚麼你說得如此肯定。」

鄭保雲停了片刻：「這是我父親的主意，他在遺囑上面寫到，他不能避免死亡，那是無可奈何的事，但是他卻要在死亡之後，使他的身體不腐爛，他要我無論如何替他做到這一點。」

我揚了揚眉，仍然不明白：「那又怎樣？」

「所以，他的棺材是特鑄的，是不銹鋼的——」

我打斷了他的話：「那沒有甚麼稀奇，以你們的財力而論，就算是金棺材、銀棺材，也沒有甚麼！」

「是的，我還沒有說完，我說那副棺材的奇特之處，是當他的遺體放進了棺材之後，經過特殊的手續，將裏面的空氣，完全抽了出來。」鄭保雲頓了一頓：「屍體一直是在真空狀態之中！」

我呆了片刻，這樣的埋葬法，聞所未聞，也只有財力雄厚的鄭家才想得出來。

這時我知道了鄭保雲的父親，是在那樣的情形之下殮葬的，但是仍然未曾解決我心中的疑問，而我心中的疑問實在太多，多得我不知從何問起才好。

我瞪著眼望著他，他也望著我，最後還是我先問他：「那麼，這一切，又是怎樣發生的呢？」

我一面說著，一面向底艙下面，指了一指。

鄭保雲苦笑著，他的笑聲是如此之苦澀，令得聽到的人，感到說不出來的不舒服，他心中的難過，自然可想而知。我拿起酒瓶來，在他的杯中，又斟了半杯酒，他一口吞了下去，才道：「葬了三年之後，我母親說，樹高千丈，葉落歸根，她要回家鄉去了。她要回去，我也沒有法子反對，可是，她卻一定要帶著我父親的靈柩，一齊回去！」

我皺起眉頭聽著，這樣的事，發生在一個老婦人的身上，倒也不是甚麼稀奇的事。我只是問道：「那麼以後又怎麼樣呢？」

「我當時竭力反對，因為我的父親葬得十分好，但是我母親卻十分固執，衛先生，我相信你一定知道，老婦人固執起來，是不可理喻的，我自然也拗不過她，於是便將棺材自地下起了出來。」

鄭保雲講到這裏，又喝了一口酒：「那時，我一面在造一艘船，就是現在我們所在的這艘，那是我準備用來先送我母親回原籍的，因爲她不肯搭飛機。那天，我剛在承造的船廠督工，忽然我們家的兩個老家人，慌慌張張地來找我，告訴我說，棺材已從地穴中起出來了，可是棺材之中，卻有聲音發出來。」

我問道：「起棺木的時候，你不在場？」

「是的，因爲我始終反對這件事，我是特地避開的，我聽得那兩個老家人那樣說法，立時趕了回去，我父親是葬在我們自己家的後園中的，當我趕到的時候，氣氛實在惡劣之極了！」

鄭保雲皺起了眉，嘆了一聲，續道：「很多人圍在一邊，不知所措地站著，我母親伏在棺材上，號啕大哭，旁邊另外還有六七個老婦人，正在七嘴八舌地勸著她，有的還在亂出主意，說甚麼驚動了我父親，是以我的父親不歡喜啦。有的說，要請高僧再來超度啦，我趕到之後，真恨不得將那些老婦人一齊用木棒趕走，總算她們對我多少有一點忌憚，是以都停了口。」

「我的母親還在哭著，我走到她的身邊，十分不耐煩地問道：『阿母，甚麼事？』我母親哭得更大聲了，她一面哭，一面道：『阿保，是我不好啦，我不聽你的話，一定要動他的棺材，他怒我啦！』」

鄭保雲學著她母親的聲調。他知道我聽得懂他們家鄉的方言，是以那一段話，他全是用他們家鄉的土語說出來的。我自然不必他詳細解釋，就可以知道，像他那樣一個受過高深教育的人，在當時那種情形下，心中對那些人的反感。

我問道：「那麼，你怎麼說呢？」

鄭保雲道：「我自然很怒，我說：『阿母，阿爸怒你，你怎知道？』我母親說：『阿保，你阿爹剛才在棺材裏蹬腳，發出老大聲響來啦！』我實在忍不住了，從身邊一個力伕手中，奪下了一根竹槓來，用力在棺材上敲了幾下，道：『蹬腳，蹬腳啦！』」

鄭保雲嘆了一聲道：「我當時也不知道爲甚麼會有那樣衝動的，你知道，我在歐洲和美國住了很久，看到我的家人仍然那樣愚昧，我實在很氣憤。我那突如其來的行動，將別人全都嚇呆了，我母親也止住了哭聲，所有的人望著我，一齊靜了下來。」

我忙道：「在那時候，棺材中有聲音傳了出來？」

「不是，棺材中並沒有聲音，只不過我那時，心中突然起了一種十分奇異的感覺，我不願意再多逗留在棺材的旁邊，所以我走開了。當天晚上，棺材被放在大廳，我母親哭拜了很久，到深夜才去休息，我卻睡不著，信步來到了大廳上。我和我父親的感情不是十分好，因爲我們見面的時候很少，但是我對下午那種魯莽的行動，卻也感到十分抱歉，是以我在他的棺材前停了片刻——」

鄭保雲講到這裏，連我也爲之緊張起來。他吸了一口氣：「就在那時候，我聽得敲擊的聲音，從棺材中傳了出來，像是棺材中有人在用力搥敲。在午夜的寂靜之中，那種聲音，我可以聽得十分淸楚，而且可以肯定，發自棺材裏面，我當時的驚駭，實在是難以言喻的，我竟不由自主地叫道：『阿爸，阿爸，你想要甚麼？』」

鄭保雲講到這裏，又苦笑了一下：「衛先生，希望你不要笑我，我是一個受過高深教育的人，但是在那樣的情形下，我卻自然而然那樣叫了出來，因爲我心中實在太驚恐了。」

我忙道：「我不會笑你，你既然肯定聲響是從棺材中發出來的，那自然難免驚恐。」

我在那樣回答他的時候，我的心中也不禁起了一種十分異樣的感覺，連我的聲音，也有點走樣。

鄭保雲卻將我的話當作了十分有力的安慰，連聲道：「謝謝你，真的謝謝你，當時，我實在是害怕極了，我像是被雷殛了，不知呆立了多久，那時，除了我一個人之外，並沒有第二個人，然而那種撞擊聲和爬搔聲，卻不斷從棺材之中，傳了出來，我不知道自己呆立了多久，最後我決定把棺材打開來！」

我忙道：「不對啊，鄭先生，剛才你說，棺材是不銹鋼鑄的，而且，裏面的空氣全被抽去，那麼，你一個人怎能將棺材蓋打開來？」

「我當然不是說將棺材蓋掀開，棺材是用十多個螺絲上緊著，要打開來，得很費一點手續，那棺材是特別設計的，在側邊，有一處地方，是有一個圓孔的。那圓孔約有四吋直徑，是抽氣時用的，有一個蓋子，可以旋開來，那是準備先讓空氣進去，才好打開棺木來的，我那時，就是想旋開這隻蓋子。」

我的身子向前欠了一欠，道：「你……旋開來了？」

「是的，我旋開來了，那蓋子十分緊，但我還是將之旋開來了，當那蓋子最後將被旋開之際，似乎有一股極大的力道在向外頂，突然之間，嘡地一聲響，那蓋子跌倒在地上，一隻拳頭，就從那圓孔中直伸了出來，由於我站得離棺木十分近，是以當拳頭伸出來的時候，我……我給那拳頭，在肚子上打了一拳，令到我倒退出了幾步，跌倒在地上！」

鄭保雲講到這裏，他的神態看來也已經和僵屍相差無幾了，他續道：「那時，我也不知從哪裏來的勇氣，自地上一骨碌翻身，站了起來。在一剎那間，我還以爲那拳頭會從棺材中疾伸出來，一定是空氣疾湧了進去，在原來的真空的棺材中，產生了一股十分急喘的氣流，是以將那隻手帶出來之故。」

我忙道：「是啊，是啊，那十分可能！」

鄭保雲搖著頭：「但是我立即知道不是了，那是我父親的手，手腕上還帶著他下葬時所戴的玉鐲，整個小手臂全在那圓孔之外，上下搖著，五指也伸屈著，像是想握到一些甚麼東西。我看到了這種情形，實在不知怎麼才好，我突然間跪了下來，叫著阿爹，大哭了起來！」

第四部：來歷不明的奇人

鄭保雲的喉間，發出了一陣異聲，好一會，他才恢復了鎮定：「我的哭叫聲驚動了別人，當我聽得腳步聲從四面八方傳來時，我的神智清醒了些，我再定睛看去，那隻手卻已從那圓孔中縮回去了，我連忙在地上拾起那蓋子來，匆匆忙忙旋了上去。」

「我才一將蓋子旋上去，就有好幾個僕人衝了進來，接著，我母親也來了，他們全是被我的哭叫聲驚醒過來的，也不知有多少人，七嘴八舌地向我問是甚麼事情，我卻甚麼也沒有說。那時，我以爲是我眼花了，那一定是我神經恍惚的結果。我只是告訴他們，因爲我懷念死去的父親，所以當我又看到了他的靈柩之際，我便不由自主，哭叫了起來。」

「我的話，他們也全信了，我立時回到了自己的房間中，將自己鎖了起來，你可想而知，那天晚上，我一夜未曾合過眼。」

我默默地點了點頭，任何人遇上了那樣的情形，都會一夜合不上眼的，何況我可以斷定，就算這件事沒有發生之前，鄭保雲一定也是一個十分神經質的人，那麼這種事對他的打擊自然更大！

我問道：「以後又怎樣呢？」

「在這一夜中，我翻來覆去地想著，希望我剛才聽到的和看到的，全是幻覺。但是，我想來想去，那全是事實，而絕不是我的幻覺。」

「我自己不斷地問自己：我該怎麼辦？我的父親，已死去了三年，但是他卻在棺材中發出聲響，而且，他的一隻手，還從棺材中伸了出來。他的身體，絲毫也未曾腐爛，他復活，還是根本沒有死？那一夜之中，我思緒亂到了極點，最後終於下了決定，要打開棺材來瞧瞧，但卻秘密進行！」

「第二天，我下令我要獨自對著靈柩，追思我的父親。本來，連母親都不要她在一旁，但是她卻堅持和我在一起。於是，只有我們兩個人，我不得不將我昨晚上看到的事講給我母親聽，出乎意料之外，我母親非單不驚恐，而且十分高興，她說我阿爹生前最喜歡行善，一定是感動了上蒼，玉皇大帝下令給地藏王，令阿爹復活還陽了！」

「我給她那種話弄得啼笑皆非，我著手旋開所有的螺絲，最後，我慢慢地揭開了棺蓋。」

「我母親早已緊張地準備著，準備我一揭開了棺蓋之後，她就撲上去。但是當我揭開了棺蓋之後，她卻是向前踏出了一步，便站定了。」

「當時，我們看到的情形，和你剛才第一次下底艙時見到的情形相同。我爹在棺材之中，突然坐了起來。只不過當時，你以為我囚禁了一個老人，而我們卻清楚地知道，他是一個已死了三年的死人！」

鄭保雲喘著氣：「而且，我們望著他，我立即肯定他仍是一個死人，雖然他坐了起來，雖然他身子完整，但是他仍是一個死了三年的死人，我記得當時我叫了一聲，道：『阿母，阿爹不是復活，他還是一個死人！』我母親整個人呆若木雞，她不斷地喃喃地重複著兩個字，我聽了很久，才聽得她在講的是『屍變』兩字！」

鄭保雲講到這裏，又停了下來。

艙中也立時靜了下來，這時風雨一定小得多了，因為我坐在沙發上，幾乎一點也覺不出船身在搖盪，我呆了好一會，才道：「屍變？」

鄭保雲點頭道：「是的，屍變，那是我們家鄉的一種傳說，說人死了之後，如果下葬之際，恰好碰到了大雷雨，或者有……黑貓在屍身之上跳過、爬過，那麼，屍體就會變成僵屍了。」

我苦笑著：「那不單是你們家鄉的傳說，只怕是每一個鄉村都盛傳著的傳說，我們小時候，全都聽過僵屍的駭人故事。」

鄭保雲沉默了半晌，才又道：「衛先生，你認爲那有科學根據？」

「當然沒有，」我立時搖頭：「人死了，那就表示他的呼吸停止了，血液不再循環了，億萬個細胞都死了，不能再活動了——」

我是大聲地在回答著他的問題的，可是我只講了一半，便停了下來，因爲我越是試圖用科學的觀點來解釋生和死的問題，便越是發現，在生和死的秘奧上，我們的科學家所作的努力，實在少得可憐！

譬如說，人死了，血液不再循環，呼吸不再持續，細胞自然也失去了生命力，是死去的細胞。可是，只要屍體不腐爛的話，頭髮和指甲，便都能繼續不斷地生長，這樣的例子我們見得太多了。爲甚麼頭髮和指甲的細胞，能夠在全然沒有生命的支持下，繼續生長下去，延續達幾年之久才停止活動？

而且，我無法講下去的另一個原因是，鄭保雲的父親就在底艙之中，他實實在在，是一個死人，但是他的身子未曾腐爛，他也能夠行動，看來，在他身上死亡的，只是腦細胞，而其他部分的細胞，還保持著活動，那麼，這又是甚麼樣的特殊情形呢？

所以，我無法不將講到一半的話停了下來。我呆了半晌，才道：「忘掉我剛才的話，我認爲這是現代貧乏的科學知識，還不能作出完滿答覆的問題之一。」鄭保雲顯然對我這樣的回答，感到十分欣慰，我又道：「請你再講下去，剛才你講到你移開了棺蓋，他突然坐了起來。」

鄭保雲深吸了一口氣：「是的，他突然坐了起來，我僵立著，在那片刻間，我心中的感覺，實在難以複述，過了很久，他仍然坐著，我才想到，我應該叫他一聲，可是直到那時，我張大了口，喉間發不出一點聲音來，而在那時候，他竟跳出棺材來。我當時所能做的事，就是拉了我的母親，逃了出去。」

「我們逃出了客廳，我母親幾乎昏了過去，我在定下神來之後，竭力安慰著她，我聽得大廳中有許多下撞擊的聲音傳了出來。我在僕人中找了四個最可靠而又孔武有力的，向他們講明了這情形，並且許以重金，警告他們絕不能將這件事講給任何人聽。」

「我們再走進去，看到他站在大廳中心，撞倒了好幾張椅子，他的手抓在一張椅子的椅柄之上，抓得椅柄發出『格格』的聲音，我們合力將他弄進了棺材，又蓋好了棺蓋。當天晚上，我和我母親商量好久，她只是哭，甚麼主意也沒有，而我，已用一副聽診器聽過他的胸口，而且，可以肯定他沒有呼吸，他是一個死人，我提議仍然將棺材蓋密封，將他葬下去，但是我母親卻不同意，她說：『阿保，你怎能生葬你阿爸，他會走路啦！』」

鄭保雲攤開了雙手：「的確，我雖然肯定他是死人，但是他卻會活動，要我硬起心腸來，當作普通的死人那樣葬了他，我也硬不出這個心腸來，於是我們仍然照原來的計畫進行，將他送回原籍去！」

「第二天，我到造船廠改變船隻的設計，加多了一個由我的睡艙中，由秘密通道才能到達的底艙，到船造好的那天，由那四個僕人，將他從棺材中移了出來，他沒有動作時，完全是一個死人，但是當他有動作時，力道卻大得驚人，他曾拗斷了那四個僕人其中一個的臂骨！」

對於鄭保雲所說的這一點，我並不表示懷疑，因爲我就幾乎被「他」的五隻手指，將我的肩頭抓得生疼！

鄭保雲道：「所以，我只好將他鎖在板床上，他根本不會吃東西，也沒有任何排洩，我發現他對光線有特殊的反應，而在黑暗中，他也會不斷地踢床板，搥床板。你說，衛先生，我船上有那麼可怕的……」

他遲疑了一下，仍不知道應該將他的父親稱爲「可怕的」甚麼才好，是以他苦笑了一下，才道：「我自然不肯讓一個陌生人上船來！」

我點了點頭，表示他對我開始的那種粗暴，我已完全原諒了他。

他又道：「而當我在黑暗之中，忽然看到你的時候，我還以爲他掙斷了束縛，走了出來，而且我還聽到你講話，我還以爲他會開口了！」

這時，我已經對事情的經過完全明白了，我也明白了爲甚麼他在黑暗中，一見我便昏了過去，而在他醒來之後，他喃喃地說「他竟會講話」，原來他是將我當作了那可怕的僵屍！

我將他對我所作的敘述，迅速地再想了一遍。由於我的而且確，已經看到了那個可怕的「活死人」在先，是以我對他的敘述，沒有懷疑的餘地。

我呆了許久才道：「你是想將他運回原籍去落葬的，何以忽然又改變了計畫？」

「我在快到目的地之時，才改變計畫的，我忽然想到，像他那樣的情形，我們在才一遇到的時候，自然是驚惶失措，駭然欲絕，但是如果我們在冷靜下來之後，我們就可以感到，那實在是一個科學研究上，極有價值的課題，我想留著他作研究。」

我皺起了雙眉，不錯，鄭保雲說得對，那的確是極其值得研究的事，我感到我對鄭保雲的估計，犯了錯誤，他的神經質，是因為不平凡的遭遇而來的，他本身還不失為一個冷靜的人。

他伸手在我的肩頭上拍了一拍：「我聽過你的許多傳說，所以我才想起來找你，我以為這種研究，自然秘密進行，而你，正是我進行秘密研究的最好伙伴，你同意麼？」如果鄭保雲的話，是一種邀請的話，那麼我實在無法拒絕這個邀請。

我是一個好奇心極重的人，我自然想知道，爲甚麼一個死了三年之久，在這三年中，一點空氣也接觸不到的死人，竟然還保持著活動的能力！

我立時點頭：「好的，我參加你的研究，也一定替你保守秘密。」

鄭保雲聽了我最後一句話，十分高興地點了點頭，我那時，的確是真正替他守秘密的，但現在我終於又將這件事寫了出來，那是因爲這件事發展下去，出現了我和他兩人都萬萬意料不到的結果之故。

當時，鄭保雲站了起來：「我已將一切經過對你說了，可是我看你的神情，仍不免有點懷疑，你可要再徹底去檢查一下？」

鄭保雲的話，正道中了我的心事，我立時道：「好的，你有聽診器？」

鄭保雲拉開了一隻抽屜，取出了一隻聽診器給我，我接了過來，然後，我在他的肩頭之上拍了拍：「鄭先生，我們既然將令尊當作科學研究的課題，那我們都不必再害怕，是不是？」

他點頭道：「不錯，而且，我們也不必當他是我的父親，我們要肯定的是，我父親已然死了，而他，只不過是……是……」

他像是十分難以講下去，我接口道：「他只不過是一具屍體而已。」

「是的。」鄭保雲立時表示同意。

我拿著聽診器，和他一齊又向底艙中走去，到了底艙的那扇門，我略為停了一停。剛才我曾叫鄭保雲不要害怕，但那實在也是我自己壯膽的說法。我絕不是膽子小的人，可是現在我所接觸到的事，和人的生命的秘奧有關；我是人，是以自然也因之而產生出一股極度的神秘之感。

這種神秘之感，是一令人想到了這件事，就會不寒而慄。

我回頭向鄭保雲看了一眼，他顯然和我有同感，我慢慢地推開門，將門推開了幾吋，向內望去，我看到他直挺挺地站著。

我深深地吸了一口氣，慢慢地走了進去，向「他」接近，我必須在他字上加引號，是因為他這個字，習慣上是用來代表一個人的，而「他」是不是人？很難肯定。

當我向「他」接近之際，「他」沒有甚麼反應，一直直挺挺地站著不動。而在我來到了離「他」只有三四呎之際，「他」忽然有了反應，「他」的身子向上，跳動了一下。

不知是爲了甚麼緣故，「他」的那種跳動，使我聯想到了碎紙在靜電作用下的那種跳動。

我連忙站定身子，「他」也靜了下來。我向後退，「他」沒有反應。而當我又向前走去的時候，「他」又跳動了一下。我轉過頭來：「你看，『他』不但對光線有反應，有人接近『他』，也有特殊的反應！」

鄭保雲點了點頭：「是，你小心些。」

我又踏前了一步，離得「他」更近了，「他」的雙臂動了起來，我將聽診器的兩端，塞入耳中，將另一端，按向「他」心臟的部位。

聽診器才一接觸到「他」的胸口，「他」的手臂，突然揚了起來，「他」的手也放在我的手臂上，我勉力鎮定心神，但是我還是聽到了突突的心跳聲。

我聽到的心跳聲，不是「他」的，而是我自己的！

在聽診器的兩端，我聽不到任何聲響，他顯然是一個死人，我不但聽不到心跳聲，也聽不到血液流通的聲音和呼吸聲。

我聽不到在「他」體內發出的任何聲響！

我放下了聽診器，輕輕地撥開了「他」的手，「他」的手垂了下去，我自衣袋中，取出了一柄十分鋒銳的小刀，轉過頭來，向鄭保雲看了一看。

鄭保雲人很聰明，他立時知道我要做甚麼了，是以向我點了點頭。

我慢慢地移動著身子，想站到「他」的側邊去。可是奇怪的事發生了，當我慢慢地轉動著身子，快站到「他」側邊去的時候，「他」也轉動著身子，和我始終是面對著面！

我吸了一口氣，鄭保雲道：「衛先生，你對他有影響，他在跟著你動！」

我道：「不是我對他有影響，我看是每一個人對他都有影響，我看，這只怕是靜電的影響，我們的人體，是一個帶電體。」

鄭保雲道：「或許是那樣。」

我取了小刀在手，本來是想在「他」的耳朵上割下一點來觀察的，但現在我既是無法來到「他」的側邊，所以我只好對準了他的手臂劃了一下。

那柄小刀十分鋒銳，我那一劃的動作，也十分快捷和有力，「他」的手臂之上，也立時出現了一道傷痕。「他」顯然沒有疼痛的感覺，因為「他」仍然站著一動也不動。反倒不如我向「他」走近的時候，「他」還突然向上跳了一下。

我也根本未曾希望，我在割破「他」的手臂之後，在「他」的身子中，會有血流出來。

我只是湊近身去，想看看「他」的肌肉被割破了之後的情形。可是，當我湊近頭去之際，我卻不禁地陡地一呆，失聲道：「鄭先生，你來看！」

我突然一叫，反倒將鄭保雲嚇了一跳，他非但沒有近來，而且還向後退開了兩步。

我也立時退出了兩步，又叫道：「你看！」

我一面叫，一面伸手指著「他」手臂上被我割破的地方，鄭保雲離得「他」雖然比較遠，但是也可以看得十分清楚。

這時，在「他」手臂上的傷口之上，正有一滴晶瑩的液體滲出來，那情形就像我們正常的人在受了割傷之後，有鮮血滲出來一樣。

但是自「他」的手臂中流出來的，顯然不是鮮血，而是一滴透明的液體，那一滴液體越來越大，終於滴了下來，滴在艙板之上。

我起先被這種奇異的現象，弄得完全呆住了，直到那滴液體滴到了艙板之上，我才想起，我們要對「他」進行研究的話，這滴液體，一定是極其重要的研究對象，應該將之搜集起來作研究之用。

我連忙踏前一步，俯身下去看時，那滴液體已然了無形跡可尋，再向「他」手臂上的割口看去，只見「他」手臂上的傷口，已顯得十分乾枯，再也沒有甚麼液體滴下來。

我和鄭保雲兩人互望著，都覺得莫名其妙。也就在這時，「砰」地一聲響，一直站著的「他」，突然向下，倒了下去。

「他」倒在艙板上，直挺挺地，一動也不動。

我和鄭保雲兩人，又呆了半晌，才一齊向「他」走過去，這一次，我們來到了「他」的身邊，我並且還伸手碰到了「他」的肩頭，但是，「他」卻一點反應也沒有。

我低聲道：「『他』死了。」

鄭保雲道：「『他』早已死了。」

我忙改正我的話：「我的意思是，現在，『他』不會再動了！」

鄭保雲的臉上，現出了一片迷惘的神色來：「爲了甚麼？因爲那滴液體自『他』身體裡，流了出來？」

我並沒有回答他的話，因爲我也不知道，究竟是爲了甚麼！

鄭保雲又問道：「那一滴液體又是甚麼？爲甚麼會在『他』的身子之中，爲甚麼那樣的一滴液體，能使一個死了三年的人，有活動能力？」

我仍然不出聲，因爲我根本無法回答這個問題，而且，那滴液體，也已經消失了！

我再向「他」看去，「他」身上的皮膚，在起著一種十分明顯的變化，本來，「他」的皮膚，是緊貼在骨頭之上的，給人一看就有一種繃硬之感。

但是現在，「他」的皮膚卻鬆弛了，變得好像一摸就會脫下來。我道：「鄭先生，我們先將『他』抬到板床上，看看『他』是不是有別的變化。」鄭保雲點著頭，我們將「他」抬到了板床上，又看了一會，鄭保雲按著電燈開關，開了又關，關了又開。鄭保雲曾說過，「他」對光線有著十分敏感的反應，而且，我也親眼目擊過。

這時，電燈熄了又著，好幾次，「他」卻仍然一動也不動地躺在板床上。

我搖著頭：「鄭先生，看來『他』是真的死了，真可惜，我們竟未曾留下那滴自『他』體內流出來的液體，要不然，我們或者可以知道其中奧秘。」

鄭保雲呆呆地站著，也不知道他在想些甚麼，過了幾分鐘，他才抬起頭來：「我有一個私人的解剖室，設備十分完善，我想將『他』的屍體，進行徹底的解剖，不知道你是不是肯幫助我？」

我攤了攤手：「你不必考慮我是不是肯幫助，我要反問你，你的母親，是不是會同意，在她這一代的人看來，兒子要解剖老子的屍體，那簡直是一件大逆不道，天打雷劈的惡事。」

「她當然不會同意，但我們可以瞞著她！」

「好的，」我答應了他，又向「他」望了一眼：「我想我們要儘快上岸了，看來，屍體好像已漸漸在開始腐爛了，船上有冷藏庫？」

那一晚上，接下來的事情，便是我和鄭保雲兩人，用白布將「他」包了起來，「他」一直沒有任何動作，而且「他」的身子也變得鬆散，而不是那樣僵硬。

我們又將「他」一齊放進了船上的冷藏庫之中，那冷藏庫只用來儲放肉類，以備長途航行之需的，當我們將「他」放進了冷藏庫之後，我心中暗暗下定了決心，如果我以後再有機會乘這艘船的話，那我決計不會在船上吃任何的肉類。

當我們安排好一切之後，大副來報告，天氣情形已完全好轉了，再有一天航程，我們就可以到目的地了。我利用船上的無線電通訊設備，告訴白素，我正在前赴馬尼拉的途中。

我是不必說明爲甚麼突然會遠行的，白素知道我隨時隨地會遇到各種各樣，稀奇古怪的事情。

那時，天已亮了，鄭保雲領著我去參觀全船，那的確是一條了不起的遊艇，如果我有足夠的錢，我也一定會照樣去造一條的。然後，我和鄭保雲以及他的母親，一齊進早餐，我們三個人，用鄭保雲的家鄉話交談著。

鄭保雲告訴他母親，他阿爹的屍變問題已然解決了，他也勸他母親別回原籍去，回到馬尼拉之後，將屍體好好葬了，也不必再奔波了。

老太太多半是給屍變這件事嚇壞了，是以一聽說屍體已不再活動，便十分高興，也不再和她的兒子爭論甚麼，就答應了鄭保雲的話。

老太太的興致十分高，她不斷地講著話，而將我當作對象，她提及很多有關她丈夫的事情。她的丈夫，本來就是一個傳奇人物，人家甚至傳說他可以預知幾天之後的事情，是以商場上的一切變化，他都可以料得中，所以無往而不利，成爲著名的富豪。

對於這樣一個傳奇人物（尤其他死後還出了那樣的奇事），我自然對他的早年生活的情形，也十分有興趣，我問了好幾個問題。

經我一問，老太太的興致更高了，她不斷地敘述著她丈夫以前的事。這些事與以後的事情意料之外的發展，是有相當程度的關係，所以，我將老太太的話，歸納起來，成爲鄭天祿先生（鄭保雲的父親）的一個小傳。只在這個小傳中，是看不出甚麼來的，但如果將這個小傳保存起來，和我以後記述的事情對照起來，就可以看出，這個小傳極耐人尋味。

鄭天祿很小很小的時候，就離開了家鄉到外洋去。那年，他究竟多少歲，沒有人知道，他家鄉的人，也不知道他是哪一家的子孫，只知道他在菲律賓發了財回來那年，是二十四歲。他操著家鄉的語言，立時有很多人爭著認是他的長輩。

他究竟是甚麼人家的孩子，一直沒有人知道，但一定是這條村的人，是不會錯的，因爲在福建北部的山區中，那是些偏僻的鄉村，幾乎每一個村的語言，都是有差別的。

鄭天祿回家鄉來的目的是娶妻子，這件事，轟動了整個山區，幾十里外都有人爭著來說媒，可是鄭天祿娶妻的條件卻十分怪，他不要姑娘好看，也不要姑娘的家世好，而要他自己看過。

他看姑娘家的時候，戴著一副奇形怪狀的眼鏡，很大，會放光（關於這一點，老太太無論如何說不出那眼鏡是甚麼形狀來），他揀了足足一個月，才揀中了老太太，老太太家中十分窮困。

鄭天祿拿錢出來辦喜事，辦好喜事之後，又住了一個來月，才帶著老太太離開了家鄉。

鄭天祿只有一個兒子，就是鄭保雲。鄭天祿從來也不生病，只有一次，老太太忽然發現他身子發燒，請來了一個西醫，逼著他看，可是那西醫卻不知爲甚麼，藥方也沒有開就走了。

鄭天祿有著料事如神的本領，他的錢也越來越多。

由於他只有一個兒子，是以老太太曾勸鄭天祿多討幾房妾侍，但鄭天祿不答應，老太太硬討進門來，他卻連望也不向那些妾侍望一眼。（老太太講到這裏的時候，其詞若憾矣，實乃深喜也。）

鄭天祿的確有過人的預見力，那是老太太一再強調的一點，老太太還舉了許多日常生活中，鄭天祿有預見力的例子，來作證明。其中有好幾點，是鄭保雲也點頭證明確有其事的。

由於老太太舉的例子十分多，我自然不能一一盡錄，一般來說，鄭天祿似乎有一種超特的能力，使得他能知道七八天之後將會發生的重大的事故。

我在聽完了老太太的敘述之後，心中當時只有一個疑問，於是我將這個疑問，提了出來。

我問道：「老太太，照你所說，鄭先生是沒有他的家人的了?何以他是你們村中的人，卻會一個親人也沒有呢？」

老太太道：「我也不知道，或者，是他的親人早已死完啦，鄉下日子，死人容易啦！」

我沒有再問下去，因爲再問下去的話，我找不出適當的、有禮貌的話來發問，我覺得鄭天祿有一點來歷不明。他的身世根本沒有人知道，而他只不過憑著一口土話，就被村裏的人認定了他是這個鄉村出去的，而且，多半也爲了那時候的鄭天祿已經發了財。

我也會講那種方言，如果下點功夫的話，我也可以將這種方言學得十全十美，若是我去冒認自小從村子離開的人，村人也會相信。

如果說鄭天祿來歷不明，在鄭老太太面前，那當然是極不禮貌的事。而我終究未曾問出來的更主要原因，是我想不出鄭天祿要假冒那個村子村民的原因。他假冒了村民，若是爲了去娶當地一個窮人家的女兒做妻子？那實在是太匪夷所思了！

在那一天中，我整天都成了老太太談話的對象，老太太對我十分有好感，還問我結了婚沒有，看來大有替我做媒的意思。

在那一天中，我幾乎沒有機會和鄭保雲講話，一直到晚上，老太太睡著了，我才向鄭保雲：「冷藏庫中，沒有甚麼事發生？」

「沒有，」鄭保雲回答：「真奇怪，『他』看來真的死了，流出了那滴液體之後，『他』就死了，這究竟是甚麼緣故？這實在太奇怪了！」

第五部：異乎尋常的屍體

在日間，我沒有對老太太提出來的疑問，此際，我卻對鄭保雲提了出來，我道：「鄭先生，你不覺得你老太爺的身份很神秘麼？」

鄭保雲倒很肯接受事實，他點了點頭：「是的，我也以爲他很神秘，而且，在他活著的時候，有很多異乎常人的地方，他幾乎從來不生病，他一生之中，只有過一次和醫生接觸的機會——那是我母親說的。」

我道：「而且，那一次，醫生是逃離去的，我相信一定是被他用十分難堪的話罵走的。」

鄭保雲笑了起來：「我猜想也是那樣，因爲他罵起人來，十分厲害，每一個人都怕他，他像是知道每一個人心中的隱私。」

我又道：「那麼，你以爲，他死後在他屍體上的變化，是不是和他生前異於常人這一點有關呢？」

鄭保雲想了一想，才道：「那要等到屍體解剖之後才能有答案。也許，我們永遠得不著答案。」

我點了點頭，表示同意他的話。以後的兩天航程中，我們幾乎每隔一小時就到冷藏庫去看「他」一次。「他」相當平靜，不再有任何動作。

終於，到達了目的地，鄭保雲先派人送他母親上岸去，然後，將「他」用油布包了起來，和我兩人，親自押運著，到他的私人解剖室去。

他的私人解剖室是在市郊，路途相當遠，大約是二小時的車程，菲律賓的天氣酷熱，車廂中雖然有冷氣，溫度也相當高。

在車行一小時之後，我和他兩人，都有點忍受不住油布包中所發出來的異味。鄭保雲將車子的速度提得更高，一面喃喃地說，如果不是怕自己的行動被人知道，一定利用直昇機，可以快得多了。

又過了一小時，異味越來越甚，已到了我們兩人都無法忍受的地步，我們不得不打開車窗子來。可是那樣一來，卻更糟糕了，因爲車廂中的氣溫更高了！

那異味自然是因爲屍體變壞而發出來的，而屍體變壞，則是因爲氣溫高的緣故，車窗一開，無異是加速屍體的變壞，可是我們卻又沒有別的辦法可想！

等到車子終於駛進了一個綠蔭遮蔽，十分美麗的園子之際，我們兩人都感到胃部陣陣抽搐，因爲那種氣味，實在是太難聞了。

車子一停，便有幾個人奔了出來。可是那幾個人一奔到車子旁邊，便呆住了，臉上現出了奇形怪狀的神情來，當然是因爲他們也聞到了那難聞的臭味之故。

鄭保雲和我，一齊打開車門，衝了出去，鄭保雲大聲喝道：「站著幹甚麼？快將那油布包搬進解剖室去，那是我……得來的一具屍體！」

那些人既然是在解剖室中工作的，對於屍體自然不會太吃驚，可是腐臭的屍體，並沒有解剖的價値，是以他們的臉上，仍然充滿驚訝的神色，他們將油布包從車中抬了出來。

鄭保雲又吩咐道：「連油布包浸在甲醛中，讓我自己來解開它，我不需要你們的幫手，別來打擾我。」

那幾個人連聲答應著，抬著油布包走了。鄭保雲轉過身來，他說出了我早已想說的一句話：「屍體爲甚麼腐爛得那麼快？」

我道：「我也在奇怪，或許，是因爲他死了已有三年的緣故，我……想先洗一個澡，將身上沾染的臭味洗去，可以麼？」

「當然可以，我也正想那樣，屍體在浸入甲醛之後，不會起變化。」

鄭保雲說著，將我帶進了屋子，我看到了許多生物標本，和人體模型，鄭保雲道：「你覺得奇怪？」

我只是反問道：「聽說，你得過好幾項博士銜？」

「是的，」他多少有些得意：「我的天分很高，幾乎對甚麼都有興趣，我的四個博士銜中，有一個是生物學博士。」鄭保雲越說越起勁：「我的一篇論文，題目是『抗菌在血液中的生存』，曾得過很高的評價，而我又有足夠的財力，所以能建立一個完善的解剖室。」

我道：「你可能有令尊的遺傳，他不是有很多地方，證明他是天才麼？」

鄭保雲不由自主地笑了笑：「請使用這間浴室。」

我走進了他指給我的那扇門，痛痛快快地洗了一個澡，精神爲之一振，當我走出浴室的時候，鄭保雲早已在等我了，我們一齊到他的解剖室去。

那解剖室設在一排房子的中間，要經過一條相當長的走廊，才到達門口，鄭保雲對站在門口的兩個人道：「你們走開些，別來理我！」

那兩個人中的一個道：「鄭先生，那屍體——」

鄭保雲不等他講完，便突然怒吼了起來：「走開，我已經說過，不干你們的事！」

那兩人不敢再說甚麼，連忙低著頭走了開去，鄭保雲打開了門，在我和他兩人走了進去之後，他立時將門鎖上，那是一間設備十分完善的解剖室，屍體仍然被油布包著，浸在一個白瓷池子中，池子中的液體，自然是甲醛，所以整個解剖室中，充滿了那種怪異的味道。

鄭保雲來到一個櫃前，打開了櫃門：「我不習慣甲醛的氣味，所以我在解剖時，戴氧氣面罩的，你也選用一副？」

我向他走去，在櫃中取出了一副氧氣面罩來戴上，那使我呼吸舒暢，舒服了不少。而且，他的氧氣面罩顯然是特製的，壓縮氧氣自解剖室的天花板上傳下來，有很大的管子連在面罩上。而在戴上了面罩之後，我們可以利用無線電對講機，毫無困難地講話。

鄭保雲還告訴我，儲藏在天花板上的壓縮空氣，和一般潛水人採用的壓縮氧氣是不同的，那是幾個醫生研究出來的，對人體健康最有益的空氣，如同高山上清新的空氣一樣，令人在呼吸到這種空氣時，有全身充滿了活力的感覺，從而增進工作的效力。

鄭保雲既然是財力如此雄厚的人，他自然不會對我虛張其詞，而我在戴上了呼吸面罩之後，確然有一股異樣的清新之感。

我們一齊來到了那白瓷子之旁，第一步工作，自然是將油布解下來，這工作由鄭保雲來進行，他用一柄十分鋒利的刀，在油布上，劃了一下。

油布包立時裂了開來。

可是，就在油布包裂開來的一剎間，我們意料不到的事情發生了，隨著布包的裂開，只見大量黑色的液體，自布包之中，漏了出來。

那種液體是如此之多，以至在不到十秒鐘之內，在我們還根本未曾料及發生了甚麼事之際，整個池子中的甲醛都被染黑了！

那情形就像是在油布包中包著的，根本不是人，而是一大包墨汁！

我和鄭保雲都呆住了，我聽得鄭保雲發出了一下尖銳的叫聲，問道：「這是怎麼一回事？」

我也不知道那是怎麼一回事，但是我至少比鄭保雲來得鎮靜些，我道：「可能是因爲氣溫的緣故屍體腐爛變水了。如果我料定不錯的話，那麼，總還有骸骨留下來的，請你將染黑的甲醛放去。」

鄭保雲有點手足無措地點了點頭，按下了一個掣，池子中的黑色液體迅速低落，我們也立即看到了那油布包，和剩在油布包中的一副骸骨。

這證明我所料不錯，油布包中的黑水，確然是屍體腐爛之後產生的。

然而這時，我們卻根本未及去想，何以屍體會腐爛得那麼快，而且在腐爛了之後，會變成墨汁一樣的黑水，因爲我們全被那副骸骨吸引住了。

那是一副人的骸骨，那似乎是毫無疑問的了，但是如果你去告訴一個醫科學生，說那骸骨是人的骸骨，他一定會大搖其頭。

那副骸骨還十分完整，有臂骨、腿骨，指骨已脫落，但是那都不成問題，而令得我和鄭保雲兩人，張口結舌的是兩個地方，第一，它的肋骨是板形的，而且一面只有三條，有一條環向背後，成爲一個圓環，有半吋厚，五吋寬。

支持肋骨的，是前後各一條長骨，和普通的脊椎骨很相似，但是它的節數卻多得驚人，在那樣的情形下，我們自然不及去細數，但也可以肯定，它決計不只三十六節，而至少在一百節以上。

一個前後都有那脊椎骨的人，一定可以毫無困難地，不論向前或是向後，將身子拗成一個圓圈。

而且，在盤骨之上，也有如同肋骨一樣的骨骼，只不過比較細，像指頭般粗細，每一邊有六格，呈環形。但是最奇特的，還是他的頭骨，在他的鼻孔骨對上，有著四個孔；四個，那四個孔是在眼孔之下，我不能講出這四個孔有甚麼作用。

我和鄭保雲兩人，足足呆立了三四分鐘之久，他才發出了一下呻吟：「天，他是甚麼啊！」

他是甚麼呢？鄭保雲的父親，大富翁鄭天祿是甚麼呢？不但鄭保雲在問，我心中也在自己問自己。他決計不是人，人是不會有那樣的骨骼。他甚至不是脊椎動物，因爲還找不到有甚麼脊椎動物的腹腔上有骨骼保護的。

那麼，他是甚麼呢？實實在在地說來，生活在人的社會中，而且，他還是一個成功的人，他的商業機構，遍佈東南亞，他是一個成功的商人，他也有兒子。

當我想到他有兒子之際，我不由自主，轉頭向鄭保雲望了過去。

鄭保雲敏感地直跳了起來：「別看我！別看我！」

接著，他喘著氣，向我衝了過來，突然抓住了我的手，在他自己的胸口亂按：「你摸摸，你看，我的肋骨是和你一樣的，而且，我的肚子上，也沒有骨頭，你可以按得出來的！」

他又將我的手，在他的腹際用力地按著。

他說得不錯，他的肋骨的確和我的一樣，而且他的腹部，也和我一樣，並沒有骨頭環繞著。可是，他的父親卻不一樣！

我的心中，起了一股極其奇詭的感覺，那種感覺甚至令得我說不出話來。

鄭保雲大聲道：「那一定是甚麼人的惡作劇，沒有人會有那樣的骨頭，那不是骨頭，是甚麼人用塑膠做了，來嚇我們的！」

他一面說，一面拿起一枝木棍，在瓷池子中，用力地搗著，將那副骸骨搗散。然後，他拿起一塊肋骨來，用一柄長刀，用力將那肋骨劈了開來。

當那塊肋骨被劈開之後，他停下手來。

而當骨頭被劈開之後，他也知道那決計不是甚麼人的惡作劇，而是千真萬確的骨骼了，那是任何人一看那肋骨的剖面就可以肯定的事。

鄭保雲的身子搖晃著，像是要昏過去的樣子，我連忙過去扶住了他，他喃喃地道：「為甚麼會那樣？他是甚麼？他是甚麼？」

我安慰著他：「他自然是人。」

「人？人有那樣的骨骼麼？」

「他或者是一個畸形的人，鄭先生，人體有很多畸形的，有一種鎮靜劑，產生了成千上萬的畸形人，那並不是甚麼稀奇的事。」

鄭保雲靜了下來，望了我片刻，才又道：「你憑自己的知識說，那是畸形的骨骼麼？那是一具發展得極其完整的骨骼，那是幾十萬年，甚至幾百萬年進化的結果，而那種進化，一定是在一個和地球上的環境截然不同的地方進行著的，所以才產生了那種截然不同的骨骼結構，那不是畸形！」

我沒有別的話可說了。

我剛剛所以說那副骨骼可能是一副畸形的骨骼，那是為了安慰鄭保雲，連我自己的心中，對自己所說的話也不相信。這時，我自然更加啞口無言。呆了片刻，才道：「那麼，你的意思是——」

我一面說，一面向他望去，透過氧氣面罩，我可以看到他的臉色，蒼白得可怕，就像在船上的時候，他將我當作僵屍而昏了過去的時候一樣。

我想講甚麼，他卻已向後退開了幾步，在一張椅上，坐了下來。我深深地吸進了一口氣，來到了他的身邊，又問道：「你有你的看法，不妨說出來，站在科學的立場上研究這件事，大可不必顧忌甚麼。」

鄭保雲竭力側過頭去，像是想避免回答我這個問題，但是事實上，他卻沒有法子躲避得過去，我等著他的回答。等了足足有一分鐘之久，我才聽到他用近乎呻吟似的聲音道：「我以爲……他……他不是地球人。」

不是地球人！

這也正是我想到的結論，但是，當我聽得鄭保雲講出這句話來之際，我仍然有一種戰慄之感！

我也在一張椅子上坐了下來，我們兩人，就一齊那樣呆呆地坐著，坐了好久。

我不知道在那一段時間中，鄭保雲心中的感覺如何，但是我自己的心中，卻亂到了極點！

鄭天祿如果不是地球人，那麼，自然來自別的星球。

他來自別的星球，在地球上獲得了極大的成功，甚至在地球上娶妻生子！

如果他是星球人的話，那麼，鄭保雲是他的兒子——

當我想到這裏的時候，我突然明白鄭保雲的臉色，爲甚麼會像被判死刑的那樣難看了。

因爲鄭天祿是他的父親，而如果鄭天祿是來自其它星球的話，那麼他，鄭保雲就是一個混血兒——一個外星球人和地球人的混血兒！

那絕不是普通的混血兒，而是地球人和外星人的混血兒。那實在是一件令人無法接受，甚至是無法想像的事！看鄭保雲的神情，他當然是也想到了這一點，是以他才會整個人都呈現了神經崩潰狀態！

知道自己應該做些甚麼，和說些甚麼了。

我沉聲叫道：「鄭先生！」

對於我的聲音，一點反應也沒有，我提高了聲音，又叫道：「鄭先生！」

仍然沒有反應，我第三下的叫喚，幾乎已是扯直了喉嚨在叫嚷了，我高聲叫道：「鄭先生！」

他對那一下叫喚，總算有了反應，整個人都震了一震，失魂落魄地向我望來。

我向他做了一個手勢，又用十分誠懇的聲音道：「你說他不是地球人，我初步的意見，也是和你相同的，不過——」

我才講到這裏，他便打斷了我的話頭，在我意料之中地道：「那麼……我是甚麼？」

我不理會他這個問題，鄭保雲始終是一個十分敏感的人，如果他認定了他自己是外星人和地球人的混血兒，那是一個極大的悲劇！

我自顧自道：「那只是我和你兩人初步的、直覺的論斷，我們未曾有任何證據來證明我們的論斷是正確的。」

鄭保雲聽得我那樣講，精神似乎振作了一些，但是他隨即又十分頹喪地道：「那副骨骼，難道……難道不足以證明麼？」

我搖著頭，道：「自然不足以證明，畸形的骨骼，有時也會給人以完整的印象的，我們還得從各方面來搜集證據，證明他是外星人！」

鄭保雲先生是低著頭在聽我講，但在我講完之後，他抬起頭來，望了我片刻，才道：「你是想證明他是外星人呢，還是想證明他不是外星人！」

我自然聽得出，鄭保雲那樣問我，是已然知道了，在我的主觀願望上，我希望鄭天祿不是外星人之故。但是我要裝得不明白他的意思：「那是沒有分別的，我們只是按照搜集來的證據來判斷，如果他不是外星人，那自然是地球人。」

鄭保雲笑著，看來他已接受了我的說法了。

我自椅子上站了起來，又向浸在瓷池子中的那一堆白骨，望了一眼，心中也不禁苦笑了一下。

那件事，一開始便怪異絕倫，但是卻做夢也想不到會有那樣的變化，我們會開始懷疑鄭天祿根本不是地球人！

在我站了起來之後，鄭保雲也站了起來，我和他一齊除下了氧氣面罩。

一除下了氧氣面罩之後，我們立時嗅得到，整個解剖室中，充滿了異樣腐臭味，鄭保雲幾乎一口氣地奔出了解剖室，我跟在他的後面。我們來到了一間十分華麗的起居室中，鄭保雲在吩咐僕人送咖啡來之後，問我道：「我們怎麼開始？」

我皺著雙眉：「我們可以從兩方面開始，第一，我們要詳細檢查……他的遺物，看看有甚麼證明他不是地球人的東西。第二，我們要和所有熟悉他的人交談，在談話中了解他的爲人。」

鄭保雲苦笑：「我想，我們不必找別人了，我是他的兒子，我自承我對他的了解不夠深，因爲我從小就在外國讀書，但是我的母親，卻是對他最了解的人了，她幾乎一生和他在一起。」

我同意他的說法，但是我還是補充道：「有一個人，我們是必須找他談談的。」

「甚麼人？」鄭保雲立時問我。

「那位醫生——你總還記得，他一生之中，只和醫生接觸過一次，而那醫生卻是逃一樣地離去的，我本以爲他是將那醫生罵走的，但是現在，我卻認爲另有原因，可能因爲是那醫生發現了甚麼難以想像的事實，是以才倉皇離去。」

鄭保雲望著我，在我講話的時候，他臉上的神情，變換了好幾次。

我自然不知道他的心中，究竟在想一些甚麼，但是從他臉上的神情來看，我總可以知道，他正想到了甚麼！而在我講完了之後，他又好半晌不出聲，這令得我不得不問他：「你想到了甚麼？」

我只不過是隨便一問，但是鄭保雲卻十分明顯地吃了一驚，而且，他用十分拙劣的謊話掩飾著，道：「沒有甚麼，沒有甚麼，嗯，那位醫生，本來十分出名的，但是他現在已退休了！」

我心中疑惑著，因爲鄭保雲的態度十分不對頭，顯而易見，他心中有甚麼事瞞著我。

但是那時，我卻沒有去想深一層，因爲鄭保雲的心中若是有甚麼事不想告訴我，他是有這個權利的，所以我也不再去追問他，我只是道：「那不要緊，只要他還在生，我看，我們可以分頭進行，你去檢查令尊的遺物，我去拜訪那位醫生。」

鄭保雲站了起來，他背對著我：「好的，那麼，我要回馬尼拉去，那位醫生，據我所知，他退休之後，在市區附近居住，你可以向有關方面查問他的地址。在訪問了那位醫生之後，到馬尼拉和我見面。」

我點頭道：「我必須向你借用汽車。」

「那不成問題，我在這裏，有好幾輛車子，你可以隨便！」

第六部：一個醫生的意見

他將我帶到了一排車房之前，在那一排車房中，停著七八輛汽車，我揀了一輛跑車，他將車匙交給了我。

我實在急於和那位已退休的醫生會晤，因爲這位醫生，他一定曾經檢查過鄭天祿，他自然也可以知道鄭天祿的骨骼構造，何以會與眾不同。

所以我立時坐進了車子，鄭保雲低下身來，低聲道：「請你記得，這只是我和你兩人間之事，絕不要讓任何第三者知道！」

我呆了一呆，想告訴他，如果我去拜訪那位醫生的話，那麼，我必然要對那位醫生談起這件事來，可是我的話還未說出，他就一轉身，走了開去。

我沒有再說甚麼，便駕著車，離開了他的解剖室，在公路上疾馳，我將車子的速度控制得相當高，我估計要兩小時左右，才能到馬尼拉，我可以向報館方面打聽那位醫生的住址，因爲那一位醫生在未退休前，是十分著名的一位名醫。

我的車子，在公路上追過了很多車，隨著路標的指示向前駛著，當我駛出了約有三十哩左右之際，我來到了一個岔路口上。

我本來是可以直衝過去的，可是就在我將駛近到路口之際，突然有兩輛大卡車，自橫路上，駛了過來，攔住了我的去路。那兩輛大卡車突如其來，如果不是我及時剎車，一定已撞上去了！

當我在千鈞一髮之際，剎定了車子的時候，我已然心知事情十分蹊蹺，是以我立時將車子後退了十多呎。也就在那時，在那兩輛大卡車內，至少有二十名漢子，跳了下來，他們的手中，都持著鐵棍，其中有兩個，才一跳下，便衝到了我的車子之前，不由分說，便揮動著鐵棍，向我擊下！

這實在令得我大吃一驚，我實在是做夢也想不到我會在這裏受到襲擊。那兩個大漢的鐵棍，「砰砰」兩聲，擊在車頭上，一盞車頭燈立時碎裂，而其餘的人，也已蜂擁而上！

在那樣的情形下，我已然不及去思索我爲甚麼會遇到襲擊，我首先要做的事，便是如何逃避他們的襲擊！

他們總共至少有二十人，而且每一個人的手中，都有著鐵棍，我和他們去打鬥，不容易討好，而我可以利用的是，我是在一輛性能十分高超的車子中！

我必須巧妙地利用這輛車子，而不是去和他們徒手搏鬥，所以，我在車頭燈被擊碎之後，立時又令得車子迅疾無比地後退了十多碼！

那二十多人仍然追了過來，但是我已有可喘息的機會，我猛地踏下油門，車子發出了一陣怒吼聲，如箭一般地向前，射了出去，那些正在向我追來的人，顯然料不到我在突然之間，反向他們撞了過去，只聽得他們怪叫著，四下躍開。

他們避得再快，也快不過車子，有兩個人逃之不及，「砰砰」兩聲，被車子撞得向外直飛了出去，而我根本不去理會他們，待到車子直衝到了離卡車不遠處，我才陡地扭轉了駕駛盤，車子發出了一陣難聽之極的吱吱聲，緊貼著卡車的車身，在路邊掠了過去，越過了卡車，重又衝上了公路。

等到我的車子，重又衝上公路之後，那些兇徒再想追到我，那簡直是不可能的事了！

是以，我立時可以靜下來，好好地想一想，爲甚麼會有人在半路上襲擊我！

那兩輛大卡車等在岔路口，在我的車子將要駛到之際，攔住了我的去路，那顯而易見，是有預謀的行動，決計不是偶然！

而我卻想不到有甚麼人以我爲目標而對付我，我才到這裏，自問在這裏，沒有甚麼敵人！

看來，最大的可能是那些人誤以爲我是鄭保雲！這裏的治安不好，而鄭保雲又是著名的富豪，會不會那些人有意綁架，而認錯了人呢？

那十分可能，當我一想到這一點時，我更感到，我不應該一走了之，而應該將那些人交給警方，至少，我也應該警告鄭保雲一下！

我幾乎是突如其來地停下了車，因爲我想到我應該回去，而在我陡地停下了車之際，我突然發現，在我的車後，有一輛車子以高速跟著我，剛才我只當自己已脫離了危險，只顧在想著爲甚麼，竟未曾注意！

我的車子突然間停了下來，我倒並不是發覺了有人跟蹤而故意如此的，我只是想停車，掉頭，去通知鄭保雲一下而已。

但是，我在飛速行駛之際，突然停了下來，便令得跟在我後面的那輛車子，尷尬之極，那輛車子立時減慢了速度，但已在我的車旁，擦了過去。

而且，當它急急忙忙地停下來之際，它整個橫了過來，攔在路中心，我從車中站了起來，只見那輛車的車門打開，兩個人，兇神惡煞也似，向下跳了下來，他們一面下車，一面向懷中探去。

他們的動作，極其明顯：是他們在取槍！

我心中這一驚實是非同小可，我剛逃過了近二十個人的鐵棍襲擊，這時又有人要用槍來對付我，第一次的襲擊，還可以說是誤會，是有人誤將我當作了鄭保雲，但是第二次襲擊，卻絕不會是弄錯人！

我並沒有武器可以還擊，在那樣的情形下，我只有逃！槍彈的速度比車子爲快，所以我如果後退的話，沒有逃脫的機會，我必須迎著槍彈衝過去！

我連忙坐了下來，那兩人的手也從懷中伸了出來，他們的手中，果然各自握了一柄手槍！

而在那時候，我也猛地踏下了油門，我低下頭，車子像瘋了的野馬一樣，向前衝去，我聽了四五下槍響，接著，便是「砰」地一聲巨響，車身撞在前面的那輛車之上，我的身子仍然伏著，我覺得許多碎玻璃，像雨一樣地落到了我的身上。

我不顧一切地向前衝著，又過了半分鐘左右，我才直起身子來，回頭看去。

我看到那兩個人離我已有七八碼，他們的車子，被我一撞，已撞得四輪向天，他們還在向前奔來，但他們當然追不到我了！

那時，我可以說是已經絕對安全的了，因爲跑車已衝出了手槍的射程之外，但是就在一剎那間，我卻又踏下剎車，令車子停了下來！

因爲我想到，我已經接連受到了兩次襲擊，那顯然是一項對付我的有計畫的行動。即使我逃脫了兩次襲擊，那麼，還會有第三次，第四次，逃不勝逃，我必須根絕這種襲擊，必須找出這些人對我襲擊的原因，和他們的主謀人來。

我手中並沒有武器，但是我所駕駛的性能極佳的跑車，就是武器。

那兩個人的手中雖然有槍，但槍中的子彈是會用完的，我並不是沒有法子對付他們，我也必須對付他們！所以，我在踏下了剎車之後，立時掉轉了車頭。

那兩個人本來是在向前奔來的，可是我在突然之間掉轉了車頭，那一定使他們兩人感到意外之極，他們反而停了下來，望住了我。

我一掉過頭來，便又踏下油門，車子的引擎發出了一陣怒吼聲，我真得感謝鄭保雲，也只有他那樣的富豪，才買得起性能如此優良的跑車！

車子向那兩人撞去，我又聽到了四五響槍聲，但是他們一面要向旁跳開去，一面發槍，顯然失了準頭，是以沒有一槍射得中我！

而當衝出了百來碼之後，車又掉轉頭來。

這一次掉轉頭來，看到前面的那兩人，都有驚惶的神色，他們分了開來，向路邊逃去。我自然不能同時去追兩個人的，是以我認定了左邊的那個，直逼了過去，他轉身向我連射了兩槍。

那兩槍，如果他留來在我更接近他的時候發射，情形會怎樣，還真難說得很。

但是，他卻嚇破了膽，那兩槍發射得實在太早了，以致根本射不中我，而我的車子直衝了過去，等到我用力踏下剎車，車胎和路面的磨擦，發出了難聽之極的「吱吱」聲之後，他雙手作向前推狀，似乎憑著他的雙手一推，就可以將車子的來勢阻住。

車子一停下，我便在座位上直跳了起來，身子一橫，雙腳一齊飛起，已然踢中了那人的臉面，那人仰天便倒。我身子落下地來，也在地上打了一個滾。

我必須顧及另一個人，因爲那人的手槍中，是還有子彈的。

可是，當我打了一個滾之後，站起身子來時，我卻忍不住哈哈大笑起來，只見那人抱頭鼠竄，向前面逃之不及，像是他後面有整隊士兵在追趕他！

我知道我已完全勝利了，我拍了拍身上的泥沙，向那人走去，那人雙手掩在臉上，鮮血自他的指縫之中，流了出來，可知剛才我那兩腳，確實不輕。

我來到了他的面前，冷笑著：「行了，誰要你來殺我！」

那人支吾著，還不肯說，我大喝一聲：「說！」

隨著那一個「說」字，我「呼」地一拳，拳頭陷進了他肚中的軟肉之內，那人殺豬也似地叫了起來：「說了，說了！」

我縮回手來，他喘著氣：「是……是鄭先生叫我們來殺你的！」

那實在是一個出乎我意料之外的答案，我怔了一怔：「鄭先生？哪一個鄭先生？」

那人的門牙掉了好幾顆，講起話來，有點含糊不清。但是我還是可以聽得清他道：「鄭保雲！」

我呆了一呆，這有可能麼？我才和鄭保雲分手，他爲甚麼要命人來殺我？

我覺得那人是在胡說八道，是以我突然一伸手，拉住了那人胸口的衣服，準備作進一步再向他逼問。然而，就在我抓住了那人胸前一剎那間，我知道，那人並不是在胡說，因爲突然間，我想到了鄭保雲要殺我的原因！

鄭保雲實在有著殺我的原因！

他殺我是爲了滅口！因爲除了他之外，只有我一個人知道他的秘密，只有我一個人知道他可能不是一個純粹的地球人，而是一個外星人的雜種！

他的這種身份，如果被公開了開來，那一定轟動全世界，而他自然也不想這秘密公開！

我吸了一口氣，鬆開了手。那人連忙向後退出了幾步：「我……可以走了麼？」

我並沒有回答那人，我只是在想，我應該怎麼辦？是根本不去理會這件事，還是繼續去調查淸楚，鄭天祿是不是外星人？

我想了幾分鐘，才決定我仍然去會見那位退休的醫生，然後再去見鄭保雲。

當然，我此時可以說步步驚魂。但是，不管我是不是繼續再理會這件事，我的危險是一樣的，鄭保雲反正不會放過我！

我轉身上了車子，大喝道：「讓開！」

那人經我一喝，連跌帶爬向外滾去，另一個早已逃遠，我駕著車子，又飛馳在公路上。

兩小時後，我的車子在一個十分幽靜的住宅區中，一幢白色的房子前，停了下來。我略爲整理了一下頭髮，拉了拉衣服，使我看來整齊一些，不致於和這裏寧靜的環境相去太遠。

我按著門鈴，這個地址，是我在前一個鎮上打電話向報社中問來的，不多久，便有一個十五六歲的少女，從屋中跳了出來，來到了鐵門之前。

那少女用她明麗的眼睛打量著我，現出十分好奇的神色來。我向她點頭爲禮：「小姐，我希望拜見費格醫生，我有一件十分重要的事想和他商量。」

那少女「噢」地一聲：「原來你找我爺爺，他不在家中，他在後面山坡下的小溪旁釣魚。」

她一面說，一面向屋後指了一指：「你越過那個山坡，就可以看到那條小河，要不要我帶你去？」

我忙道：「不必了，我自己去就可以，這是我的車子，它可以停在這裏麼？」

那少女向這輛跑車看了一眼，皺起了眉：「這輛車子……是怎麼一回事？」

我笑著：「我開車開得太快了，它和一株大樹相撞，幸而我未曾受傷！」

那少女十分幽默：「幸而你未曾受傷，不然，你不應該見我爺爺，應該見我的父親了——他是著名的外科醫生。」

我笑著，向她握握手，向屋後走去。那一條路並不很寬，但是路兩旁，都種滿了花草，十分美麗，山坡斜向上，一直向上去，都有屋子，井然排列。

可是，當我來到了山坡最高處，向下望去之際，我卻呆住了。

山坡的另一面，一所房子也沒有，全是一片綠茵茵的草地，在草地上，雜生著美麗得難以形容的花朵，在山坡下，是一道小河，小河的河坡上，滿是灌木叢，灌木的根部伸到了河水之中，那的確是釣魚的好地方，在這樣的河流中的魚兒，一定都極其肥美。

我看到在河岸上，有不少人在釣魚，他們都坐著，一動也不動，除了河面上不時映起粼粼的水波之外，一切幾乎全部是靜止的。

我剛從兩番被人襲擊的驚心動魄的遭遇中脫身出來，突然置身在這樣一個靜態的環境中，就如同像是在夢中一樣。

我呆立了好一會，才向山坡下走去。在我快要來到岸邊的時候，我看到一個男孩子正在用手挖著泥，用手指拈出一條蚯蚓來。

我來到他身前：「孩子，你願意告訴我，哪一位是費格醫生？」

那孩子仰起頭來，疑惑地望著我，似乎不肯回答我的問題。我一本正經地道：「你要是不告訴我，那我就大聲叫費格醫生的名字，我一叫，所有的蚯蚓就會向地下鑽去，你就再也捉不到他們了！」

那男孩又考慮了一會，他終於向我的威脅投降了，他伸手向遠處一指：「那一位就是費格醫生，他的魚簍最大，是紅色的。」

我循他所指看去，只看到一個在河邊靜坐的人，當然我根本就看不清那人的臉面，但我卻可以看出，那人身邊一隻很大的魚簍，有一半浸在水中，露出在水面的那一半，的確是紅色的。

我拍了拍那男孩子的頭：「謝謝你，希望你捉到你全身口袋都放不下那麼多的蚯蚓。」

男孩子對我的祝福很感興趣，他咧著嘴笑了起來，我則向費格醫生走去。在快要接近他的時候，看到他是那樣地靜坐著不動，我也不由自主，將腳步放得十分輕。

但是，當我來到了他身後五六呎之際，他還是聽到了我的腳步聲。

費格醫生轉過了頭，向我望來，我低聲道：「費格醫生？」

他點了點頭，卻並不出聲，我又走出了兩步，在他的身邊坐了下來：「真對不起，我不得不來打擾你，因爲我有一件事，非要你幫忙不可。」

費格醫生的頭髮全白了，白得和銀絲一樣，但是他的精神看來還十分好，他打量了我一會，才道：「小伙子，我好像不認識你。」

「是的，你不認識我，可是——」

我的話還未講完，他已笑了起來：「那也不要緊，小伙子，你有勇氣向一個陌生人求助，那你一定是一個值得受人幫助的小伙子，好吧，你說一個數字我聽聽。」

我呆了一呆，一時之間，當真不明白他那樣講法，是甚麼意思。

但是，我卻隨即明白了，他那樣說法，顯然是以爲我是向他來借錢的了，難得世上還有如此慷慨之人，竟肯借錢給一個全然陌生的人！

我忙道：「你弄錯了，我並不是向你來借錢的。」

他訝異道：「咦，不是你自己說的麼？你有一件事要我幫助。」

「是的，但不是借錢，只是想請你告訴我一些事。」

「是甚麼事？」他將鉤桿擱在樹枝上，望定了我。

我道：「那是很多年前的事了，那時，你還沒有退休，是一位著名的醫生，你有一次，曾受邀請，替一位中國富翁叫鄭天祿的出診，是不是？」

我的話才一講完，費格醫生的臉色就變了，他搖搖晃晃地站了起來。看他的樣子，像是隨時可以跌倒一樣，我連忙將他扶住。

他苦笑了一下：「那是很多年以前的事情了，你……你提起這件事……這件可怕的事情來。究竟是甚麼意思？」

費格醫生竟然將那次出診，形容為「可怕的事情」，那一定是有原因的！

是以，我又急急地道：「我想知道你替這個叫鄭天祿的人診治的經過——我知道你並沒有診治完畢，就離開了他的家。」

「是的，」費格醫生的呼吸有些急促：「我非走不可，因為那實在太可怕，真的太可怕了。」

他重複說著「可怕」這個字眼。而且，這件事已然相隔了好多年，但是此際，當他提起這件事的時候，他臉上仍不免有恐懼的神色。

我忙問道：「請問，那究竟是甚麼樣可怕的事？」

「很難說，真的很難說，我從來也未曾對任何人說起過，我就像是做了一場惡夢一樣，我至今仍然不能肯定我那天所遭遇的一切，是不是事實；因爲那天，我恰好喝了相當分量的酒！」

費格醫生說到這裏，又頗有自疚的神情。

我連忙安慰他：「不要緊的，不論你的遭遇多麼駭人，都請說出來。」

「好的，」費格醫生抬頭望著天：「我一進房，病人處在半昏迷狀態之中的，我很奇怪沒有人陪著他，後來我才從鄭太太的口中，知道他堅決拒絕醫生的診治，請我去是鄭太太的主意。而且，他不要任何人在旁邊陪著他，說他自己會好的。」

費格醫生講到這裏，略頓了一頓，才嘆了一聲續道：「我第一件事，便是伸手在他的額角上按了一按，我發覺他的額角，燙得駭人，我連忙取出了體溫計，塞進了他的口中，然後，我像一切醫生那樣，一面伸指按住他的手腕，數著他的脈搏！」

「在那時候，我已經嚇了一大跳！」

「他的脈搏快到了極點，快得難以想像，一秒鐘內有十幾下跳動，快得我根本來不及數。我大吃了一驚，心想我自己一定是喝醉了。」

「我放下了他的手，定了定神，爲自己倒了一杯涼水，喝了半杯，然後，我自他的口中，取出了體溫計來，他的體溫究竟多麼高，我至今仍不知道。」

我聽到這裏，不禁奇道：「爲甚麼？」

費格醫生苦笑著，道：「體溫計的最高溫度指示，是到一百一十度爲止的，而當我那時，去看體溫計之際，水銀線超過了最高的限度，頂在溫度計的一端，那已是到了盡頭，水銀線還可以再向上升，究竟可以升到多少度，我也不知道。」

我問道：「人可以在那麼高的體溫下仍然生存麼？」

費格醫生道：「這是一個我沒有想通的問題，當時我以爲他是患著罕見的病症，於是我開始替他聽診，可是當我的聽診器放在他胸前的時候，我發現他有著極其異樣的肋骨——」

我插口道：「是木板一樣的扁平塊，是不是？」

費格醫生望著我，呆了半晌，才喃喃地道：「那是真的了！那是真的！我並不是喝醉了！你講對了！」

我有點後悔多此一問，是以我連忙將我的話岔了開去：「你還有甚麼發現？」

費格醫生道：「接著，最駭人的事來了，我去按他的腹部，但是，我卻按到了骨骼，在他的腹腔上，有骨骼保護著的。我驚駭得提起我的藥箱，奔了出來，不敢對任何人提起這件事。」

我在他講完之後，呆了半晌，拾起了幾塊小石子來，向河中拋去，然後，我儘量使我的聲音，聽來柔和。我問道：「費格醫生，那麼，你認爲，他是甚麼呢？」

我和費格醫生是用英語在交談著的，所以我那句「他是甚麼」，在文法上是絕對不能成立的，因爲我用的是「他」而不是「它」，那樣的問句，如果出現在小學生的練習簿上，教師一定會打上一個大交叉的。

但是此際我卻只好那樣發問，而費格醫生也沒有糾正我的話。他雙手按在地上，過了好一會，才道：「他不是人，不是人類。先生，或者我可以充滿幻想地說，他不是地球上的人類！」

我深深地吸進了一口氣，費格醫生是一個十分知名的醫生，他有了那樣的結論，那實在是很不尋常的，我此行已經有收穫了！

我緩緩地站了起來，準備告辭。

費格醫生也跟著站了起來，道：「後來有一個時期，我十分後悔當時我沒有再進一步與他作詳細的檢查，就離開了。」

我向外跨出了一步，忽然想起一件事，道：「你是一個著名的醫生，他是一個成功的商人，你們在社交場合中，是會遇到的，在這以後，你沒有見過他？」

「見過。」費格醫生回答：「在一次宴會中，我見到了他，他還對我說了幾句話。」

「他對你說甚麼？」我連忙問。

「他說，他知道我爲他診過病，他很高興我沒有將我的診治所得聲張出去，他很感激我。他說，他無可奈何，他現在生活得很好；他說，我再也不會知道他的身份。而且他還說，他將來一定會死，他希望我爲他簽署死亡證明，他曾懇求我，叫我切切不可將他的事向任何人說起！」

費格醫生嘆了一聲：「後來，他真的死了，我連看也沒有向他的遺體多看一眼，就簽了死亡證明！」

我本來想將以後發生的一連串事情，向費格醫生作一個說明的。

但是我隨即改變了我的主意，我不想用那樣驚心動魄的事，來擾及一個老年人平靜的晚年生活。我只是說道：「謝謝你，我告辭了！」

費格醫生忽然問道：「年輕人，你是怎知道當年那件事的？又怎知道他的肋骨——」

我裝出一副不在乎的神情：「我和他的兒子打賭，他兒子說他父親的肋骨是板狀的，我說不可能，他說你為他父親診治過，應該知道，所以我才特地來問你。」

我的謊撒得十分好，費格醫生相信了，我也急急地離開了他。因為我怕他還有別的問題時，我便不能回答得如此之好了。

我大步地走上了山坡，心中十分亂。

因為我知道，越是證明鄭天祿不是地球上的人類，我的處境便越是危險！

我現在只好希望鄭保雲在檢查他父親遺物方面，得不到甚麼成績，那麼，他或者會不再堅信他父親並不是地球人，那麼，他對我的殺機也會消退。

要不然，他在這地方，財雄勢大，可以僱用許多兇手，明的、暗的來對付我，我實在是不勝其擾。而不論怎樣，最好的方法，自然就是儘快離開這裏。

我已然決定，我立即駕車到機場去，利用我和國際警方的一小點關係，儘快地回家去，將這一切，當作夢一樣地忘記它！

可是，當我翻過山坡頂的時候，我卻知道，我要忘卻這場「夢」，還真不是容易的事。

在山坡頂上，我可以看到費格醫生的房子，自然也可以看到停在房子之前，鄭保雲借給我的那輛跑車。當然我也可以看到跑車旁邊，站著四個兇神惡煞也似，一望而知不是善類的男子。

而且，我還看到，在費格醫生的屋子轉角處，還有兩個人隱伏著，一共是六個人。

而我，只有一個人，他們六個人，還可能都有著致命的武器，而我並沒有，我也不能用車子去對付他們，因為不等我接近車子，他們先接近我了。

第七部：保險箱中的寶物

但是他們沒有看見我，我已發現了他們，這是我佔上風的地方。本來，一看到了那六個人，已決定了繞道而行，讓那六個人去空等一場。

但是我卻隨即改變了主意，因爲鄭保雲既然對我殺機未消，避不勝避。他可能以爲我會不斷躲避，可是我卻不，我要出乎他的意料之外，我要去找他！

所以，我伏在一叢灌木之後，打量了一下四周的情勢，才又開始前進。利用山坡上的房子，遮住身子，使他們六個人看不到我。在十五分鐘之後，我已到了費格醫生的房子後面，我向前走了幾步，在牆角處，已可以看到那兩個站在牆角的人了，他們背對著我。

我縮了回來，略爲想了一想，我自然要先對付那兩個人，在他們的身上，我可以得到武器，而且，可以出其不意地攻擊那四個人。

但是我和他們相隔約有十碼，我向他們走去，他們會覺察。如果還來不及撲向他們時就被發覺了，那我就很危險。

所以，我在想了一想之後，便向牆上攀去，攀到了牆頭上，傴僂著身子，迅速地向前走著，不一會，我已到了那兩個人的頭上了！

但是那兩人卻顯然不知道他們已然大禍臨頭。

我向下看了一下，對準了他們兩人，突然一聳身，向下跳了下去！

我是用一個下跪的姿勢，向下跳下去的，那兩人中的一個，比較機警，立時抬頭向上看來，但是他不看還好，他抬起頭來，卻令得他更慘！

我的膝頭，直撞在他的臉門之上！

我聽到了十分清楚的骨折之聲，至於他甚麼骨頭折了，我卻無暇研究。

而我的左膝，同時卻撞在另一個人的頭頂，那兩人的身子搖晃著，一齊向地下倒了下去。

我不讓他們的身子倒地，是以在我一站定之後，立時一伸手，拉住了他們兩人的衣服，然後將他們的身子輕輕放在地上。

但是，在牆轉角處的四個人，像是已聽到了甚麼動靜，有人問道：「怎麼啦？」

我自然不去回答他，我在那兩人的腰際，搜出了兩柄槍來。一有了武器，膽子頓壯，轉過身來，緊貼著牆角而立。

只聽得那人又問道：「甚麼事？有人來麼？」

那人的聲音漸漸接近，我心中暗笑了起來，看來我又可以解決他們中的一個了。

果然，就在我站定之後不久，一個漢子突然在我面前出現。

我就站在牆角處，他一轉過來，就和我面對面了，他顯然是絕料不到這一點的，是以整個人都呆住了，我卻向他笑了一笑，轉了轉手中的槍，指向他的胸口。

同時，我伸出左手來。

那傢伙居然知道我的意思，連忙將他的槍，交到了我的手上。我用極低的聲音道：「我就是你們要殺的人，對不對？」

那傢伙的臉色十分尷尬：「先生，不干我們事，是鄭先生——」

我不等他講完，心中的怒意，便陡地升了上來。這些傢伙，能為了錢而殺人，可是問起來，他們卻像一點責任也沒有。如果沒有他們這種兇手，有錢人怎樣去買兇殺人？

本來，我準備放過了那人，但這時，我改變了主意，我決定給他吃些苦頭。

我冷笑了一聲：「不關你的事？如果我不是識穿了你們的陰謀，我可能死在你的槍下，你這畜牲！」

我用力一腳，向那傢伙的小腿骨上踢去，那一腳，恰好踢在他小腿骨最脆弱的地方，那傢伙大叫一聲，腳骨斷折，跌倒在地。

其餘三個人一齊向前奔來，我先發制人，在不到五秒鐘時間內，連發了三槍，兩槍射中兩個人的膝蓋，第三槍，將一個傢伙手中的槍射得跌出老遠。

那兩個受了傷的人，在地上打著滾，第三個人，則呆若木雞地站著。我奔向前去，用力在那人的肚上，打了一拳，喝道：「上車去！」

那人的動作，快得出奇，立時跳上車了，我又喝道：「坐在駕駛位上。」

那人忙又坐到了駕駛位上，這時已有很多人聽到了槍聲奔了出來，我喝道：「快開車，你大概不希望警察來捉你！」那傢伙聽話得像一頭小狗一樣，立時踏了油門，車子向前飛馳而出，轉眼之間，便已將那個住宅區完全拋在腦後了！

那傢伙戰戰兢兢地問我，道：「先生，到哪裏去？」

我冷笑了一下：「那要問你！」

那傢伙的頭上冒著汗，他可憐巴巴地道：「先生，我不知你那樣說法，是甚麼意思？」

我道：「殺了我之後，到甚麼地方去找鄭保雲領賞？」

他的身子陡地一震，車子幾乎向路邊疾撞了過去！我用力踏下了煞車掣，車子突然停了下來，我道：「你或許需要時間來想上一想！」

他連連搖著頭：「不，不，我想起來了，他叫我們幹掉了你之後，到他家去找他，現在我們就去，先生請你別殺我。」我簡直懶得回答他，只是大喝一聲，道：「快去！」

他忙又開動了車子，在快到市區的時候，我又命令他棄了那輛車子，改搭一輛計程車前往，因為這輛車子，可能受警方注意。

車子進入市區之後，那人在我的身邊，坐立不安，等到車子停在一幢大得不可思議的大洋房之前時，那人更是面如土色。

我向外看了看，鄭家的住宅之大，的確是令人吃驚的。那一排圍牆，不知圍住了多少土地，亭台樓閣之多，也是難以勝數，那只是以前中國內地，王孫巨賈的大宅，才堪與之比擬。

我押著那傢伙，向前直闖了進去，不少僕人模樣的人，想對我們盤問，但是看到了那人，卻都不再出聲，那當然是鄭保雲早已吩咐過僕人，如果那人來見他的話，可以直接進去。

當我們來到了一幢頗為精巧的屋子之前，才看到一個老年僕人迎了出來，向那人道：「少爺在老爺的書房中等你，可要我帶你去？」

那人還未曾回答，我已然道：「不必了，我們自己會去的，你只消指點一下就行了！」

那老僕向我望了一眼，面上出現了頗為奇怪的神色來。但是他卻並沒有說甚麼，只是道：「由這裏去，穿過花園就是了。」

我點了點頭，拉了那人便向前走。穿過了一個廳堂，便到了花園中，我將那人拉到了假石山後，在他的後腦上，重重地劈了一掌，那人連聲都未出，便昏了過去。我任由他昏在假山之後，我則從假山石後轉了出來，傍著一大叢芭蕉，向前走著，來到了一列窗前，我一到了窗前，便看到了鄭保雲。

鄭保雲是背對著我的。他站著，正彎著身，在一張十分大的寫字檯中，拉開了寫字檯的所有抽屜，聚精會神地在找尋些甚麼。

我伸手輕輕地推開了窗子，鄭保雲並沒有覺察甚麼，但是當我手按在窗台上，翻身跳進了屋子之際，鄭保雲已經覺察了！

他突然轉過身來，我們正面相對，相距還不到兩碼，他自然可以清楚地看到，站在他面前的是甚麼人。

我當然也可以看到他，就是他，先後派了好幾批人，要用各種方法，置我於死的人。

他在看清楚了突然出現在他面前的人又是我之後，他面上神情之怪，實在難以形容，他攤開了雙手：「原來……是你。」

我冷笑著：「想不到吧，你這雜種！」

我罵他「雜種」，那只不過是我恨他採用如此卑鄙的手段來加害我而發的，卻不料這一下「雜種」，卻觸動了他心中的傷痕！

他整個人直跳了起來！

而他在跳了起來之後，順手抓起寫字檯上的一個銅鎮紙，向我直擲了過來！

他當然擲不中我，我只不過略偏了偏頭，那足有拳頭大小的銅鎮紙，便在我的頭邊，「呼」地飛了過去，砸在牆上，又落了下來。

而我也在那一剎間，跳向前去，用力握住了他的手腕，他竭力掙扎著，出乎我的意料之外，他在竭力掙扎之際，發出的力量，大得驚人，我幾乎抓他不住！

他那樣竭力地掙扎著，逼得我要用更重的手法對付他，我用力地將他的手腕扭了過來，再用左掌，在他的後額上，重重地擊了一下。

鄭保雲捱了我一掌，整個軟了下來，他一隻手撐在桌面上，不住地喘著氣。

我仍然緊握著他的手腕，冷笑著：「想不到吧，你派去殺我的人，全被我擊退了。你的行動，使我必須自衛，我有好幾個證人，都可以證明你是謀殺的主使犯，而當你被關進了監獄之後，我還可以向全世界宣佈你真正的身份！」

他對於我有好幾個證人，可以送他進監獄一事，好像並不怎樣放在心上，但是一聽到我講了最後一句話，他的身子發起抖來。他發出了像呻吟也似的聲音：「不要，請不要那樣，如果你那樣做的話，他們會將我一吋一吋割開來研究的。」

我心中實在恨他，是以我不留餘地攻擊著他，我「嘿嘿」地冷笑著，道：「那也難怪人家的，誰叫你的來歷，那樣奇特？我對你也很有趣，來，讓我摸摸你的肚子上是不是也有骨頭。」

我作勢要向他的肚子按上去，他怪叫了起來，我「哼」地一聲：「你約我在這裏和我見面，但是卻立即吩咐人來殺我！」

鄭保雲喘著氣：「我不得不那樣做，讓我死好了，我絕不能讓我的秘密透露出去，如果我的秘密洩露了，想死也不成了！」

鄭保雲講出了那樣的話來，這令得我心中對他的恨意，消除了不少，同時，我對他不禁有些可憐起來。我鬆開了他的手腕，心平氣和地道：「其實，你對我估計錯了，你大可不必對付我，因為我不會將你的秘密洩露出去。我不會。」

鄭保雲向後退開了幾步，望著我好一會，然後道：「我還是要設法殺了你，如果我不殺了你，我將沒有法子活下去，我得時時刻刻提防著你，而你每一分鐘，每一秒鐘都可以威脅我，你殺掉我吧，不然，我一定會設法殺死你！」

他講得如此坦率而沒有掩飾，那倒反使得我有點喜歡他了，我攤開了手：「看來，我們之間，似乎不應該不能兩立。」

鄭保雲吸了一口氣：「應該的，你忘記了麼？你我根本是不同的兩種人！」

我自然明白他的意思，是指他的父親不是地球人這一點而言。像鄭保雲那樣受過高等教育的人，忽然之間，知道了自己竟是一個如此奇特、是地球人和外星人的「混血兒」，他心中的痛苦，實是可想而知，他絕不想這個秘密被人知道，要殺我滅口，似乎不應該太苛責他。

我又道：「現在，因為我已做了一件事，所以，你如果殺了我，反倒成了蠢事了。」

他的神情顯得異常地緊張：「你做了甚麼？」

我則慢條斯理地道：「你應該想得到我做了些甚麼，那是任何人在我那樣的情形下都會做的事，我將一切遭遇，都用文字記錄了下來。」

當我講到這裏的時候，我可以清楚地聽到鄭保雲發出了一下吸氣的聲音。

我向他笑了笑：「你明白了？一切都記錄了下來，但是我將一切嚴密地封好，交給了一個妥當的人，如果我有不測，他就公佈一切，在那樣的情形下，你難道還能殺我？」

他張大了口，望了我半晌，才道：「你……那樣做，那是存心勒索我了？」

我搖著頭：「或者你不了解我，但是我的確絕沒有這意思。我只想和你一起弄明白，令尊究竟是不是外星人而已。」

他坐了下來，以手支額，好一會不出聲，才道：「你見到費格醫生了？他……說些甚麼？」

「他認為和令尊的那次見面，是一次極可怕的經歷，他還說，令尊絕不是地球上的生物。」

鄭保雲的面上，像是塗上了一層泥土一樣，我又道：「但是，他的結論，和我們的結論一樣，不足以引以為確鑿的證據，你在令尊的遺物之中，可曾發現了甚麼足以佐證令尊身份的東西？」

他苦笑著道：「還沒有。」

「那你應該快點找，如果他真的不是地球人的話，那麼在他的遺物之中，一定應該有一些十分奇特的東西可資證明的。」

鄭保雲苦笑著，不說甚麼。

從鄭保雲臉上的神情看來，他對我顯然還不是十分信任的。而我也不必多向他表明甚麼，我又問道：「這是他生前的書房麼？」

鄭保雲有點無可奈何地點著頭：「是的，據我母親說，他在這間房間中的時間最多，而且，絕不容許別人隨便走進他這間房間來。」

我開始環顧這間書房，因為根據鄭保雲那樣講法，如果鄭天祿有甚麼不尋常的東西留下來的話，那一定藏在這間書房。

書房的面積相當大，估計至少有六百平方呎，兩面牆壁上，全是直達天花板的書櫥，書櫥中全是各種各樣的書。鄭天祿的興趣一定十分廣泛，在他的書櫥中，甚麼種類的書全有，他的藏書至少在一萬冊以上。

在正中，是一張十分巨大的寫字檯，抽屜已全部被鄭保雲打開了。我向寫字檯指了指：「你已經找過所有抽屜？」

鄭保雲點頭道：「是的。」

「再繼續找！」我吩咐著他，然後向屋角一具有八呎高下的保險箱走去。

那具保險箱的一大半，嵌在牆中，顯然用來儲放十分重要的東西，我一走到了近前，便認出了保險箱是英國一家最著名的保險箱廠的出品，它的鎖是採用文字密碼的，不知道密碼而想打開那具保險箱，除非是用烈性的炸藥將之炸開來。

我伸手在那具保險箱上拍了拍：「你知道打開這具保險箱的密碼麼？」

鄭保雲連頭也抬不起來，便回答我道：「別碰它！」

我有點發怒，提高了聲音：「我在問你打開保險箱的密碼，我想這保險箱中，一定有著十分重要的東西！」

鄭保雲抬起頭來：「我已經告訴過你了，它的密碼就是三個字：『別碰它』。我想裏面不會有甚麼的，因為……他早已將密碼告訴了我。」

我不再說甚麼，迅速地撥著鎖上的幾行字母，等到出現了「別碰它」三字之際，我用力扳下開關，將厚厚的保險箱門，拉了開來。

保險箱門一打開，我便看到了一疊疊的大額英磅和美鈔，幾乎塞滿了整個保險箱。

鄭保雲的錢已經夠多了，他根本不在乎再多幾十萬美金。如果這時，有甚麼人能使他用保險箱中所有的金錢，使他購買到一個真正地球人的身份——那正是我們每一個人所有的——的話，他一定會大喜過望地答應。

在保險箱的下格，有兩個抽屜，我將那兩個抽屜拉了出來，連我也不禁倒抽了一口涼氣。

老實說，在見到了那保險箱的現鈔之際，我雖然未能如鄭保雲那樣完全無動於衷，但是卻也絕不致於有甚麼驚心動魄的感覺。

因為我有足夠的錢用，人使用金錢的能力是有一個極限的。

但是，在看到了那兩個抽屜之後，我卻大為震驚了，那兩個抽屜中，全是各種寶石、翠玉和鑽石，以及大串的珍珠。天然的珠寶，有一種震人心魄的美麗，可以令人透不過氣來。

鄭天祿一定用他許多心血來收集這些珠寶玉石，因為我隨便拾起一塊方形的翡翠，我就發現那實在是無上的精品。我又順手抓起一把，然後張開手，讓紅寶石、藍寶石、綠玉，在我的手指縫中滑下去，最後，在我手掌心的，是一塊無懈可擊的黃玉，和一塊約有二十克拉，呈粉紫色的鑽石。

我將手掌略略傾斜，任由鑽石和黃玉跌進抽屜中，和其它珠寶相碰，發出「叮叮」的聲響，然後我轉過身來：「你來看，令尊遺產中，最值錢的東西，我看是在這裏了！」

鄭保雲看了一眼，仍像是不感興趣，他有點不耐煩地道：「我們要找的，不是這些東西！」我向後退了幾步，在我退出之際，腳跟踢到了一樣東西，就是剛才鄭保雲拿起，向我擲來的那個銅鎮紙。

那銅鎮紙曾撞在牆上，又落到地上，在我踢中它的時候，它裂了開來。

我向那銅鎮紙看了一眼之後，立即將它拾起，那銅鎮紙在我的手中，被我輕輕一分，分成了兩半，它當中是空心的。

而在我將之分成兩半之後，一柄不銹鋼鑄，十分精緻的鑰匙，自其中跌了出來，「叮」地一聲，落在地上。那一下鑰匙落地的聲音，十分清脆，是以令得鄭保雲也轉過頭向地下望來。

我連忙俯身將那柄鑰匙拾了起來，向鄭保雲揚了揚：「這柄鑰匙是開甚麼鎖的？」

鄭保雲走了過來，滿面是疑惑的神色，搖著頭：「我從來也未曾看到過它，我想它一定是十分重要，或者我可以去問問我的母親。」

我將鑰匙交了給他：「那你就快去，我希望你能將問得的結果告訴我。」

他接過鑰匙，匆匆地走了，我則繼續在鄭天祿的書房中尋找著，大約過了十分鐘，我並沒有甚麼新的發現，而鄭保雲已匆匆地走了回來：「真是奇怪極了，阿母說，她從來也沒有見過那鑰匙！」

我吸了一口氣：「我們一定已發現了一件極其重要的東西，這柄鑰匙被鄭重其事放在銅鎮紙中，它一定是開啟一個極其重要的地方的，我想那一定是一具隱藏在這間書房某一地方的一扇暗門。如果能打開這扇暗門，那麼我們就可以發現一切了。」

鄭保雲想了並沒有多久，便同意了我的說法，於是我們兩人在這間書房中尋找起來，我們第一步工作，是摘下掛在牆上的所有書畫，用鎚子敲打著牆壁。

然後，我們將書櫥中的書全部搬了出來，鄭保雲叫了五六個僕人來，將所有的書都從書房中搬出來，堆放在書房外的走廊上。

等到幾個書櫥全部都被搬空了之後，我們又詳細檢查著書櫥，直到認為書櫥中不可能有甚麼暗格了，才將書櫥搬開，又檢查櫥後的牆壁。

第八部：吞吃秘密

但是，我們檢查的結果，牆中並沒有暗藏的保險箱，於是，鄭保雲又命人搬了長梯來，我們一齊合力檢查書房的天花板。然後，又檢查著書房中每一件傢俬，一直忙到了半夜三更。

書房之中已然亂得連插足的地方也沒有了，我首先放棄了，我道：「我們總該歇一歇才好，吃點東西，至少也喝杯咖啡！」

可是鄭保雲卻固執地道：「不，我還要找，我一定要弄明白，這柄鑰匙是做甚麼用的？」

「當然我們要弄清楚，可是我們可以採取另一個辦法，例如說，我們盡可能召集市內著名的鎖匠、保險箱製造商，請他們來表示一下意見。」

鄭保雲立時同意了我的說法，揚著雙手，大聲向那幾個僕人叫道：「你們呆著作甚麼，快去叫所有人一齊出動，去找所有的鎖匠、保險箱製造商到我這裏來，我在東面大廳上見他們，告訴他們，來的人都可以得到我的禮物，或者贈金！」

那時已然是深夜了，可是那幾個僕人顯然是慣經訓練，習慣了各種各樣奇特的命令的，他們的臉上絕無驚訝的神色，只是連聲答應著，退了出去。

鄭保雲道：「我們到東面大廳去等候那些人，如果你肚子餓的話，可以先在那裏吃些東西。」

我只不過隨便說了一句，但鄭保雲卻真的那樣做了，而且是在半夜時分突然去做，我多少有點訝異，但是沒有說甚麼，只是跟著他走出了書房。

我們才一出了書房不久，迎面便看到鄭老太太在兩個中年婦女的扶持下，顫巍巍地向前走了過來，一見到鄭保雲，便叫道：「阿保，你作甚麼啦？三更半夜，要僕人去見甚麼人？」

鄭保雲似乎十分不耐煩，他揮著手：「阿母，你別理我，你管你去睡好啦！」

鄭老太太嘮嘮叨叨地，像是還想說些甚麼，但是鄭保雲卻已急步走了開去。我很不幸，由於禮貌上向鄭老太太點了點頭，就被她攔住了。鄭老太將我當作自己人一樣，向我傾訴著她的兒子如何任性，如何不聽她的話，以及她的兒子最大的壞處：至今未曾娶妻，連孫子也沒得抱。

天下最乏味的事，莫過於聽一個老婦人嘮叨，我幾次想要不顧禮貌地走開去，但是總不好意思，到後來，我心中陡地一動，發現那實在是我的一個好機會！

鄭老太太可以說是最接近鄭天祿的一個人，雖然在船上的時候，她已曾向我講過許多有關鄭天祿的事，但是那時，我根本未曾想到鄭天祿可能是外星人，而現在，我已經懷疑到了這一點，那自然有許多問題，可以在她這裏得到答案。

我不再討厭她的囉嗦，反而希望她講得更多些。

我過去扶住了她，將她扶進了一個側廳中，坐了下來，又和她瞎七搭八講了一些，才問道：「鄭老太太，你覺得鄭老先生的身體，和別人有些不同？」

我這樣問法，實在很唐突，但是我卻又實在非問不可！

鄭老太太怔了一怔，像是不知道我的問題是甚麼意思，我將問題重複了一遍，她搖頭道：「沒有啊，他和別人一樣啦。」

我指了指自己的肚子，暗示著她：「譬如說，他的肚子——」

鄭老太太像是想起甚麼來了，點頭道：「是的，他肚子不好，整年痾肚啊，不讓人碰他的肚子啦！」

我又問道：「老太太，當你們在一起的時候，他可有甚麼時候對妳說過他是從哪裏來的？他一定說過的，妳好好想一想！」

對這個問題，我是充滿了希望的。

但是我卻失望了，她幾乎立即回答我道：「沒有，他是我同村的人，還會從哪裏來？」

我想了一想，才又問道：「那麼，當妳有了阿保的時候，他高興不高興？」

一提到兒子，鄭老太太高興了起來：「他高興得快要瘋啦，他說想不到他和我真會有了孩子，他還說，他們絕想不到啦！」

我陡地一呆：「甚麼叫他們絕想不到？」

鄭老太太也呆了一呆：「我也不知道，他當時是那樣講的，雖然事情已隔了許多年，但是當時，他這樣講，我記得。」

我忙又道：「孩子出世之後，他說甚麼？」

鄭老太太側著頭：「他抱起了孩子，說孩子完全不像他，他很高興，他說最怕孩子像他，你知道啦，他一高興，就會說傻話，說得聽到的人都笑他。」

我知道我問不出甚麼別的來了，但我和鄭老太太的談話，也不是全無收穫的，至少我已知道，鄭天祿不可能是「孤兒」，而還有一大群人和他有關係的，那便是他口中的「他們」。

我準備離開鄭老太太，但是在我有了那樣的表示之後，又過了十分鐘，我才能脫身。

在這十分鐘之內，我不斷地聽鄭老太太說張家的三姑娘怎樣美，李家的大小姐如何賢淑，可是鄭保雲卻一個也不鍾意。直到我保證說服鄭保雲，要他快些結婚，老太太才千恩萬謝地讓我走。

我由一個僕人帶到東面大廳，那是一個極大的廳堂，傢俬古色古香，壁立的古董架上，全是瓷器，而以青花瓷為最多，看來全是精品。

我一到，鄭保雲便迎了上來：「我已吩咐廚子替你準備食物了。」

我道：「謝謝你。」

他有點緊張地問我，道：「你和我母親說了些甚麼？」

「我問她有關令尊的事，但是卻沒有甚麼結果，她只說當你出世的時候，你父親歡喜欲狂，並且高興你一點也不像他！」我回答著。

鄭保雲忽然雙手緊緊握著拳，連牙齒也在格格作響：「我恨他，我恨他們！」

我吃了一驚，想將氣氛弄得輕鬆一些，是以我笑道：「老太太還非常關心你的婚事，你不肯結婚，令得她十分難過，她——」

卻不料我的話還未曾講完，他已然大聲吼叫了起來，向我揚著拳頭，額上的青筋，也現了出來，他大叫道：「住口！」

我沒有再出聲，這時我並不發怒，因為我只覺得他十分可憐。而他在向我大叫了一聲之後，轉過了身去，大口地喘著氣。

我不知道為甚麼一提到結婚，就像我在不久之前罵他「雜種」一樣，他會忽然之間大怒起來，難道他心中另有甚麼隱衷？

當然，我未曾再追問下去。

而他，在背對著我站了幾分鐘之後，已恢復了平靜。廚房中的僕人，也在此際，用一個十分精緻的漆盤，端上了食品，我開始狼吞虎嚥起來。

我吃到一半的時候，便陸續有人來了，來的人全是鎖匠，來開保險箱的人，以及保險箱製造商和專家，從那些人睡眼矇矓的神態之中，可以看出鄭家在當地的財勢，是何等之雄厚。

鄭保雲將那柄鑰匙放在桌上，向每一個來到的人問，他們可曾見過這柄鑰匙，以及這柄鑰匙是打開甚麼鎖用的。有的人只是搖了搖頭，說一聲不知道。但是有的人卻大發議論，講了好些話，可是講的話雖然多，仍然是甚麼也不知道。

人來了又去，去了又來，兩小時後，來的人漸漸少了，隔好久有一個人來，鄭保雲和我兩人，幾乎已經失望透頂了。

但是，當僕人帶進了一個老頭子之後，我們的精神便陡地一振，因為當那老頭子在戴起了老花眼鏡，看了看那鑰匙後，道：「我認得，這是我製的，可是那箱子有甚麼不妥麼？」

老鎖匠一面說，一面抬頭向我們望來。

鄭保雲立時拉住了他的手：「你說這……這是你製的，而且是一隻箱子？」

「是的，一隻小保險箱，只有用我這柄鑰匙才能打得開，因為鎖是我用十分特殊方法製成的，已經很多年了，我總共只製過一柄那種鎖，所以我可以認得出來，叫我做這箱子的人，好像也姓鄭。」

「那一定是先父。」鄭保雲立時說：「那箱子，有多大？」

那老鎖匠用雙手比劃著，從他比劃的形狀來看，那應該是一隻一尺高，半尺闊，兩尺長的小箱子。

那樣的一隻小箱子，是鄭天祿特地買來的，而小箱子的鑰匙，又被秘密地放在銅鎮紙之中，是以可以肯定，那隻小箱子之中，一定放著極其重要的東西！

那老鎖匠自然不知道鄭天祿將那隻小箱子放在甚麼地方，那是不必問他的，我們應該問他關於那隻小箱子的特徵。

我和鄭保雲同時想到了這一點，我們也一齊問他。

老鎖匠側頭想了一回：「已經很久了，我記得那是一隻白銅箱子，很重，是要來放很貴重的東西的，它很重。」

我們可以說已經大有收穫了，是以鄭保雲十分高興地道：「多謝你，多謝你！」

老鎖匠告辭而去，我們兩人互望了一眼，可是在那時候，我們兩人面上歡喜的神情，已然消失了。

我們已知道那柄鑰匙，是用來打開一隻銅製的小箱子的。

但是，那小箱子在甚麼地方呢？

鄭家的宅第如此之大，鄭天祿只要將那隻小箱子，隨便放在甚麼地方，那我們用上幾年的時間，也不一定找得到！

鄭保雲不住地踱著方步，一面踱步，一面說：「他果然有些秘密在，他果然有秘密。」

我只得苦笑道：「我們每個人都有秘密！」

鄭保雲突然站定了身子：「我知道，他的秘密，一定和他的來歷有關。」

我沒有回答，鄭保雲面色蒼白，他忽然走到我面前：「請你告訴我，如果……他真的不是地球人，那我怎麼辦？」

我想了一想，伸手在他的肩頭上拍了幾下：「你還是你，鄭先生。」

鄭保雲苦笑道：「如果人家知道了？」

我搖頭道：「人家不會知道的，令尊的身體構造，大不相同，尚且沒有人注意到他，何況是你？」

鄭保雲直視著我。我知道他的意思，是以道：「如果你不相信我的話，那麼，你只在自尋煩惱，卻不關我的事！」

鄭保雲沒有說甚麼，又來回踱了起來，我道：「我們該休息了，那小箱子是白銅的，我想，特種的金屬反應探測儀，對我們要尋找這隻小箱子，怕有些幫助，明天一早，你便吩咐人去準備吧。」

鄭保雲點著頭，他吩咐僕人將我帶到了一間佈置得十分精美的客房之中。

我雖然已十分疲倦了，但是我卻不敢就此酣睡，因為我不知道鄭保雲是不是忽然又改變主意，要在半夜之中來害我！

我只是躺在沙發上，而不是睡在床上，因為躺在沙發上，比較容易醒些。

當然，我很快便睡著了，而我是被一陣敲門聲驚醒的，我睜開眼來，已是陽光滿室了。

我打開了門，敲門的是鄭保雲，他的神情告訴我，他顯然整夜未曾睡過。

他在喘著氣：「找到了，找到了！」

我睡意全消：「箱子中的是甚麼？」

「我還未找到箱子，但是，金屬探測儀已測出，在荷花池下有金屬物體在，我已吩咐人將池水抽乾，準備發掘。」

我有些疑惑：「現在是甚麼時候了？」

「已是中午了，昨晚我沒有休息，我連夜工作，你知道，我睡不著。」

我忙道：「我們去看看。」

我和他一齊向荷花池走去，抽水機的「達達」聲。震耳欲聾，鄭保雲竟動用了四架抽水機，池水已被抽去了一大半，一二十個人已在齊腰的污泥中工作，一架挖泥車正隆隆地駛過來。

到了下午五時，荷花池底的污泥，已全然清出來，整個荷花池是圓形的，直徑大約是五十尺，池底用白色小方塊瓷磚鋪成。

小瓷磚有些是黑色的，砌出一些扭扭曲曲的花紋來，看來像是圖案，但那卻是十分拙劣的圖案，看了令人只覺得不順眼。

挖泥機開始工作，瓷磚和水泥被剷去，不一會，便現出了一大塊鐵板來。

那塊鐵板是有五尺見方，而且還有兩個鐵環，顯然可以將之提起來。我和鄭保雲兩人，看到了那樣情形，實在感到意外。

因為我們的目的，只不過是想尋找一隻小小的箱子。但是現在，看來我們是發現了一個秘密的地庫了，鄭保雲望向我，苦笑著，道：「這是怎麼一回事？」

我道：「那自然要等鐵板打了開來，才能知道，或許那是令尊窖藏的黃金，或者是其他的珍寶。」

鄭保雲雙手捧著頭：「可是我不要那些，我根本不要那些！」

負責挖掘工程的工頭，走了過來，向鄭保雲請示下一步的工作，鄭保雲在那工頭講了幾遍之後，才無精打采地吩咐道：「將鐵板吊起來！」

一輛小型的起重車，慢慢地駛了過來，大鐵鉤鉤住了鐵板上面的環，將鐵板扯了起來。鐵板被揭開之後，下面是一個十分大的圓蓋。

那圓蓋像是潛艇的艙蓋一樣，是旋轉的，幾個人又合力將之旋了開來。圓蓋一旋開，我便向下看去，下面是一間約有一百平方呎的小室，在那小室的正中，赫然便是我們要的那隻箱子！

我立時叫道：「鄭保雲，你來看！」

鄭保雲向我奔了過來，他一到我身邊，自然也看到了那隻箱子，他激動得要立時向下跳去，但是小室是丈許來高，像他那樣毫無準備地跳下去，定會受傷，是以我一把拉住了他：「我下去！」

我彎著身子，輕輕地跳了下去，在著地之後，我的身子向上一彈，便已站定，同時，我也提起了那箱子，鄭保雲已然吩咐人準備了長梯，自那圓口處放下來，讓我沿梯爬上去。

我一上去，他便在我的手中，接過了手提箱，那手提箱十分沉重，令得他的身子也側向了一邊，我們不理會其他人，直向鄭保雲的書房走去。

到了他的書房中，鄭保雲將那箱子放在書桌上，取出了鑰匙來。我看到他的左手在發著抖，他甚至於無法將鑰匙插進鎖孔之中！

我也不去幫助他，因為這對鄭保雲來說，是重大之極的大事，我想他一定願意自己去完成它，而不希望有人幫助他的。

足足花了兩分鐘，才聽得「卡」地一聲，他終於打開了鎖，但是他人卻向後退來，坐在沙發上，喘著氣：「麻煩你，將那箱子打開來。」

他臨陣忽然失去了打開箱子的勇氣，這倒頗出乎我意料之外，我略停了一停，行到了書桌之前，那小箱子的箱蓋，也十分笨重，當我打開了箱蓋之後，我立時知道它何以如此之重了，因為整個箱子，幾乎是實心的，箱中只有極少的空間。

而在箱子中所放的，也只是一本小小的記事簿。

我回頭向鄭保雲看了一眼，鄭保雲顫聲問道：「是……是些甚麼？」

我將那小簿子拿了起來：「是一本小簿子。」

「看看……其中有甚麼記載？」

我將簿子打了開來，只見第一頁上，就用十分清晰的字體寫著：

希望這本小簿子不被人發現，如果被人發現了，我希望發現者是我的後代。

我將小簿子送到鄭保雲之前，讓他看那兩句話，鄭保雲接過了那小簿子，手指發著抖，翻到了第二頁。看他的神情，像是不想給我看到，我自然識趣地轉過了頭。我聽到他又翻過了一頁，但仍然沒有叫我過去看，是以我只好踱到了窗前，向窗外看著，過了幾分鐘，我聽到鄭保雲急速的喘息聲，我轉過頭向他看去。

鄭保雲的面色如此難看，在他的額上，汗珠不斷地在滲出來。

看他的樣子，是在全神貫注地看著那本小簿子中記載的一切，但是，我一回過頭去，他便覺察到了，這說明他的神經十分緊張，緊張到了在他周圍，略有一些動靜，他都會吃驚的程度。

他突然抬起頭來，用極其異樣的聲音呼喝道：「你，你瞪住了我作甚麼？」

我並不去責怪他，只是立時又轉過頭去，我在那片刻間，甚至想走出書房去，因為在鄭保雲的話中，有著責備我偷窺他的秘密的意思在內。

但是我卻實在想知道那小簿子上所記載的秘密，我想，在他看得稍有頭緒之後，是一定會叫我過去看，是以我耐著性子等著。

當然，我不再轉過頭向他看去，我只是看著窗外，窗外的芭蕉十分綠。

我大約等了五分鐘左右，仍未曾聽到他有甚麼表示，我不禁有些不耐煩起來。

而也就在此際，我突然聽到了一陣撕紙的聲音。這使我忍不住了，我立時轉過身去。

而當我轉過身去之後，我更是大吃了一驚，喝道：「你在做甚麼？」

我實在無法不吃驚，因為我看到鄭保雲正以極迅速的動作，將那小簿子撕破，向口中塞去，等到我跳到他面前時，他已將小簿子全吞下肚去了，他轉身向外便奔，一面不斷地發出狂笑聲來。

他發瘋了！

我不知道鄭保雲為甚麼會瘋的，因為我未曾看到那小簿子上的任何記載，我到瘋人院中去看過他好幾次，想探問出一些甚麼來，但是他除了對著我傻笑之外，甚麼話也不會說，神經病專家說，最沒有希望的瘋子，就是像鄭保雲那樣的瘋子。

由於我未曾看到那小簿子中記載的東西，是以我不能確定鄭天祿是不是真的不是地球人，我也不知道何以鄭天祿的屍體可以不壞，何以他死了會有「屍變」，何以當那一點液體流出之後，他的屍體就迅速腐爛。

這一切秘密，只有鄭保雲一個人知道。

但是，鄭保雲卻已成了沒有希望的瘋子！

（完）

倪匡珍藏限量紀念版 30

衛斯理傳奇之活俑

作者：倪匡
發行人：陳曉林
出版所：風雲時代出版股份有限公司
地址：10576台北市民生東路五段178號7樓之3
電話：(02) 2756-0949
傳真：(02) 2765-3799
執行主編：朱墨菲
美術設計：許惠芳
業務總監：張瑋鳳
出版日期：2023年11月倪匡珍藏限量紀念版一刷
版權授權：倪匡
ISBN ：978-626-7303-92-4
風雲書網：http://www.eastbooks.com.tw
官方部落格：http://eastbooks.pixnet.net/blog
Facebook：http://www.facebook.com/h7560949
E-mail：h7560949@ms15.hinet.net
劃撥帳號：12043291
戶名：風雲時代出版股份有限公司

風雲發行所：33373桃園市龜山區公西村2鄰復興街304巷96號
電話：(03) 318-1378
傳真：(03) 318-1378
法律顧問：永然法律事務所 李永然律師
北辰著作權事務所 蕭雄淋律師

行政院新聞局局版台業字第3595號 營利事業統一編號22759935

國家圖書館出版品預行編目資料

衛斯理傳奇之活俑 ／倪匡著. -- 三版. --
臺北市：風雲時代出版股份有限公司，2023.09
面；公分　倪匡珍藏限量紀念版

ISBN 978-626-7303-92-4（平裝）

857.83　　112011296